It has been three years since the dungeon had been made.
I've decided to quit job and enjoy laid-back lifestyle
since I've ranked at number one in the world all of a sudden.

AREA 12 INVESTIGATIVE REPORT

VOLUME : 09

TOP SECRET

This confidential document is under the control of JDA

PROJECT : D Genesis

WRITTEN BY : Kono Tsuranori

ILLUSTRATION BY : ttl

「うっわー、すっごい盛況ですね」

「あの金銭感覚ゼロ男、
会場のレンタル代どころか、
実験参加者のホテル代まで
補助したそうだぞ。盛況で当然だ」

『よう、デヴィッド。今回は色々と世話になったな』

『そんなに気にしないでくれ。
楽しんでもらえたかな？』

JDA

Japan Dungeon Association

D GENESIS

ダンジョンが出来て3年

WRITTEN BY Kono Tsuranori
ILLUSTRATION BY ttl

09

It has been three years since the dungeon had been made. I've decided to quit job and enjoy laid-back lifestyle since I've ranked at number one in the world all of a sudden.

CONTENTS

INFORMATION

CAUTION

この物語はフィクションです。
登場する人物・団体・イベント・商品その他の名称は架空であり、
それが、どんなにどんなにどんなに似ていたとしても、実在のものとは関係ありません。

This story is a fiction.
The names of individuals, groups, events, products and other indications are fictional,
and no matter how similar they are, there are no connection with actual things.

Experience is the best of schoolmaster,

only the school-fees are heavy.

—— *Thomas Carlyle*

経験は最高の教師だ。

ただし、授業料は高くつく。

—— トーマス・カーライル

序章

プロローグ

It has been three years since the dungeon had been made.
I've decided to quit job and enjoy laid-back lifestyle
since I've ranked at number one in the world all of a sudden.

PROLOGUE

SECTION：

アメリカ合衆国　ネバダ州　ザ・リング

ハンフォード・サイトは、アメリカで最も汚染された地域だ。

地下には二億リットルを超える放射性廃棄物が埋められていて、今も外へと漏れ出している。

ハンドラー政権はその処理にかかる費用四百億ドルを大幅に圧縮しようとしていたが、誰もが内心不可能だと考えていた。

『キープカミング、キープカミング、ストーップ！』

運転していた男が、その声の指示通りに車を停止させると、息を切らせながらローダーダンプの助手席へと乗り込んできた男が不安そうに言った。

『いくらダンジョンだと言っても、本当にこんなことをして大丈夫なんですか？』

『命令書は本物だ。俺たちはそれを実行するだけだ』

運転席の男はそう言うと、テールゲートを開くボタンを押した。

『いや、しかし……こんな雑な』

単なるドラム缶にしか見えない容器の中身は、千キロ先のハンフォード・サイトから運んできた高レベル放射性廃棄物だ。

『あそこのＷＴＰ（廃棄物処理施設）溶融炉の稼働自体何年も先ですよ。つまりガラス固化すらされていない』

漏れ出すことで地下水を汚染する可能性のある高濃度汚染水や汚泥は、濃縮して容積を減らし、ガラスに溶け込ませてキャニスターの中で固化させる。その後三十年ほど冷却保存して、地層処分するのが通常の手順だ。

ハンフォード・サイトの汚染物質をガラス固化する計画は昔からある。

毎年ＤＯＥ（アメリカ合衆国エネルギー省）の環境管理部門が作成するＴＯＤＯリストのトップに居続けているにもかかわらず、それはいまだに実現していなかった。

『フェネル特技兵』

『はっ！』

『黙ってろ』

運転席の男は、そのまま荷台を滑らせ傾け始めた。

最初は中身の詰まった乾式キャスクをそっと下ろしてみたらしい。

そうして空間線量を測定していたところ、下ろしてしばらくすると突然値が跳ね上がり、やがてゼロに戻っていった。

数度それを繰り返した結果、乾式キャスクは何かに食い破られ、その後すべてが処理されたと判断された。

そうして今回の試験計画が本格的に動き始めたのだ。

やがてドラム缶はダンプの荷台を滑り落ち、百五十メート先の地下へと落下した。

フェネル特技兵は、その音が消え去るまで唇を噛《か》みしめていた。

音の消えた深夜の砂漠は、静寂がうるさく感じられるほどだった。

そこでは何者かが、息を潜めて、人類の犯す罪をじっと見つめているような気すらした。

SECTION :

アメリカ合衆国 ニューヨーク

重いドアをきしませると、そこは深い海の底だった。

ゆらゆらとたなびく煙に隠れながら、深海魚のようにタバコの先を光らせた男が、かすむ視線の向こうにくわえ込めそうな餌を探してカウンターにうずくまっていた。

木がきしむ音とともに外の世界との薄い境界が開かれて、新たに現れた男は、暗い海底を見回すと、目的の深海魚を見つけた漁師さながら、カウンターへと歩み寄った。

「いや、探したよ、カイ。だが、環境活動家がタバコとは感心しないな」

そう言って深海魚の隣に腰掛けた漁師は、サヴィル・ロウの香りを漂わせる美しくくびれた腰と、袖から覗く一人では付けられないカフリンクスがいかにも場違いな男だった。

彼は、ペッカリーのグローブに包まれた手で裏返しのピースサインを作り二人分だと示しながら、バーテンダーに向かって「同じものを」と注文し、クリップに挟まった第十六代大統領の肖像画の束をカウンターに投げた。

「どこの王子様か知らんが――」

暗い店内でも濃いサングラスを外さず、あからさまな付けひげをくっつけてはいたが、どう見ても、ツタの(注1)這《は》った建物から抜け出してきましたと言わんばかりの男に、カイと呼ばれた深海魚は、なけなしの敵愾心《てきがい》をかき集めながら、ぶっきらぼうに言った。

「迷子になる前に帰んな」

環境活動家なんて名乗ったのは、もうずいぶん前のことだ。

カイは、この男がどうやってそれを知ったのか、少しだけ興味が湧いたが、君子は危うきに近寄らないものだと自分に言い聞かせて好奇心を抑え込んだ。ついでに、俺が君子って柄かよと思わず苦い笑いを浮かべた。

それを何かと勘違いしたのか、付けひげの男は口角を上げると、なれなれしい態度で、「まあ、そう嫌うなよ」と、カイの前に新しい酒を置かせた。

それを胡散臭げに見ながら、それでもカイはグラスを摑むと、早く帰れとばかりに、それを一気にあおった。そうして音を立ててそれをカウンターに置くと、付けひげの男を向いて「これで用は済んだろ」と言った。

付けひげの男は、バーテンダーを見もせずに指だけでもう一杯の合図を送ると、「いや、あんたに少しお願いがあってね」と続けた。

「お断りだ」

話も聞かず、けんもほろろに拒否したカイの前に、一枚の紙切れが滑り込む。

なんだとばかりにそれを見たカイは、一気に酔いが醒《さ》めるのを感じながら驚きに目を見開いた。

それがアメリカ最大の銀行にある口座から振り出された三百万ドルの小切手だったからだ。

カイは思わず署名を確認したが、そこにはアラン＝スミシー(注2)と書かれていた。馬鹿げている。だがむしろそれが恐ろしかった。

この小切手が偽物ならそれでいい。

だが、もしも本物だとしたら、アメリカ最大の銀行に、どう見ても偽名だとしか思えない名前で口座を持てる人間だということだ。何をやらされるのか分かったものではない。

「あんた……何者だ？」

「なに、単なる君の支援者さ」

付けひげの男は小切手を指差してそう言った。

それは、抗《あらが》いがたい魅了の魔法が掛かった呪われたアイテムのように、カイの視線を縛り付けて離さなかったが、それでも彼は最後の抵抗を試みた。

「仮にこいつが本物だとして――こんなやり方じゃ記録が残るぜ？」

だが男は笑みを浮かべたまま言った。

「環境団体への寄付が違法になったとは知らなかったな」

「わざわざこんなところまでお越しいただくくらいだ、とっくに調べは付いてるんだろ？」

カイがいた組織はＦＢＩによって環境テロリストとして認定されていた。

それは特に秘密でも何でもなく、公開されている情報だったから、この付けひげの男がそれを知らないはずはない。

「今でも何か関わりが？」

その質問に、男は一瞬考え込んだが、そんな組織は十年も前に立ち消えていた。

「いや……」

「なら問題はない」

あっけらかんとそう言う、自分の正体を隠したいんだか隠したくないんだか分からない格好の男を見て、彼は諦めたようにため息をつくと、小切手を指先で叩《たた》いた。

「それで、こいつで何をやらせたいんだ?」

責任追及や反対運動が主体だった時代はとうに過ぎ去り、現代の環境運動は非常に細分化されていて複雑だ。中には「地球に優しい」なんて的外れも甚だしいスローガンを振り回すくらいなら、手っ取り早く人間を間引いてやればいいなんて連中もいるくらいだ。数十や数百くらいではさほど影響もないだろうが、数十万人単位で間引いてやれば、少しは願いも叶《かな》うだろう。それが実行に移されていないのは、いかな急進派と言えどもスポンサーが得られないからにすぎなかった。

カイは三百万ドルで大量虐殺のテロリストになるのはごめんだった。

「そう構えるなよ。君がやっていた運動の対象に、品目を一つ追加してくれればいいのさ」

彼らが最後にやっていたのは、遺伝子組み換えによる植物の品種改良を研究する機関や施設への攻撃だ。もっともそれが行き過ぎてテロリスト扱いされることになったのだが。

「品目?」

「遺伝子組み換え食品を悪だと思っているんだろう?」

「……以前はな」

「なぜだい?」

「そりゃ——」

カイたちがそう主張したのは、それが金になるからだったが、さすがに口にはできなかった。

「——自然じゃないからさ」

「へぇ。だが、今や世界には、もっと自然じゃないものが大手を振って歩いている」

あんたの態度みたいにな、と、カイは目の前に置かれたきつい酒を、そうすることで不安が洗い流されるかのようにあおり、息を吐いた。

「回りくどいのは趣味じゃない」

そいつは失礼と言わんばかりに、男は肩をすくめると、

「ダンジョンさ」

「ダンジョン？」

だがあれは人の手で作られた物ではない。

遺伝子の組み換えにしても、突然変異という形で自然に起きさえすれば、甘くて美味しい果実として受け入れられる。

「そいつは自然の範疇《はんちゅう》だろ？」

自然かどうかは常に主観がつきまとう。

だが、人が神の真似事をして作り出した食品を自然とは呼べなくても、人の手が入っていないダンジョンはどうだろう。単に今までなかったというだけだ。

「なに、ダンジョン産食物の危険性さえ派手に煽《あお》ってくれれば、後のことはご自由に」

カイはその言葉に面食らった。

食物だけ？　大豆やトウモロコシじゃあるまいし、さほど出回ってもいないダンジョン産食物の危険性を派手に煽る？

「ダンジョン産食物に何かあるのか？」

「へぇ。興味が湧いたのかい？」

男はサングラスを少し上げながら、彼を覗き込むように顔を近づけた。サングラスの奥の目は見えなかったが、それが獲物を狙う蛇のような目であることは肌で感じられた。

「い、いや……だが、いまさらダンジョンの排斥運動を？」

わずか三年でダンジョンは世界に浸透した。

探索者たちがそこから持ち出す素材やアイテムは、ジャンルによっては、世界に必須だと言ってもいいだろう。探索には危険が付きまとうが、それは一般人には関わりのないことだ。アマゾンやアフリカに危険な動物がいるからという理由でそれを排斥する者はいない。

「まるで道化だな」

その言葉を聞いた付けひげの男は、面白そうに答えた。

「ははっ、君たちがそうでないことがあったかな？」

付けひげの男の言い草に、カイは反発を覚えたが、彼の醸《かも》し出す雰囲気に一瞬で毒気を抜かれた。そこには悪意の欠片《かけら》もなかったからだ。

この男は本気でそう信じていて、それになんの疑問も抱いていない。コメディアンが、コメディを演じるのは当然だからだ。

彼には目の前の付けひげの男が気味の悪いモンスターのように思えた。

「結果がどうなるのかまでは保証できないぜ」

なにしろいまだにくすぶっている連中の中には過激なやつが多い。

過激そうなポーズを演出していた連中は、捕鯨に嚙みついたまま、海の藻屑《もくず》と消え去った。残ったのはやる気のない者と——本物だけだからだ。

「パンを焼くのはパン職人にまかせるよ」

カイはぶっきらぼうに小切手を取り上げることで承諾を表明すると、何かから逃げ出すように席を立った。店を出る前にチラリとカウンターを振り返れば、付けひげの男が口元に笑いを張り付かせたまま、ひらひらと手を振っていた。カイは、うまくパンが焼けなかったパン職人の行く末について思いをはせると吐き気を覚えた。

連絡先を伝えもしなかったが、どうせそれも調査済みに違いない。カネを持ち逃げしようなどという気すら起きなかった。

昔のコネで現在も活動している連中に渡りを付ける必要があるが、札束で張り倒してやれば、自分たちの主張の傍ら、ダンジョン産食物の排斥運動くらいはやってくれるだろう。

それに何の意味があるのかは、まるで分からなかったが。

（注1）　ツタの這った建物
合衆国東北部の八つの名門大学、いわゆるアイビー・リーグ（Ivy League）のこと。

Ivy はツタのことで、それが這っている古い校舎があることが由来だと言われている。

男が、東部エスタブリッシュメントくさいと言っているわけ。

（注2）　アラン＝スミシー
Alan Smithee.

一九六八年から二〇〇〇年に亘って使用された、アメリカ映画の架空の監督名。

大抵は何かトラブルがあってクレジットされたくない場合に使用されていたが、それが広く知られてからは利用されなくなった。

"The Alias Men"のアナグラムだとも言われているが後付けだろう。初代は一人だもんね。

なお、他の国の映像作品にはこれを模した名前が今でも登場している。

■TOPに戻る■ 全部 1- 最新50

掲示板【広すぎて】代々ダン 1428【迷いそう】

283：名もない探索者
昨日三層でさ、もの凄い勢いで走っている黒いのを遠目に見たんだけど、誰か見たやついない？

284：名もない探索者
遅いぞ＞283
いまやあらゆるSNSで拡散されてる。

285：名もない探索者
ええ？　……で、あれなんだったの？

286：名もない探索者
過去ログに、ダンジョン管理課に問い合わせたやつがいた。そしたら、犬だって言われたらしい。真偽のほどは不明。

287：名もない探索者
犬ぅ？　アイリッシュ・ウルフハウンドやグレート・デーンでも大人を二人乗せて走るのは無理だろ。映像を見る限り、体高だって１５０ｃｍ以上ありそうだぜ？

288：名もない探索者
イッヌのことならワイに任せろ。
あれは犬ちゃうで。
image：49978.jpg
image：49979.jpg
この映像で分かるけど、犬歯と犬歯の間にある切歯が4(◆注3)組しかないんや。
イッヌは6組あるんやで。つまりこいつはイヌ科とは言えんな。

289：名もない探索者
イッヌ博士現る。じゃ、これ、なんなの？

290：名もない探索者
形はイヌ科に見えるけどな。

291：名もない探索者
いや、どう見てもヘルハウンドだろ。

292：名もない探索者
だよなー＞291

293：名もない探索者
ヘルハウンドが人を乗せて走るのか？
食われるぞ、普通。

294：名もない探索者
フィクションの定番だと、テイマーか召喚師の存在ががが。

295：名もない探索者
どっちも見つかってないよ>スキル

296：名もない探索者
いや、だけどさー、ここ、ここ見ろよ。
image：49980.jpg

297：名もない探索者
ん？

298：名もない探索者
んん？

299：名もない探索者
この特徴的で、ふざけた形は……

300：名もない探索者
東京の犬型の鑑札か!?

301：名もない探索者
え、こいつ登録されてんの？
じゃ登録番号で飼い主が分かるんじゃね？

302：名もない探索者
画像の枚数は多いんだが、いかんせん遠目が多いんだよな。
イッヌ博士の画像みたいなのも、あることはあるが、大抵毛に埋もれてる。

303：名もない探索者
それでも、それでも調査班ならやってくれる！

304：名もない探索者
番号が分かれば、迷子を見つけたとか言って保健所や区役所に問い合わせれば、あるいは……

305：名もない探索者
それって犯罪じゃ……

306：名もない探索者
ほら、ここを見てる恥知らずなマスコミが凸ってくれるに違いない！

307：名もない探索者
いや、恥知らずって……

308：名もない探索者
飼い主みつけてどうするんだよ？

309：名もない探索者
そりゃ入手方法を訊くんだよ。知りたいだろ？

310：名もない探索者
しかし、あんなのどこで飼うんだろうな？　豪邸でもなきゃ無理だろ。

311：名もない探索者
豪邸でもヘルハウンドを飼うのは無理じゃないっすかね。

312：名もない探索者
なーなー、いまさらだけど、あんなのを連れてダンジョンに出入りしてたら目立つだろ。
なのに、今の今まで知られてなかったって変じゃね？

313：名もない探索者
そういや先月、二層で女の人がヘルハウンドっぽい何かに追いかけられていたって話が出たことがあるぞ。
そのときは映像がなかったし、眉唾っぽくて噂にもならなかったんだが。

314：名もない探索者
あったあった、そんな話。

315：名もない探索者
ダンジョンの中にはいるが、誰もエントランスでは見たことがない。

316：名もない探索者
ダンジョンの中で飼ってるってことだろ。他に説明のしようがない。

317：名もない探索者
それなら鑑札なんか要らないんじゃないの？

318：名もない探索者
もしも地上であんなのがうろうろしてたら、とっくに大騒ぎになってるはずだよ。

319：名もない探索者
｜д·)つ モンスターボール

320：名もない探索者
おお！……って、そんなわけあるかーい。

（注3） 四組

コミック版のアルスルズが四組だったので、そこからお借りした設定。

第11章

トキワ・イン・ニューヨーク

It has been three years since the dungeon had been made.
I've decided to quit job and enjoy laid-back lifestyle
since I've ranked at number one in the world all of a sudden.

CHAPTER 11

二〇一九年　二月二十日（水）

SECTION：市ヶ谷ＪＤＡ本部　ダンジョン管理課

「おはよう、彩月《あやつき》さん」

ＪＤＡのダンジョン管理部のある廊下で、美晴《みはる》は、同期の彩月美玖《みく》に会って挨拶をした。彼女は商務課の、いわゆる受付嬢だ。

「あら、美晴じゃない。代々木にいなくてもいいの？」

「彩月さんもこちらにいらっしゃるじゃないですか」

「外国語ができる人間は総動員されてる感じだもんねー。それじゃ美晴も手伝い――ってわけじゃなさそうね」

そう言って彼女は、美晴の後ろに所在なさげに立っている男に視線を投げた。

「そちらの方は？」

「ああ。今度、ダンジョン管理課に途中入職される予定の佐山《さやま》さん」

「始めまして、佐山です。よろしくお願いします」

「こちらこそ、彩月です。でも、うちに通年採用枠なんてあったの？……もしかして逸材？」

なにしろあと二か月も経《た》たないうちに新卒が入ってくる。今年はダンジョン管理部も採用を増やしたようだから、それで人員は足りるはずなのだ。

「まあ、優秀な方ですよ。ところでうちの課長、いらっしゃいますよね？」

美玖は質問をさらりと流した美晴の様子を見て、あまり多くを語りたくないようだと感じた。そういった観察力は受付嬢に必須の能力だ。

奇妙な時期の途中入職といい、わざわざお騒がせパーティの専任管理監が連れて来たことといい、佐山には何かがありそうだ。

「あそこで、ぐだぐだになってるわよ」

そう言って、彼女が指差した先には、申請書類の山が作られた机の陰で、坂井と並んで、何やら書類を書いている斎賀《さいが》がいた。

「ああ、もう朝か……外国籍の企業を対象に含めたのはどいつだよ、まったく」

「営一が無節操にダンジョン開発協賛企業をかき集めたせいじゃないですか」

時間外の電話は無視すればいいが、メールは届く。それが印刷などという前時代の遺物のような操作を通じて積み上がった書類の山が、外国語の堪能な職員の元へと回ってくるのだ。そのせいで、今やダンジョン管理課は不夜城と化していた。

「しかし、なんで管理職の俺が、早朝から申請書類に埋もれてなきゃならないんだ?」

「人手が足らないからに決まってますよ」

「そういう組織って、末期じゃないか？」

「確かに太陽は、マッキッキですよ！」

昨日からずっと処理を続けて朝を迎えた坂井《さかい》が、やけくそのようにそう言った。

「一体いつまで続くんですかね、この状況」

「明後日《あさって》の朝には終わってなきゃ、大事《おおごと》だな」

「課長、入札が終わったらおごってくださいよ」

「お前、大学入試対策委員会は大丈夫なのか？　週明けは国立の二次だぞ」

ダンジョン管理課の代表として大学入試対策委員会に出席し、主に機器の調達を任されていた坂井だったが、今ではその管理も手伝っていた。

「ぐあああああ、それがあったかー」

机にばったりと顔を伏せた坂井を、斎賀は笑いながら見ていたが、

「もしかして、今週末も休みがないんじゃ……」

「……お疲れ」

「うわーっ、その一言、なんだか凄くへこむんですけど……」

くだらないことを言い合いながら、凄いスピードで手を動かしている二人を見て、美玖が、美晴に向かって言った。

「ダンジョン管理課って、仲がいいよね」

「まあ、課長があれですからね。商務課も悪くないでしょう？」

「受付嬢の縄張り争いはあるかな」

「それはまたなんとも……」

笑いながらそう言って彩月と別れた美晴は、部屋に入ると斎賀へと向かって行った。

「何だ、鳴瀬《なるせ》、殊勝にも手伝いに来たのか？」

「そりゃ手伝いますけどね、その前に――」

そう言って美晴は斎賀に佐山を紹介した。

「これはどうも。では、こちらへどうぞ」

斎賀は、いままでぐだぐだだったのが嘘のように、しゃっきり立ち上がると、後のことを坂井に任せて自分のブースへと二人を案内した。

「ねえねえ、今課長のブースへ案内された人って、今度うちに来るって噂の？」

セーフエリア関連で慌ただしいダンジョン管理課のはずだが、なぜか椅子を引いて集まった女性職員たちは、美晴に連れられて課長ブースへと案内されていった男の噂で盛り上がっていた。

「国立の研究開発法人から引き抜いたって噂だし、将来性あるかもよ。いっとく？」

「うーん……」

課長ブースの中へ入ろうとしている、少し古ぼけたスーツに身を包み眼鏡を掛けた細面の男は、知的と言えば知的と言えそうだが、いまひとつ頼りにならなそうにも思えた。

「中途採用だし、能力は高いんだろうけど……なんだかぱっとしないなー」

「だけどさ、案内してきたのは美晴だよ」

「それってつまり――」

三人の目が輝く。

「――お騒がせパーティの関係者ってこと？」

彼女たちには、パーティションの向こうでソファに腰掛けようとしている男が、突然輝きを増したように思えた。

「あのパーティの男も、ちょっと頼りなそうだったけど……」

「蓋を開けてみたら、今をときめく賢者様の関係者で、たぶんめちゃくちゃ稼いでるはずだよ。外見はあてにならないって」

「歓迎会ってことで、ちょっと誘ってみようか？」

「いいわね！　いつにする？」

今ならお近づきになる言い訳にはことかかない。彼女たちはすぐに社内のメッセンジャーで同僚の女性たちに根回しを始めた。

机の向こう側から、その様子を窺《うかが》っていた主任の坂井は、いや、彼女がいるかもしれないだろと内心ツッコミを入れながら、いい加減仕事に戻れよと苦笑していたが、いつまで経っても自分のところにメッセージが回ってこないことに内心穏やかではなかった。

「ええ……俺ってもしかしてハブにされてんの？」

実はめちゃくちゃ忙しい坂井に彼女たちがおもんばかった結果だったのだが、むしろそのせいで落ち込むのだった。

肉食獣の舌なめずりを背中に感じたのか、ソファに腰掛けようとした瞬間、寒気を感じた佐山は、思わず周りを見回した。

「どうしました？」

「あ、いいえ、なんでもありません」

「本日は、ご足労いただき、ありがとうございます。大まかなところは、うちの鳴瀬から聞きおよんでいるのですが、本当にＪＤＡに？」

「はい。三好《みよし》さんから勧められまして……」

「やはり、例のスキルのせいですか」

「ええ、まあ……」

実際に〈研究者〉として問題になったのは〈森の王〉だが、斎賀がほのめかしたのは〈収納庫〉のことだった。

「うちとしては、今後、セーフエリアの開発も控えていますので、佐山さんの能力は非常に有用かつ興味深いものなのですが――」

わずかに言いよどむ斎賀を見て、佐山は急に不安になった。

すでに主任の水木《みずき》には退職の意向を伝え、受理されている。ここでお祈りされてしまっては非常に困るのだ。

「何か問題がありましたでしょうか」

「問題と言いますか……報酬のことで少し」

斎賀は申し訳なさそうにそう言った。

「報酬？」

「佐山さんがお持ちのスキルを金銭に換算して、三十年働いていただくとすると――」

隣に座っていた美晴が斎賀に、さっと紙を差し出した。

「月に一億二千五百万といったところなのですが――」

「え？　月収一千万オーバー!?」

「月収です、月収。年だと十五億ってところですね」

「ええ!?」

真面目な性格だった佐山は、地上に戻った後、自分に使われたスキルを買い取れるものなら買い取ろうと、その価値を調べてみた。〈収納庫〉の価値は分からなかったが、〈物理耐性〉は取引の記録が残っていて、大まかな価格も調べることができた。だが問題はその価格だったのだ。

二十五億前後――

あまりの金額に目をむいた佐山だったが当然支払えるはずもなく、ここは三好に誘われた通り、おとなしくJDAに転職しようと心を決めたのだった。

人身御供《ひとみごくう》のような気もしたが、どうせ農研機構にとどまったとしても、研究者としては終わったようなものなのだ。気分一新、むしろすがすがしい気持ちで今日に臨んだ佐山だったが、その原因になった金額で考えても、三十年なら一億を切る。つまり〈収納庫〉の価値は――佐山は思わずつばを飲み込んだ。

「さすがにそんな予算はありません」

ざっと計算して、嫌な汗をかいていた佐山は、斎賀の言葉に我に返った。

「あ、はい」

「それで人事とも相談しまして、うちとしては今のところこのあたりが精一杯と言ったところなのです」

そう言って斎賀は雇用契約書を差し出した。

「——もしもそれでよろしければ、是非ＪＤＡにいらしていただきたいと思っています」

そこに書かれていた金額に驚いた佐山は、思わずそれを二度見した。

農研機構の役員報酬は、国家公務員における研究所の長に適用される指定職俸給表を参考に決められている。理事長は五号俸が参考にされていて、報酬は完全に公開されていたから、佐山もその金額を知っていた。

佐山の目の前に差し出された雇用契約書には、その理事長二人分に近い金額が書かれていたのだ。ちょっとした中堅企業の社長並みの給与だ。

「ご不満でしたら、多少は——」

「いえいえいえいえ、とんでもありません。これで十分です！」

思わず腰を浮かせた佐山は、ぶんぶんと音を立てて手と首を振った。

それを見た斎賀は、内心にやりと黒い笑みを浮かべていた。

この年棒を三十年間支払い続けたとしても、〈収納庫〉の取引価格からすれば本当に微々たるものだ。さすがに運搬のための手当は別途ボーナスの形で支払われるが、それを加えたところでたかが知れているだろう。

場合によっては所有しているそれを、ＮＡＳＡあたりに高額で売り払ってもいいのだ。その場合、ＮＡＳＡがそれをどんな人物に使うのかは非常に興味のあるところだ。なにしろ自分には決められなかったのだから。

斎賀は、目の前で美晴から受け取った雇用契約書を読んでいる佐山を見て、肩の荷を一つ下ろしたような気がしていた。もっともDパワーズに借りを作ったとも言えるのだが。

Dパワーズは佐山を、ウケモチ・システムとやらの担当にしてほしいと要望していた。

前職のこともあるし、FAO（国際連合食糧農業機関）やDFA（世界ダンジョン協会・食品管理局）を始めとする関係機関との連携を考えると、語学力の点で言っても適任ではあるだろう。

しかし、これから始まるセーフエリアの開発に彼の力は絶対に必要だ。ただし、それをどこまで公開するのかは難しい問題で、下手にオープンにすれば、営業を通じて協賛企業に使い潰されてしまう可能性は高かった。同じ協賛企業なら、A社に協力しておいてB社からの要請は断るというのは難しいからだ。

一律すべてを拒否した三好の態度はある意味正解なのだが、JDA職員の立場でそんなことをできるはずもない。

「ルールが必要だな」

「え？」

斎賀が小さく呟《つぶや》いた言葉に、美晴が反応したが、彼は笑って首を振り、なんでもないとごまかした。

§

思わぬ待遇に、ふわふわした気分で契約を終えてダンジョン管理課から退室した佐山は、管理課の出口で声を掛けられた。

「こんにちはー」

「へっ？」

そこでニコニコと笑っていたのは、スタイルの良い可愛い系の美人だった。

もしかしたら他の人に話しかけたのだろうかと辺りを見回してみたが、他に該当しそうな人物は見当たらなかった。

「私、でしょうか？」

突然美人に話しかけられた佐山は、ドギマギしながらそう答えた。前職場の所属部署には、若い女性が少なかったせいもあって、こういった出会いには慣れていないのだ。

「はい。先ほどはどうもー」

「ええっと、彩月さんでしたっけ？」

「はい。鳴瀬と一緒にいらっしゃったってことは、佐山さんは、Ｄパワーズさんのご紹介なんですか？」

「ええ、三好さんに紹介していただきました。それが何か？」

美玖はその噂を確認しようと話しかけたのだが、ワイズマンの紹介というだけで、もはや将来は約束されたようなものだ。

「凄いですね！　今度、お近づきの印にお食事でも――」

何が凄いのかさっぱり分からなかった佐山は、突然のお誘いに目を白黒させていたが、美玖の話が終わらないうちに、別の女性が割り込んだ。

「はーい、待った待った。彩月さん、商務課は引っ込んでいていただけますか」

「ええー、同じダンジョン管理部じゃない」

「歓迎会は、ダンジョン管理課でやりまーす。参加してくれますよね？」

「え、ええ？」

いきなり歓迎会などと言われても、佐山には年上のおじさんたちに囲まれて、ビールを飲まされた記憶しかない。勤め先の場所もあって、飲み会など面倒だとしか思ったことのなかった佐山だったが、うら若き女性に囲まれてのお誘いは、上司とはまた違った意味で断りにくかった。

「します、します。呼んでね」

「あなたには聞いてませーん」

勢いよく手を上げてアピールする美玖をすげなくあしらう女性に苦笑しながら、それでもなるべく紳士っぽく振る舞ってみた。

「よく分かりませんが、歓迎していただけるなら嬉しいです。ぜひ参加させてください」

「じゃ、詳細を送りますから、連絡先を交換してください！」

「うぇっ！」

乗り出すように携帯を突き出す女性職員に、思わずのけぞりながら、佐山は連絡先を交換したのだった。

SECTION：

代々木八幡　事務所

それが事務所の奥に設置されたとき、俺は呆《あき》れを通り越して頭痛がしていた。

「そりゃ、ＳＭＤ（ステータス計測デバイス）の発売があるから、サーバーが必要なのは分かる。分かるが——」

しばらく前から、何やらごそごそ工事が行われていたかと思えば、いつの間にか、一階の和室の中央がパーティションで区切られて、奥に防音室めいた密閉空間が作られていた。

「——なんだよ、これ⁉」

そうしてその中には、三好がどこからか調達してきた二メートル四方ほどの黒い箱が、ででんと置かれていたのだ。

「一昨年の九月に出たＩＢＭのまあまあ最新鋭のLinux専用機ですよ。今どきのメインフレームって、おうちに置けちゃうんですねぇ」

「置けちゃうんですねぇって、お前……」

ＳＭＤの計測値を最終的にステータスにする部分は企業秘密だ。

機器の中に組み込もうと思えばできるらしいが、リバースエンジニアリングは禁止したところでほとんど意味はない。バレなきゃいいってやつは一杯いるのだ。

そこで、最終工程は用意したサーバーで行うことにしたらしい。それはいいのだが——

「ここまでしたって、SMDが発売されたら、帰納的に解析されちゃうんじゃないの？」

「いつかはそうなるかもしれませんが、先輩みたいに同一個体でステータスを一ずつ変化させられるような実験体がないと、ほとんど不可能だと思いますよ」

「実験体ってな……まあ、各ステータスが一ずつちがう探索者を探してくるだけでも大変か」

しかも個人差があったりしたら絶望的だ。

「計測せずに、ダミーデータを大量に送りつけて探るってのは？」

「データの解析が大変ですし、同一IDで、そんな派手な使い方をしたらすぐにバレてBANされますって」

「まあそうか」

不正使用でBANされたIDは、ネットで公開されるらしいから、BANされた機器を中古で売り飛ばすのも難しいそうだ。

それを見てない買い手？　そこまで責任は持てない。

「だが、機器に組み込めちゃうような計算なら、そこらの適当なラックサーバーでも処理できちゃうんじゃないの？」

最近のPCの性能は高いのだ。

「それだとつまんないじゃないですか」

「……お前、まさか、使ってみたかっただけなんていうオチは――」

「ななな、なにを言ってるんですか先輩。大は小を兼ねるんですよ？　ほら大量のI／O処理にもアドバンテージがありますし、高度な信頼性・可用性・保守性を確保するならメインフレームの方が、最終的には安く……もないか。とにかく！　決して使ってみたかったとか、サマーウォーズの真似してみたかったとか、そんなことは……ちょっとしかありません！」

「ちょっとはあるのかよ」

　まあ、三好が必要だというのなら、たぶん必要なんだろうけどさ。

「ま、大部分は、はったりですよ、はったり」

「ぶっちゃけやがった！」

「ほら、何を買ったかは、どうせバレるでしょう？　それがメインフレームなら、何やら凄いことをしているように見えるじゃないですか！」

「凄いことをしているように見せて、どうするんだよ……」

「そこは、『メインフレームがいるような複雑な計算が必要なのか』と勘違いしてくれるというか、なんというかですよ」

「なんというか、ね……しかし、よく物があったなぁ」

　そう尋ねた瞬間、三好はついと目をそらして、ばつが悪そうに言った。

「え、ええ、まあ……」

「……お前、何をやらかした？」

「えへっ」

　彼女の説明によると、どうやら、ベトナムのとある銀行に納品される予定だった二台のうちの一台を、ぶんどって(注4)——もとい——先に譲ってもらったらしい。

札束でビシビシしたに違いない。日本の印象が地に落ちてないことを祈ろう。

「しかし、これ、冷静に考えて邪魔だな」

設置には十六畳の部屋の半分を占拠されている。

「仕方ありません。最初は横浜に設置しようかとも思ったんですが……」

「あそこは、普通の商業ビルだもんな」

普通の泥棒ならともかく、民間の警備会社に、どっかの国のイリーガルの相手は荷が重いだろう。

アルスルズを貸し出そうにも数が足らない。

同じ理由で、鳴瀬秘密研究所に置くことも難しかった。

「襲撃されることを想定する必要がある時点でどうかしてるような気もするが……」

「幸い鉄骨造でしたから補強も可能でしたし、もうここでいいかなぁと」

一般住宅への設置なんて、引き込みのケーブルを切られたら終わりじゃね？　と思わないでもないが、そこはアルスルズたちが何とかしてくれるのだろう。電源については、ＵＰＳ（無停電電源装置）や自家発電機もバックアップとして用意されているらしい。

三好が初期設定を終わらせて、リモートのターミナルから、ステータス計測デバイス用のプログ

（注4）　ぶんどって
当時のＩＢＭの広報誌を見る限り、無事納品されたようです。良かった、良かった（何が？）

ラムを走らせて、テストコードを実行したところで、玄関の呼び鈴が鳴った。

§

「よう、梓《あずさ》」

やって来たのは翠《みどり》さんだったが、いつもの覇気が感じられず、疲れた様子だった。

「こんにちは。今日は、中島《なかじま》さんは？」

「どこかの誰かの無茶振りで、今朝まで変な笑い声を上げながら、日がな一日、半田ごてを振り回してたからな。今頃は一人楽しくお札に埋もれた夢でも見てるだろ」

翠さんはジト目で俺を睨《にら》みながらそう言った。

いや、それ、三好だよね。俺じゃないよね？

「それに昨日は、あの変な女が仲間を連れてやって来て、“save the world!”とか言いながら、一晩中ノリノリで作業してたから、余計にテンションが上がってたぞ」

キャシーのやつ、まだそんなことを……てか仲間？　まさかいまだにＤＡＤの隊員をこき使ってるんじゃ……

「むー、またサイモンさんに突っ込まれそうですね」

「それをネタに、ブートキャンプで無理難題を言われそうだもんな」

「とにかく、チェッカーの納品は今日で終わりだ」

やっと肩の荷が下ろせたぜと言わんばかりに翠さんが大きなため息をついた。

一次試験のために二千台用意されたデバイスは、それでもそれなりに活躍したらしい。もちろん全数検査は難しかったようだが。

その後、主要な私立へと貸し出されながら、今日までに二千台が追加されたという。

国公立大学百七十三校の二次試験日程は大体同じだ。四千台なら、一校あたり二十台くらいにはなるだろう。それでも全数は苦しいところだが、少なくとも抑止力にはなるはずだ。

「ファイナンスリースなんて、意味の分からない契約だったが――うちはお前らとの契約だけでいいんだよな?」

「はい。うちからの製造依頼ってことになってますから、すぐにお支払いできますよ」

「ま、資金繰りは、あのバカみたいな金で楽勝なんだが、あれをステータス計測デバイス以外の開発に突っ込むのはどうも座り心地が悪くてなぁ」

資金繰りでの気苦労がなくなったと思ったら、今度は使い道で気苦労するとは思わなかったぜと、翠さんが笑った。

「それからな、梓」

「はい?」

「例の機器、お前が言った通りになってたぞ」

「ははぁ」

三好は、まるでいたずらっ子のような笑顔を浮かべていた。

「あー、なんの話か知らないが、あんまり無茶するなよ」

「了解でーす。そうだ、キャシーと言えば、今朝やたらテンションの高い——あ、ほら、これが写真と共に送られてきましたよ」

三好のスマホには、『きゃっほー、中島スゲェゼ』って感じのメッセージと共に、山積みの基板を背景にして、キャシーがサムズアップしている画像が表示されていた。

「でもって、これですよ」

画像をスワイプすると、そこには、机の下で倒れている、中島さんのものと思われる足が写っていた。その前で、常磐のスタッフらしき人が『エティハドかシンガポールか、エミレーツ』と書かれたホワイトボードを掲げている。

「なんだこれ？　新手の川柳か？」

「そいつは、今回の旅行で一番テンションが上がっている、都築縁《つづきゆかり》ってやつでな。飛行機旅行マニアなんだよ」

どうやら、あの古い自販機に入っていた変なジュースの提供者の一人らしい。翠さんがその写真を見ながら説明してくれた。

そういや、中島さん以外のスタッフを初めて見た気がする。

「テツの飛行機版？　そりゃあ、お金のかかる趣味ですね」

俺は呆れてそう言った。世の中にはいろんな趣味の人間がいるものだ。

「高いシートは、マイルをためて乗る主義らしいぞ」

最近は、飛行機に乗らなくてもマイルが貯《た》まるサービスが色々とあるそうだ。

「じゃあ、それって航空会社ってことか」

「ファーストクラスランキングの上位陣って感じですね。だけど、直行便があるのかな。エミレーツなんて、トランスファーでドバイを経由しますから、実時間で三十時間以上かかりますよ……いいんですかね？」

「さすがにマニアがそれを知らないってことはないだろう」

「うーん……テツの人も、乗るのを楽しむってタイプはいますからね。巻き込まれるスタッフはどうだか知りませんけど」

「全然良くない、とは言ったんだがな、こんなチャンスは二度とないと押し切られたんだ」

翠さんが苦笑しながらそう言った。

「趣味人に巻き込まれる只人《ただびと》は苦労しますよね。もっともそれが新しい趣味の目覚めに繋《つな》がることもあるんでしょうが……私に年越しの大回りは無理でした」

達成感もさほど感じず、やっと終わったかってのが一番大きな気持ちでしたねと、三好が当時を振り返るかのように遠い目をしていた。

大回りは、一年に一度だけ訪れる乗り鉄最大のイベントだ。

常磐緩行線の北小金から馬橋までの百四十円(注5)で、千キロ以上の営業キロ数を乗り継ぐ、勇者と暇人のみに許された蛮行だ。

そりゃ、丸一日普通電車に乗り続けて、千キロ以上も移動するのは、電車に乗ることが好きでない限り苦痛だろう。だが、こと趣味において、それはブーメランってやつだからな。

「深夜便は飯がいまいちだからなどと、最後まで悩んでいたようだが。今朝方は、エミレーツのA380がーなんて、ぶつぶつ言ってたな」

「何かあるのか？」

「エミレーツのA380には、結構豪華なシャワーがついてるんですよ」

「シャワー⁉　普通の旅客機に？」

「さすがはアラブって感じですよね。二か所をファーストクラスで共有してます」

単に経由地のホテルで浴びればいいだけって気もするが、寝る前にはシャワーが必須って人にもんばかったのだろうか。

「だけどなあ……」

「なんです？」

「小さな個室＋共有シャワー？　なんだか漫喫かカプセルホテルって気がしてこないか？」

それを聞いた三好が思わず吹き出した。

「確かに、ドリンクのラウンジも、新聞や雑誌のサービスも、映画のデマンドサービスもありますけど――」と、けらけら笑っている。

「きれいなフライト・アテンダントがついている満喫はありませんけど、ちょっと的を射ているように聞こえるところが、質《たち》が悪いですね」

「爆笑した時点で、お前も同罪」

「えー」

「しかし、今からチケットなんて取れるのか？」

出発は明日か明後日しかないはずだ。

「平日のＪＦＫ行きで、しかも直通便どころか下手をすれば乗継便ですよ。ビジネスの人をファーストにアップグレードしてくれるくらいには空《す》いてますし、Ａ３８０のファーストクラスは十四席もありますから」

「つまり余裕？」

三好が小さく頷《うなず》いた。

それに、どうやら、さっきのメッセージが来たときに予約を済ませたらしい。しかも、エミレーツのオンライン・チェックインは、同一の予約なら同乗者九名まで同時に処理できるそうだ。

「成田を二十二時三十分に出発して、約三十時間のフライトで、ＮＹに到着するのが、翌日の十三時五十五分ですよ」

二十二時三十分から十二時間のフライトで、朝の五時三十分にドバイに到着するというのも凄いが、ドバイを八時三十分に出発して、十四時間二十五分のフライトで、ＪＦＫ空港に到着するのが十三時五十五分というのも、わけが分からない。

「時差って凄いですよね」

三好はそう言いながら、翠さんにオンライン・チェックインの予約番号を渡していた。

「そういや、あのテンションの高い女は、いったい何者なんだ？」

キャシーは、俺たちのスタッフと紹介しただけで、詳しいプロフィールは説明していない。だがこれだけ頻繁に訪れるようになると、いくら翠さんでも多少は気になるようだった。

考えてみれば、常磐ラボはれっきとした研究機関だ。ほいほいと部外者が立ち入れるはずもない。それがパブリックなスペースだけとはいえ、身元も分からない連中をぞろぞろと引き連れてやって来る謎の女。確かにかなり怪しい。

「あの女性は、うちのダンジョンブートキャンプの教官で、ＤＡＤから引き抜いてきたというか、借りてきた人なんですよ」

「借りてきた？　ＤＡＤってアメリカのダンジョン攻略局か？　それって、大統領直属の機関じゃないのか？」

「おお、翠さんが専門外のことを調べてる！」

「あのな……、これからうちの会社の大きな領域を占めるかもしれない機器の、潜在顧客のことくらいは門外漢でも調べるよ」

「まあ、ちょっとしたご縁がありまして」

「ご縁ねぇ」

胡散臭そうなものを見るような目つきでそう言った翠さんは、明日の準備のため、早々に引き上げていった。

（注5） **百四十円**

当時の価格。現在では百五十円に値上げされている。

なお、特別にこの区間が選ばれる理由は色々あるが、ＪＲ東中最低料金だからというのも大きいと思う。

SECTION：

市ケ谷　JDA本部　ダンジョン管理課

「斎賀課長、ちょっとよろしいでしょうか」

もうすぐ昼休みになる時間に、主任の坂井が、斎賀のスペースへとやって来た。

顔色はあまり良くないようだが、今朝までの激務に翻弄《ほんろう》されていたときとはまた違った感じだ。

何か心配事でもできたのだろうか。

「なんだ、坂井。入試対策委員会で何かあったのか？」

「いえ、機器の納品自体は予定よりずっと前倒しで納品していただいているので、問題はないのですが……」

きょろきょろしながら言葉を濁す坂井を見て、なにかこの場で話しにくい内容があるんだろうと判断した斎賀は、彼を昼食に誘うことにした。

「そろそろ昼か。じゃ、ちょっと外へ行くか」

「分かりました」

二人で連れ立って、課長用のスペースから外へ出ると、ここのところ斎賀の秘書的な役割が増えている九条《くじょう》紗香《さや》が彼に声をかけた。

「あ、課長。真壁《まかべ》常務が連絡が欲しいそうです」

「俺？　橘《たちばな》さんじゃなくてか？」

橘三千代《みちよ》はダンジョン管理部の部長だ。部の話なら、普通は彼女と話をするはずなのだ。

「はい。午後のいつでもいいそうです」

「分かった」

「それと――」

「千客万来だな」

坂井に向かって、冗談めかして言うと、彼女の報告の続きを聞いた。

「アンダーソン課長が、ＷＤＡからの協力要請について打ち合わせがしたいそうです」

デミル＝アンダーソンは、ダンジョン管理部国際協力課の課長で、ＷＤＡとの連絡や連携を主な業務としていた。

「ＷＤＡ？　なんでうちと？」

「ＤＦＡの要請で、ミハル・ナルセの協力が欲しいそうです」

「はぁ？　……ちっ、あのネイサン《おっさん》博士か」

「課長、お言葉が……」

紗香は、眉をひそめて笑いながらそう言った。

「分かった」

「後――」

「まだあるのかよ……」

斎賀が天を仰いでくるくると目を回してみせると、綾香は微《かす》かにほほ笑んだ。

「営業企画課から、プロジェクトの進め方についてすり合わせをとのご連絡が入っています」

「あいつら、まさか一日中会議しかしてないんじゃないだろうな」

ここのところ、セーフエリアに関する協賛企業とのすり合わせという名目で、営業部との打ち合わせがやたらと多く、それに時間を削られまくっている斎賀は、嫌そうな顔でそう言った。

しかも実質、例の代々木開発計画試案第六号に絡んだ話が多く、斎賀は非常に困惑していた。彼らの主張を要約すると、喫緊の課題にもかかわらずダンジョン管理課の手が回らないようなら、営業部を中心とした企業連合でそれを遂行したいという話だったのだ。

斎賀としては、あの企画は、それを実現するためのスライム対策が確立されておらず、時期尚早だと主張したのだが、どこから聞きつけたのか二十一層の建物のことが俎上《そじょう》に載せられ、ダンジョン管理課の秘密主義についての糾弾の場となっていた。

秘密主義などと言われても、民間が実現した技術をすべてＪＤＡが吸い上げたりなどできるはずがない。だが、四百五十億の使い道もあって、癒着が疑われていたりするわけだ。

癒着できるものならやってみろと言いたいが、さすがにそう放言するわけにもいかず、丁寧に説明するために無駄に時間を削られていた斎賀は、代々木開発計画試案第六号を営業部に移管することに同意した。彼としては厄介払いになっていいくらいだったのだが、失敗する可能性が非常に高いプロジェクトをＪＤＡ主導で進めていくのには抵抗があった。

それを聞いていた二人は、笑うわけにもいかず、神妙な表情を取り繕っていた。

「分かった、午後から随時こなしておくから、アポを――」

取ってくれと言おうとして、取りようがないことに気が付いた。

なにしろ話の内容がどれもはっきりとしない。つまり、かかる時間もはっきりとはしないってことだ。

「——取らなくてもいいや」

「は？」

「いや、どれもかかる時間が読めないものばかりだからな。その都度連絡してみるよ」

ひでー仕事だと、ぶつくさ言いながら、彼は坂井を連れて部屋を出て行った。

SECTION:
市ヶ谷　すらがわ

ＪＤＡのほど近くにある蕎麦屋に入った斎賀は、店の隅のテーブルに腰掛けて、ざるそばを二人分注文すると、早速坂井に尋ねた。

「それで？」

坂井は言いにくそうにしていたが、意を決したように話し始めた。

「課長。ここだけの話ですが、例のデバイス、どうも持ち出されているような気がするんです」

「持ち出されてる？」

斎賀はその根拠を尋ねた。

「デバイスの数が合わないとかか？」

「数字の上では合ってることになっています」

「そう言うからには、何か別の証拠があるのか？」

センター試験から約一か月、セーフエリア関連の忙しさも手伝って、いったん日本中から回収した機器は、そのままＪＤＡの一室に保管されている。

国立二次前期日程に合わせて配送が始まる前に、機器の動作テストが行われたのだが、そのうち一つが正常動作しなかったらしい。

なにしろこれは、Ｄカード保持者を識別するための機器だから、ある人物を識別しようとして反応がなければDカードを所有していないと見なされる。そのため現場では故障が発覚しなかったらしかった。

「それで、最終納品に来られた、常盤医療機器研究所の方に許可を取って、シールを剝がして開けてみたんです」

坂井は青白い顔をさらに白くしながら続けた。

「正常動作するものも開けてもらって比較したら、中身がまるで違うんです」

つまり同じようなケースと同じシールを利用して、偽物を作りすり替えたということだ。

そういえば、当時Dパワーズは、この件の特許を出願していなかった。もし一か月前に盗まれて、先に出願されていたりしたら――

「出願された特許は調べてみたか?」

「一応」

だが該当するようなものはなかったらしい。

盗んだ連中はおろか、Dパワーズの出願もない? 一体何が起こってる?

「常盤の方は、何か言っていたか?」

「いえ、何も」

それが不気味で、不気味でと、彼は嘆いた。

「そして、これなんですよ」

坂井は、自分のスマホを取り出して、どこかにアクセスすると、おもむろにその画面を斎賀へと

向けた。そこには御殿通工の株価チャートが表示されていた

SECTION：

日本橋　兜町

　茅場町から少し西、平成通りから見上げるそのビルは、某国民的RPGに登場するちょっとだけ強いゴーレム——ストーンマンを彷彿《ほうふつ》とさせるデザインだった。

　そこは日本の証券取引の中心地、にもかかわらず今では証券マンよりも見学者であふれている奇妙な場所、東京証券取引所だ。

　そのビルから、二人の男がランチを取るために出てきた。

「どうする？」

「そうだな。たまには、めいたいけんに行こうぜ」

　背の高い痩せた男がそういうと、小太りの男が笑いながら答えた。

「なんだよ、平日の昼間っから観光か？」

「まあな。たまーに、あそこのハヤシライスが食べたくなるんだよ」

「ブルジョアかよ」

「なんのなんの。二階に上がらないうちは、まだまだだよ」

　痩せた男も笑ってそう答えた。

　めいたいけんの二階は、一階とはメニューが違うのだ。大体一階の倍くらいのお値段の料理が並んでいる。

それは、その辺のイタリアンやフレンチで、立派なランチコースがいただけるお値段だ。

「それにしてもあのハヤシ、なんでカレーの二倍以上するんだろう？」

江戸橋ジャンクションのガードの下で、日ノ屋カレーの入り口を見ながら、思い出したように小太りの男がそう呟いた。

「そりゃ、使われてるドミグラスがスペシャルなんだろ」

それを耳にした背の高い男は、カレー屋の入り口をちらりと見ながら、そう答えた。そうして、「キッチンNがなくなったのは痛かったな」と漏らした。

日ノ屋カレーのある場所には、つい一年と少しほど前まで、キッチンNという定食屋があったのだ。

「めいたいけんの半額で食べられる店だったしな」

「いや、定食屋としては普通の値段だから」

そう苦笑した後、彼らはしばらくの間無言で昭和通りへと向かって行った。

そうしてその通りにある大きな陸橋を上がったところで、小太りの男が、息を切らせながら切り出した。

「そういやさ、御殿通工、おかしくないか？」

「御殿通工？　そりゃおかしいだろ」

御殿山通信工業、通称御殿通工は老舗の大手電機会社で、株式発行数も非常に多いのだが、最近では売り上げも一時に比べればぱっとせず株価も低迷していた。

だが先月の終わりくらいから、徐々に株価は上がり続け、今日に至っては、ストップ高を記録しそうな勢いだった。プレスリリースを見る限り、特に大きな材料もなく、別段何も変わったところもない。どこかの仕手筋が動いたという噂も聞こえてこないし、ここ一週間の値動きは、一種のミステリーとさえ言えた。もちろん顧客に勧めることなどできはしないし、誰もがみんなそのはずだ。

なのに株価は上がるのだ。

「あの勢いは――」

「いや、そこじゃないんだ」

「そこじゃない？」

「俺、不思議に思って調べてみたんだよ」

小太りの男はひーひー言いながら陸橋をわたり、その階段を下りた。

背の高い男は、もうちょっと運動しろよと苦笑いしながら、続きを促した。

「なんだよ？」

「去年末から、なんだか取引の量がおかしいんだ」

「おかしい？　株価は？」

「それがほとんど変わらなかった」

その先にある、野村アセットマネジメントの次の細い角を曲がると、すぐに「麺」と書かれたシンプルで小さいにもかかわらず、場所柄大変に目立つ看板が見える。めいたいけんのラーメンコーナーだ。

ラーメンと言えば、めいたいけんの向かいにも、たにますラーメンがある。なんで京都銀閣寺なのかはまるで分からないが、ラーメンは鶏ガラ系さっぱり醬油味で、今も、そこには数人が並んでいた。

それを横目で見ながら、小太りの男が、めいたいけんの扉を開けた。

「御殿通工は、長期保有者も多い銘柄だけど、ここのところの株価低迷に続く配当金の削減で、放出している株主も多いんじゃなかったか？」

「まあな。ただ、去年末からずっと、七百二十円から七百四十円くらいで、出てきた売りがすべて消化されてるんだよ」

「消化されてる？」

「そう、株価はその範囲から微動だにしない。だからほとんど話題にならないんだけど、取引量だけが連日増えてたんだ」

注文を取りに来た給仕に小太りの男が「タンポポオムライス」と告げる。伊丹十三《いたみじゅうぞう》が撮った映画で、細長い乞食とターボーが夜の厨房に忍び込んで作るあれだ。

「なんだなんだ？　お前だってブルジョアじゃないか」

「観光ならこれ一択だろ。それに残念、三十円ほどお前の方が高額だ」

小太りの男が笑ってそう答えると、背の高い男は「変わらないだろ」と言って、コップの水を一口飲んでから、話を元に戻した。

「だがそんな長期間、ずっと買ってる奴がいて株価が上がらなかったのか？　理由は？」

「放出したがっていた売り手は多そうだ。しかも、アナリストのレポートでも、七百円を超えるどころか、六百円を割り込みそうな下り基調の予想しかない。そういった連中がどういうわけか七百円に張り付いている株価を見て、今のうちとばかりに、売りを増やしていたって感じだ」

「それが全部消化される？　買い方は？」

「いろんな会社から、指し値もバラバラ、厚みもバラバラで注文されてる。もしも同じ奴だとしたら、相当用心深いな」

「だが、なんのために、御殿通工を？」

そう、それが問題だ。今のところ、御殿通工の株を集める理由はないのだ。

「買収とか」

「バカ言え、パナソニックとまでは行かないが、それに次いで発行株式数が多いんだぞ？　市場でちまちま買い集めたくらいで買収なんかできるわけないだろ」

パナソニックは仮に一億株を買ったとしても、大量保有報告書を提出しなくてよいくらい株式を発行している。

御殿通工の発行株式数は、それに次ぐ規模だ、市場に出まわる株をすべて買ったとしても、買収などは夢のまた夢だろう。ＴＯＢも宣言しないでそんなことは絶対に不可能だ。してもおそらくは不可能だろうが。

「だが売買は行われてる」

「そうだ」

「配当が期待できないにもかかわらず」

「そうだ」

「そして株価は、評価の二十パーセント増しから微動だにしない……」

「奇妙だろ?」

何のためにその株を買い漁っているのか、確かに意図が分からない。

「まあな。しかし、俺たちが気付くくらいなんだから、気付いてるやつもいるだろう? なら、七百四十五円とか七百五十円とか、少し高い金額で指し値売りをするやつが出るんじゃないか?」

「もちろんいた。だが売買がまともに成立しないんだ」

「成立しない?」

大量の買い板を見た瞬間、成り行きの買いは激減した。下がり基調が明らかな株を高値で買わされてはたまらないからだろう。

「もしもこの株を買っているやつがいるとしたら、そいつの目的は御殿通工の株を集めることじゃなくて、ある価格帯で買うことなんだろうよ」

「なんのために?」

「さあな」

「レポートを見た会社が、株価維持のついでに自社株買いって線は?」

「たとえ市場からの調達でも、公開はされるだろ。それに内部留保がそんなにあったかな……そもそも、いまさら少しくらい株数を減らしたところで、ＰＥＲもＰＢＲも大して改善しないよ」

「じゃあ、あれだな。近い将来爆上げするネタを掴んでるやつが買い占めて——⁉」

「そう。そこで、今の状況さ」

一か月前から徐々に上げ始めた株価は、ここのところ急激に上昇し、七百円と少しの買い板は、とうの昔にきれいに消えた。一か月間それを支えていたやつがいたとしたら、どれほど大きな利益を得るのか想像もできない。

「証券取引法の百五十九条に引っかかると思うか？」

そこで料理がやって来た。

小太りの男は、早速スプーンでオムライスを切り取ると、「金融庁だって無能じゃない。ここのところの急騰を見て、とっくに調査くらいしてるだろ」と言ってそれを頬張った。

「そうだな」

背の高い男は、上の空でそれに答えながら、出てきたハヤシライスを口に運んで、そうそうこの味とばかりに口角をあげて満足げにそれを飲み込んだ。

SECTION：

市ヶ谷　すらがわ

「お前、株なんてやってたのか」

「いえ、慌てて調べたんです……」

「調べた？」

斎賀は不思議そうな顔をした。それを調べる意味が分からなかったからだ。

「だが、これはなかなか凄いな」

そこに示された一日チャートは、右肩上がりで激増していた。

「一月の終わり頃から突然上昇基調になって、それ以降ずっと上がり続けています。とうとう今日はストップ高を記録しました」

値幅制限は、株の値段にもよるが、大体一五％～三〇％だ。その後、売買が成立しない日が三日続くと、値幅制限が拡大され、今度は上り幅が倍、つまり三〇％～六〇％になるのだ。(注6)

「俺は株のことなんかよく知らんよ。分かりやすく言ってくれ」

「一か月前からここまでですでに十倍を超えています。もしもこのペースが二十五日まで続くとしたら――」

「したら？」

「一か月前から見れば、株価はざっと七十倍弱ですね」

「それは……確かに凄いが、それがデバイスのすり替えと何か関係が——一か月前？」

それはちょうど、すり替えがあったと思われる時期と重なっていた。

「いいですか、課長。この株は上がる要素が何もないんです」

「何もない？」

「はい。少なくとも業績予想や、プレスリリースを見る限り、まったく何もありません。むしろ緩やかに下がると予測されていました。もっとも今では、隠された何かがあるんじゃないかと注目されていますが」

今の大きな話題と言えば、ソフトバークグループが、上限一億千二百万株（六千億円）の自社株買いを発表して、二月七日から信託方式による市場買付(注7)でそれを始めたことくらいだろう。上げた株価を背景に、それを再放出するのではないかという懸念が高まっていたが、その他には特に、大きな話題はなかった。

「株式市場で不思議なことが起こっているというのは分かった。それで？」

坂井はテーブル越しに身を乗り出して、小さな声で囁いた。

「課長、例のデバイス。あれに使われている主要なセンサーが、御殿通工の製品で、その特許も御殿通工が保有しているんです」

「……調べたのか？」

斎賀の目つきが鋭くなったことに気が付いた坂井が、慌てて手を振って言った。

「さっき比較したとき、やたらと目立つ部品だったので訊《き》いてみたら、常磐の人が教えてくれたんですよ」

「教えてくれた？」

どうしてわざわざそんなことをしたのだろう。単なる世間話程度のものかもしれないが……

「それに、見る人が見れば、蓋を開けりゃ分かりますって」

確かにPP外装に、むき出しの基板だ。

何かで隠されてもいないから、蓋を開ければ見えるだろう。さすがに使用中に蓋を開けるやつはいないだろうが、持ち出せさえすれば誰にでもできる。

「値上がりの原因はそれか？」

「想像ですが」

盗まれたのは一か月前だ。だがそれに関するダンジョン特許は出願されていなかった。

さすがにリスクがあると思ったのか、技術的な解析ができなかったのかは分からない。だが、たまたまそこに使われていた部品が、とある一社がまるごと権利を所有している製品で、しかもそれなりに高付加価値製品だ。そしてそれに関する知的所有権もその会社が保有している。そうしてこの製品の需要は携帯電話並みとまでは言わなくても、非常に大きいことは間違いない。

「つまり、バイトか社員の誰かがそれに気が付いて株を買っている？」

坂井はゆっくりと頭を振った。

「そういう買いがないとは言いませんが、それだけというのはいくら何でも無理があります。凄い大金が動いてますから、よっぽど大きなところがバックにいないと」

「じゃあ――」

「Ｄパワーズが買っているか……そうでなければ、うちから流出した機器を手に入れたやつが買っているか、でしょうね」

　斎賀は腕を組んで考えた。

「仮にＤパワーズの連中だったとしても、インサイダーにはあたらんか」

　インサイダー取引は『上場会社の関係者等が、その職務や地位により知り得た、投資者の投資判断に重大な影響を与える未公表の会社情報を利用して、自社の株式等を売買する行為』だ。だから、御殿通工とは無関係のＤパワーズがどうしようと、インサイダーにはあたらない。

「だがなぁ……」

　Ｄパワーズの連中が、こんな株の買い方をするとはまったく思えなかった。

　そもそも、わざわざこんな仕手戦めいたことをしなくても、ただオーブを売っているだけで安泰のはずだし、あの様子じゃ苦労もなさそうだ。

「あの面倒くさがりな連中が、こんな手の込んだことをやるか？」

「それじゃ、残された方ですね。どうします、これ？」

「何かの法に引っかかるか？」

「おそらく何も。うちから漏れた情報でどこかの誰かが大儲《おおもう》けすることを、Ｄパワーズが許容するなら、ですが」

　もしもＤパワーズが特許を公開した後だったとしたら、アンテナの高い投資家には公平に御殿通工を買うチャンスが与えられただろう。しかしそれは公開されていないのだ。

おそらくは、ステータス計測デバイスと共に公開されるのだろうが――

そうなれば、御殿通工の株は天井知らずに上がる可能性がある。

「買い手が誰なのかは分かるのか？」

「大量保有報告書が出れば分かりますが、この短期間に御殿通工の株を五パーセントも市場から買い付けるのは相当難しいですし、そうしたくないなら持ち主を分散させると思いますよ」

もしも情報の流出ルートがうちからで、しかも買っているのが反社会的な勢力に繋がっていたりしたら、結構な問題になるかもしれない。

だが、現時点ではどうしようもない。

「うちとＤパワーズのＮＤＡはどうなってたかな……」

「お待たせしました」

斎賀が契約の内容を思い出そうとしたとき、店員が、ざるそばを二つ持ってきた。

寒い日でも、ざる。それがおっさんの矜持《きょうじ》なのだ。だが――

「なんだか食欲がなくなってきたぞ」

「私もです。Ｄパワーズが買っていることを祈りましょう」

「一応それとなく探らせてみよう」

頼むぞ、鳴瀬、と、斎賀は祈りを込めて割り箸を割った。

（注6）**三日**

二〇一九年二月のお話。

二〇二〇年八月三日以降、ストップ高が二営業日連続した場合、翌営業日から四倍に拡大されるよう改正された。

（注7）**懸念**

実際は二〇一九年五月三十日に、その株式はすべて六月十日に消却すると発表された。発行済み株式総数の約五％にあたる。なお、本作品はフィクションであり、実在の人物・団体とは一切関係ありません。

SECTION :
新宿三丁目

市ヶ谷からタクシーに乗って新宿三丁目のマルイアネックスの前で降りた寺沢《てらさわ》は、道路を挟んで立っている、黒い外壁に赤いラインの入ったモダンなデザインのビルを見上げた。

道路を渡って、エレベーターに乗り込み２Ｆで降りれば、そこは珈琲貴族という変わった名前の喫茶店だ。

店内に入って見回すと、店の最奥、喫煙席のどん詰まりで、一人の男が手を挙げていた。

「よう、篠崎《しのざき》。久しぶり」

寺沢が声をかけた男は、少し無精ひげを生やした細めの男だったが、よく鍛え上げられているようで、シャープな印象を身にまとっていた。

「突然連絡を貰《もら》って驚いたよ。五年ぶりくらいか？」

そう言って、注文を取りに来たウェイターに、コロンビアを注文した。

酸味のあるバランスの取れたコーヒーが彼の趣味だが、ここのコロンビアは強い甘みと深いコクも兼ね備えた、なかなかの逸品だ。

「もうそんなになるか」

篠崎充《みつる》は、寺沢と仲の良かった同期だったが、自衛隊を退職した後、探偵業に鞍替《くら》えした変わり種だ。

「で、今日は一体どういった用件だ？　旧交を温めに来たってわけでもないんだろ？」

相変わらずせっかちな男だと、内心苦笑いしながら、寺沢は机の上にハンカチを敷くと、直径が十センチ弱ほどありそうな鉄球を取り出した。

「こいつの出所が知りたいんだ」

「出所？　製作した会社ってことか？」

「そうだ」

それを聞いた篠崎は、呆れたような顔をした。

「テラよ、俺んところは探偵事務所だぞ。探偵っつーのは、個人を対象にした調査業務を行う仕事なんだよ。探偵はスパイじゃない。取引先の情報の調査なんて業務の範囲外だよ」

寺沢は、これも最終的には個人を対象にした調査なんだがなと思いながら、言葉を継いだ。

「企業の信用情報を調べるとき、取引先も調べるだろ」

「そりゃそうだが、企業の信用情報を取り扱うのは探偵じゃなくて興信所の仕事だ」

探偵事務所と興信所は、その成り立ちに違いがある。

興信所は本来、信用情報を調査する仕事で、探偵は個人の調査を行う仕事だ。現代なら、主に婚前調査か浮気調査だろう。

「探偵業法上は同じじゃなかったか？」

「そりゃまあそうだが、専門性ってものがあってだな……」

二〇〇七年に施行された探偵業法では、興信所も探偵事務所も、探偵業務を行うものとしてくくられた。

「そのへんは、横のつながりってやつがあるんだろ？　どこへ持って行けばいいかなんて、俺たちには分からないからな、頼むよ」

専門外の仕事を、より専門的な事務所に請け負ってもらうなんてことは普通にある。

それに、そういう互助的な手段がなければ、沖縄で受けた個人の調査が、北海道に波及したりしたときコストがかかりすぎる。そういう場合は北海道の同業者にお願いすることになるのだ。

「頼むよったってなぁ……こういうのって、情報保全隊あたりに頼めばいいんじゃないの？」

「三年前の高裁判決以来、一般相手の調査活動はちょっとな……」

二〇一六年、仙台高裁で自衛隊による情報収集活動を巡る国家賠償請求訴訟が行われ、日本共産党所属の地方議員四人と社会福祉協議会職員一人に対する自衛隊の監視活動が違法だとの判決が出たのだ。

「そもそも調査していることをマル対に伝えるとき、なんて言えばいいんだ？　防衛省に頼まれましたじゃ、事が大きくなりそうだが、いいのか？」

「そこはそれとなく探ってくれれば」

「どうやってだよ⁉」

「そりゃ、お前の専門だろ」

「……あのな。マル対が、お前か防衛省か知らないが、調査を依頼する側に対する契約や事件の当事者でない限り、調査することは伝えなきゃ法律違反なんだよ」

「防衛省が、犯罪や不正行為による被害を受けていたとしたら問題ないだろ？」

「そりゃ警察の仕事だろうが。民事で済ますようなことか」

「ま、そのへんは何でもいいんだが」

「いいわけないだろ！　俺たちは非合法のスパイ組織じゃないの！　ちゃんとした企業なの！」

篠崎の剣幕に、寺沢は笑いながら、運ばれてきたコロンビアに口をつけた。

「まあ、それはともかく、これってどうやって調査すればいいと思う？　圧造できるメーカーなんか山ほどあるだろう？」

篠崎は、ともかくじゃねーよと、ぶつぶつ言いながら、それでも彼の質問に答えた。

「購入した相手は個人なんだろ？　なら、ネットで『鉄球 販売』あたりで検索を掛けて、ヒットした上から十件の会社を調べるだけで十分さ。おそらく数件で見つかる可能性が高いな」

「なるほど」

ネット時代ならではだな。昔なら職業別電話帳ってやつか。

「逆にいえば、それで見つからなきゃ、こんなの見つけられっこないだろ。警察なら別かもしれないが」

「警察ならどうするんだと思う？」

「今言った方法で片っ端から電話をかけるのが基本だろうが、そいつの居住地がある程度絞れるなら、そこから手繰れば、個数によってはすぐに分かる。宅急便は寡占事業だからな」

「なるほどな。ともあれ、やれるだけはやってみてくれよ」

：

「お前な……」

全然話を聞いてない寺沢の言に、篠崎は諦めたように肩を落とした。

「で、これって、省からの依頼なのか？　それともお前個人の？　どっちにしても予算ってものがあるだろう？」

「そうだな……当面、どこからにしろ、うちの報償費に機密費枠があるから予算は大丈夫だ」

「え、お前、そんな偉いポジションにいるわけ？　二佐になったばかりだろ？」

「まあ、ＪＤＡＧ（ダンジョン攻略群）は歴史の浅い組織だからな。色々あるのさ」

「色々ね……聞かない方がよさそうだ」

篠崎は、テーブルの上に置かれた鉄球を指さした。

「それで、この鉄球は預かっていいのか？」

「ああ、よろしく頼む」

「払いは弾めよ」

「そこはお友達価格で」

「バカ言え、こんな面倒を押し付けやがって、たっぷりと請求してやる」

彼は、そう言って笑いながら鉄球を自分のバッグへと入れた。

それが仕舞われるのを待って、寺沢が口を開いた。

「あともう一件調べてほしいことがあるんだ」

「なんだよ」

「防衛省人事教育局の局長に接近している企業か団体、または個人を洗ってほしいんだ」

「ほう」

「なんだ、驚かないんだな」

「こっちは、ちゃんとした探偵業務だからな。要するに一定期間局長に張り付いて、接触した人間のリストを作ればいいんだろ？　で、目的は？」

目的が分からなければ、出会った人間すべてを調査することになる。それはいかにも無駄だ。

「目的か……そうだな」

そこで寺沢は、ＪＤＡＧで発生した不可思議な査問についての話を要約して伝えた。

「ふーん。そのファントムとやらの存在を特定したい誰かからの接触があったかどうかを知りたいわけか」

「そうだ。ただの好奇心にしちゃ、どうにもやり口がな。局長あたりに不正な企業との癒着が見つかったりしたら、ちょっとしたスキャンダルだろ」

「そうなる前に、隠蔽《いんぺい》する？」

「まさか。杞憂だってことを確認しておきたいだけさ」

「分かった。とりあえず今週と週末は張り付いてみる。だが、局内であった人間を特定するのは無理だぞ」

「そっちは別口でなんとかする。だが、調査相手の告知義務はいいのか？」

「事件の当事者なんだろう？」

そう言って篠崎はニヤリと笑った。

「かもな」

そうして彼らはしばらく雑談をした後別れた。

寺沢は、田中に調査を依頼することも考えたが、後ろにいるのが内調の可能性もあったので、独自に調査しようと考えたのだ。

「どこが相手でもいいが、正しい情報なしで判断を誤るのは御免だね」

そういうミスで部下を失うのは最低だ。寺沢はそう呟くと、新宿を後にした。

SECTION：
市ケ谷　ＪＤＡ本部

「常務、これはいくら何でも多すぎませんか？」

午後、真壁と会った斎賀は、彼からセーフエリアに運び込みたい資材のリストを渡された。

「どうやってだかは知らないが、凄い人材を引き抜いたんだろう？」

真壁は、やるじゃないとばかりに、ニヤリと笑った。

「いずれは協賛企業にも便宜を図る必要があるが、当面向こうでＪＤＡがイニシアチブを取るために必要になりそうな機材を、すべてリストアップさせた」

「かなりの能力があることは確かですが、詳細の調査はこれからですよ」

「それでも、そこらのポーターとは比較にならんのだろう？」

「それはまあ……」

積載能力という意味では、その対象がなんであれ比較することはおかしくないが、人間と機械を能力だけを取り出して同列に並べてしまうのが真壁の合理性であり非難される点でもあった。

「ですが、ガスタービン発電機なんか持ち込めますか？」

「カワサキのＭＰＵシリーズなら、道路の上を走れるんだ。二十五トンもないだろう？」

簡単に言ってくれるよと、斎賀は内心ため息をついた。今までなら数トンの物資だって持ち込むことは難しかったのだ。

「他のものはどうするんですか」

「K2HFが協力を申し出てる。詰められるだけ詰めたら、小物はポーターでキャラバンでも組もうと思ったが——その彼が何往復かしてくれた方が効率的だな」

もはや隠す気すらない様子の真壁に、斎賀は再び心の中でため息をついた。

使えるものはなんでも使う。真壁常務のマキャベリスト的な思考はいまさらだが、斎賀には佐山を守る義務もあるのだ。

「とにかく能力の調査が先ですが、もしも持ち込めないものがあったらどうするんです?」

それを聞いた真壁は、突然話題を変えた。

「アメリカが横田に奇妙な設備を持ち込んで、何かを組み立て始めているそうだ」

「は?」

「かなりの部分は、直接アメリカから運ばれているようだが、日本から調達した部品も相当数あってな」

「はい」

「部品から想定した結果、発電所付きの研究施設ではないかということだ」

常務がどこからその情報を仕入れてきたのかは分からない。だがそれがもしもセーフエリアに持ち込むために作られているとしたら、運ぶ方法は限られている。

組み立てた後、パーツごとに分解してポーターで持ち込むか、そうでなければ——

そういやサイモンとは仲が良かったなと内心の苦笑を隠しながら斎賀は言った。

「それが？」

「もしもそれの運搬に、君が引き抜いた男が関係していなかったとしたら、二十一層に想像もしていなかったものを持ち込んだ連中以外考えられるかね？」

二十一層のイグルー一号《ワン》とやらは、ネイサン博士や佐山にも知られているように、すでに秘密の建造物というわけではない。営業部にだって知られていたのだ。

個人の施設だからＪＤＡが吹聴することはないが、情報自体は上にも上がっているのだろう。どうやって持ち込んだのかや、どうやって維持しているのかは、まったくの不明ということになっていたが、斎賀の上なら当然〈収納庫〉預かりの件は知っているはずだ。

それを見る限り、Ｄパワーズの積載量はおそらく破格のはずだ。佐山が運べないものでも、彼女たちに頼めばいけそうだが、問題はどうやって頼むかだ。

「仮にそういう者がいたとして、支払いはどうするんです？」

相手が仕事をさせてくださいと申し込んできているならともかく、この仕事の報酬の最低ラインは、まとめて運んでもらえないときにかかる費用から算出することになるだろう。

期間的なことを考えれば、プラスアルファが必要になってもおかしくない。

「金じゃだめかね？」

「金で動くような連中なら楽なんですがね」

拗《こじ》らせたらアウトだということは、口を酸っぱくして伝えてある。

まさか真壁常務ともあろう人が、馬鹿なことはしないと思うが、瑞穂《みずほ》常務の例もあるから、なんとも安心できないところだ。

「そんな連中が、一体、どういった報酬でそれを引き受けたのか、君も興味があるだろう？」

「分かりました。一応気には留めておきますが、セーフエリア入札が終わるまでは身動きが取れませんよ」

「専任管理監は？」

「文句がおありなら、営業と法務をどうにかしてください」

そうして斎賀は、現在の状況を真壁に伝えた。

「そいつはまた……だが、そこに突っ込むと、内政干渉だのなんだの言われそうだな――そういえば君、例のバカみたいな計画を営業部に引き継がせたのか？」

「代々木開発計画試案第六号の件ですか？」

「そうそう、そんな名称だったか」

「時期尚早で無理だと言ったんですが――」

「向こうが譲らなかったのか？」

「そういうことです」

真壁は、はっと笑うと、「あのプロジェクトはリソースの無駄遣いだ。スライム対策はともかく、深層の保持人員をどうやって集める？　無理に決まってるさ」と言い放った。

ただし予算は大きそうだ。

セーフエリアを落札した連中も、通信が使えるようになるならと大枚をはたくだろう。一瞬だけなら自衛隊だって力業で実現しているのだから、一般の目からは可能に見えるのかもしれない。

「ＪＤＡが信用を落としませんか？」

「どうせ旗振りだけだろう。実働は民間にやらせるに決まってる。いいか、ダンジョン管理課としては、一切首を突っ込むな」

「分かりました」

「では、あとはよしなに頼む」

そう言って仕事に戻る彼を見ながら、斎賀は三度《みたび》心の中でため息をついた。

「そういや、先輩。そろそろ次回のオークションを開催しようと思うんですけど」

「そうだな。色々と入り用だったし、森の王のおかげでしばらくなんにもできなかったからな」

「確定申告も始まりましたよ」

そう言えば、先日ＪＤＡから、支払い調書というか、ダンジョン税の支払い証明のようなものが送られて来た。そこに書かれていた徴収金額の桁数を見て少し気が遠くなったことは秘密だ。

「絶対還付はありませんけど、去年は北谷の分もありますからちゃんと申告してくださいね」

「へーい」

ダンジョン税関連はシンプルだが、証券会社の特定口座めいたものはパーティ用の口座のみだ。そこから分配制度で個人の口座に振り込まれる関係上、どれがダンジョン収入なのかを明確にしておくことは重要らしい。下手をすると総合課税されて、意味不明な金額の税金が請求されたりするそうだ。おお、怖い。

「ある意味、さまよえる館よりも恐ろしいので忘れないでくださいね」

足りない方は、間違いを厳密に指摘してくれるが、取る方は間違ってても知らん顔で持って行く。それが税務署だ。

まあ、取るのが仕事だから、多く納めてくれる方はチェックがないんだろうけど。

「税理士に丸投げしておきます？」

「いや、最初だから自分でやるよ」

去年分は、途中まで会社勤めだったため、計算がやや複雑だが、まあ、その分は誤差みたいなものだ……それに考えてみれば、生活費以外は、すべて、パーティカードで支払っていたから、経費もないだろう。保険関連の控除くらいだろうか。

なにしろ、佐山さんの装備もそうだったが、あんな金額を個人のクレカの限度額で支払えるはずがない。いや、支払える人もいるかもしれないが。俺のカードは会社時代のカードだから絶対に無理だ。

「了解です。オークションなんですが、何を出品します？」

「今あるのはこんな感じだが――」

超回復×5
水魔法×5
物理耐性×6
鑑定×1
不死×1
生命探知×2
マイニング×5
地魔法×1
暗視×2
器用×2
支援（キメイエス）×1

「マンネリ感は否めないな」

〈水魔法〉や〈超回復〉は、できるだけ再取得可能な日にスライムを叩きに行っているから、そこそこ使っているにもかかわらず一定の数をキープしている。

　とは言え、最近は忙しかったし、新規のオーブ開拓はちょっと停滞気味だ。

「ＮＹのイベントが終わって、ステータス計測デバイスが発売されたら、少しは時間もできそうですし、新しいスキルを開拓するってのも悪くないですね」

「割と浅めの層でも、調べていないモンスターは多いしな。むしろ、そういう緩い探索で楽しんでみたいよ」

　最近の探索はガチすぎる。俺のスローライフは一体どこへ行ったんだ？

「探索を楽しむなんて、先輩が探索者っぽくなってる！」

「やかましい。まあ浅層なら、さすがに命の危険はなさそうだしな。農場周りは佐山さんに丸投げしとけば、ネイサン博士あたりの突撃は躱《かわ》せそうだろ？」

「代々木周辺に分局を作るべく動いてましたからねー。毎日うちに押しかけてこられたりしたら大変ですよ！」

「ともかく、先輩の将来への淡い期待はともかく――」

「淡い言うな」

「やはり〈マイニング〉ですかね」

「それ、一つはＪＤＡの預かり物だぞ」

ＪＤＡからは、〈マイニング〉と〈収納庫〉を預かっている。もっとも〈収納庫〉は二十五日まで手元にないのだが……

「アメリカもロシアも手に入れたみたいだし、欲しがるやつがいるかな？」

「むしろ数がいるタイプのオーブですよ、これ。それに、今まで手に入らなかったところは、もう買っちゃえ！と、なりませんかね？」

「なるほど」

「それ以外となると、〈水魔法〉や〈物理耐性〉しかありませんよ」

「〈超回復〉はなぁ。雇用関係にあるのは四人だから当面のストックは四個あればいいが……」

「キャシーは数の外ですか？」

「いや、さすがにブートキャンプで大きな怪我《けが》はしないだろ？」

探索中の怪我はＤＡＤマターだ。

そうは言っても、手の施しようがない場合は、躊躇《ちゅうちょ》せずに使うだろうが。

「〈器用〉はこの際、斎藤《さいとう》さんたちに使ってみたいし……」

「二人目のワイズマンを作るってのはどうです？」

「悪くないが、独善的で狭量な私めとしては、問題が起こるまでは優位な立場でいたい気もするんだよな」

「〈異界言語理解〉のときと違って、安全保障を始めとする国家的な問題には、あまり関係がありませんからね」

「まあな」

「なら、〈マイニング〉二個にしておきましょう。後は〈水魔法〉と〈物理耐性〉でいいですよね。少しは価格も下がるでしょうし」

「次の次は、少し変わったラインナップにできるといいな」

「いざとなったら研究用とか言って、〈不死〉あたりをリリースするという手もありますから」

〈早産〉などの効果も動物実験で判明している。〈不死〉だって、鑑定の文書に書かれていない何かがあるかもしれないから、安ければそういう需要もあるかもしれなかった。

二〇一九年　二月二十一日(木)

SECTION：港区　赤坂

「これが、ステータス計測デバイスでっか？」

いつものファミレスの机の上に置かれたスピードガンのようなアイテムを、テンコーが興味深そうに眺めながら言った。

「まあな」

番組の内容を斎藤経由で賢者様に相談してみたら、予約前だというのに、どういうわけか氷室《ひむろ》がこいつを抱えてやって来た。あの男のポジションは相変わらず謎だが、Dパワーズと近しい関係を築いていることは間違いないようだ。

「よう手に入ったなぁ。せやけど面白そうやとは思うけど、なんに使うん？　ダンジョン内には電波がとどかへんで」

SMDによる計測にはサーバーが必要だということはすでに知られている。wi-fiにしろ4Gにしろ、電波が届かないダンジョン内では、サーバーにデータを送ることも受け取ることもできないのだから使用することもできないはずだ。

「ま、そこは生じゃない放送のいいところってやつさ」

ハンディタイプのSMDには、ネット専用の携帯電話然としたモジュールが入っていて、ステータスの計測とともに、対象の写真を取得できるそうだ。もっとも解像度は低いらしいが。

取得されたデータは、その後、接続できる状態になると自動でサーバーに送られて、ステータスを解決するらしい。

だから電波の届かないダンジョン内でも、二度同じ対象を計測すれば、最初の計測で得た数値を利用して、あたかもリアルタイムに計測したようなリアクションを見せることができるわけだ。

「やらせやん」

真顔でそういうテンコーに、吉田《よしだ》はよせよと手を振った。

「一応バラエティー枠だぜ？　演出と言ってくれよ」

「ダンジョン内でも使えるみたいに勘違いさせてもええん？」

「そこは小さく注釈でも表示しとけばいいさ」

「しかし、いくらバラエティー枠でも、ダンジョン内で出会った探索者のステータスを公表するのはまずいんちゃう？　個人情報どころか、十八層なんか、下手すりゃ国家機密やん」

「違う違う。計測するのは探索者じゃないんだよ」

「探索者じゃない？　って、まさか――」

「そう。モンスターだ」

「ちょ、待ってーな。まさか、モンスターにもステータスってあるん？」

「Dパワーズの連中がやってみたら、測れたってよ」

「やってみたらって……大事《おおごと》やがな！　それって、モンスターの強さが客観的に調べられるってことやあれへんか！」

思わず腰を浮かせて身を乗り出したテンコーを、吉田が、どうどうと落ち着かせるように手を上げて制止した。

「まあ、落ち着けよ。でな、そのリストの作成を、番組でやんないかって言われたんだよ」

「そらええけど、この機器が普及したらみんなが真似するんちゃう?」

「だから普及していない今がチャンスなんだよ。とにかく先鞭《せんべん》をつけさえすれば『元祖』だって言えるだろ?　後の連中は、みんなフォロワーさ」

テレビでやってることがはやるなんてのは、過去にいくらでも例がある。しかも今や局が投稿サイトを作って、ニュースを募集するような時代だ。ＪＤＡに先駆けて計測ムーブメントを作り出したら、後はＪＤＡに協力するって形でまとめさせれば、いいとこ取りができるはずだと、吉田が力説した。

「どっちかいうたら、うちのチャンネルでやりたい内容やけどな」

「それ、三百万だってよ」

どうやら、壊すなよと氷室に念を押されたらしい。

「車、買えるがな……」

「ま、量産前の試作機らしいがな。量産機は三十五万とかもっと安いそうだが、それ以前に生産数が足りなすぎて最初は買えないいんじゃないかって話だな」

これを欲しいところはたくさんあるだろう。

ＤＡ（ダンジョン協会）は言わずもがなとして、後追いで計測器を開発してみたい企業や、研究に利用したい研究所、それにある程度以上の探索者なら、おもちゃ感覚で購入したとしてもおかしくはない。

「というわけで、ちょっと事前の計測調査に行ってほしいんだ」

「一人でかいな！」

「調査だけじゃ画にならないし、俺たちがついて行かない方が楽だろ？」

「ワテ護衛やなかったっけ？」

「まあまあ、バイト代は弾むからさ。細かいことは考えない、考えない」

「なんか参加するんやなかった気ぃしてきたで」

テンコーが苦笑していると、吉田がぐっと身を乗り出して、声を落とした。

「じつはな、もっと金になる――かもしれないバイトもあるんだが」

「かもしれへんって……なんや、ごっつ危なそうやん」

「いや、ダンジョンとは無関係だから、そういう意味で危険はないんだが……うちがステータス計測デバイスを持ってることを知ったやつから、それを借りたいって依頼があったんだ」

「そんな、又貸《また が》しみたいなことええん？」

「いや、業務外の用途だし、さすがに又貸しはまずい」

「そやな」

「だからさ、テンコーさんが行けば又貸しにはならないわけよ」

「は？　そら詭弁《き べん》とちゃうの？」

「いいのいいの。世の中なんてそんなもんだから。で、実はな――」

吉田は知り合いから持ち込まれた企画について、テンコーに話した。

「そないなことに勝手につこてもええん!?」

「いや、何を計測したかはどうせ分からないだろ？」

「そらそうかもしれへんけどな」

ダンジョン探検隊が放映されるのは、四月の特番枠からだ。映像はパイロットや一層の館騒動のものだけでも十分な取れ高がある。モンスターの計測は三月でギリギリ間に合うだろう。

こいつは、ダンジョン探検隊とはまったく関係ないが……

「色々と苦労したからな。このくらいの役得は許されると思わないか？」

SECTION :

千葉県船橋市　習志野駐屯地

習志野では、寺沢から次のミッションを伝えられた伊織《いおり》が、チームブリーフィングの前に鋼《はがね》とすり合わせを行っていた。

「やはり、三十二層への護衛か」

「来週の便に予定があるようです」

先月発見された三十二層のセーフエリアは、すでに区分けされ、明日ＪＤＡで行われる入札で、その利用者が決まるらしい。

発見者特典ということだろうか、自衛隊とＤＡＤには最初から区画が割り当てられていて、先日チームＩでポータを護衛して三十二層へと下りたところだった。

「問題は二十八層から三十層のナイトエリアですね」

二十八層から三十層は、徐々に暗くなっていくフロアで、それぞれ、薄暮、常夜、闇といった様相を呈していた。キメイエスがいた頃は三十一層が漆黒に塗りつぶされたような常闇であったことを考えると、三十一層までがひとまとめの環境のようだった。

「あの、地蜘蛛《ジグモ》然としたモンスターは厄介です」

薄暮の二十八層はともかく、常夜の二十九層と、より暗い三十層には、トタテグモのような習性を持った、トラップドアと呼ばれるモンスターがいた。

　こいつが突然地面の巣穴から飛び出してきて、大きな顎で噛みついてくる様は、まさに捕食者。横浜の一層にいるジャンピングスパイダーとは、同じ蜘蛛でも脅威度が違う。

「幸いデスマンティスと違って切り落とされたりはしないし、こらえ性もないからな。斥候がちゃんと仕事をしていればなんとかなるだろう」

　斥候をスルーして、後ろの部隊を襲うなどという知恵はなく、近づいたものには、それがなんであれ襲いかかるモンスターだった。

「油断はできませんよ。前回は、ギリギリで止まったとはいえ、タイプⅢのバリスティックシールド(注8)を貫通してましたからね」

「それで、護衛対象は？」

「落札者が決まらないと分かりませんが、いずれにしてもJDAが同行希望者を募るはずです」

「一種の護送船団ってことか……だが、規模によっちゃ、うちだけではフォローできないぞ」

　区画の数はそれなりに多い。仮に一区画一ポーターだとしても、そんな長蛇の列を護衛できるリソースはなかった。

「フォローできる大きさで進めるしかないですよ」

　DADのチームが十八層まで護衛したファルコンのポーターは四台だったそうだ。ファルコンの研究者二人が同行して、サイモンチームを含む八名で護衛したらしい。

「もしもポーターが、この間のK2HF（川崎重工業・KYB・ホンダ・ファナックが連合したグループ）製だとしたら、最大で八台、いや六台ってところか」

K2HFのものは、ダンジョン用ポーターとしては大きかった。しかも——

「世界中の連中が、十八層にポーターを持ち込んでいるし、後れを取るわけにはいかないってことは分かるんだが——」

どうやらテスト中の実験機らしく、形状がバラバラだったのだ。

先日三十二層へと護衛したポーターは、索敵用ドローンのベースとして開発されたものらしく、まるで円形の蜘蛛のような形状をしていた。

「日本企業ってやつは、高い性能を実現するために、エッジの効いた機能を搭載して、ギリギリまで背伸びした製品にしちゃうからなぁ……」

参ったぜとばかりに、鋼はバリバリと頭をかいた。

「プロトタイプだからじゃないですか」

「むしろ、完成度としちゃあ、製品に落とし込む前のリファレンス機って感じだったぞ。あの後も三十二層で活動してるんだろ?」

「すでに暫定とはいえ、ほぼ全域のマップが作られていますし、モンスターもリストアップされているようですよ」

ドローンの母艦のようなポーターは、大型のインバーター発電機を搭載していて、現地でドロー

（注8）　タイプⅢ
防弾能力を示すNIJ（国立司法省研究所）規格。タイプⅢは七・六二ミリを防ぐことができるタイプ。

ンを飛ばしまくっていた。

　大型の発電機は稼働音が大きい。

　通常、ダンジョンの中で大きな音を立てる機材を使うと、音につられてモンスターが集まってくるとされていたため、各国のポーターは静音性を重視して作られていたが、日本メーカー製は大容量の発電機を無理矢理囲って静音性を高めたために、使用できる電力こそ大きかったが、長時間の運用では、やはり熱の問題が発生していた。

　しかし、セーフエリアなら問題はない。廃熱を優先してある程度静音性を犠牲にしても大丈夫だからだ。やっかいなスライムとも無縁だ。おかげで大活躍をしているらしい。

「例のＡＷ３Ｄの技術を利用したってやつか」

　ＡＷ３ＤはＮＴＴ　ＤＡＴＡが開発した高分解能衛星画像を利用して地図を作成するシステムだ。それを低高度の航空映像から、解像度の高いマップを作り出す技術に応用したらしい。

　ダンジョンマップを作成するシステムとして早くから注目されていたが、開けた空間タイプのフロア以外で使うのが難しかったことと、ダンジョン内の制限により、長時間や広範囲の空撮自体が難しかったこともあって、ほとんど利用されていなかった。

「実験という名目もありますけど、実際、下手な探索者がセーフエリアの外に出たら、犠牲者の数が跳ね上がりますよ」

　仮にも三十二層は、世界ランクが一桁で構成されたチームサイモンのフロントマンが重傷を負った階層なのだ。ダブルでも後半なら危ないかもしれない。

そんな領域を探索できる探索者は少ない。だからこそのドローン探索だ。空を飛ぶモンスターがいなかったのも幸いしたらしい。

「ただ――」

「何か知ってるのか？」

隊長にしか落ちてこない情報は多い。もっとも伊織は、本当の機密事項以外は鋼に話してしまうことも多かった。

「マップが完成しても、三十三層への入り口が見つからないそうです」

「やれやれ、護衛の次は階段探しか？　三十二層までしかないって可能性は？」

「ダンジョンボスが見当たらないので、まだ下があるというのが支配的な見方ですね」

「三十一層にいたやつは――」

「いかにもボス然としてはいましたが、三十二層への鍵をドロップしましたし、役割としてはゲートキーパーでしょう。第一、代々木はまだ健在ですから」

ダンジョンボスを倒すと、ダンジョンはなくなってしまう。代々木がまだ健在だということは、ボスは倒されていないのだ。

「まあ、護衛対象がＫ２ＨＦのものとは限りませんし」

「そんなわけがあるか。政治が絡んでくると、いやでも日本製を使わされるぞ」

「ですが、Ｋ２ＨＦのものは、今のところ射撃統制システムが載っていませんし」

本当にただのポーターでしかないため、ファルコンインダストリーを始めとする各国の製品とは直接比較できなかった。

「輸出を考えると、武器輸出問題に突き当たるからなぁ……」

「武器輸出三原則等ってやつですか」

「実際、ポーターを殺傷能力のない五類型（救難・輸送・警戒・監視・掃海）の用途に当てはめて、本来業務に必要な武器として、射撃統制システムやパーツを盛り込めれば輸出も可能になるってところだろうが――」

「いまだに、与党内ですら折り合いがついていませんから」

販売できるのが国内だけとなると、またぞろ高価格になることは間違いない。

昨今は自衛隊の装備調達も渋いから、もしかしたら我々もファルコンあたりの装備を使うことになるかもしれないが、現時点の三十二層開発には、K2HFが横やりを入れてくるだろう。

「ただ、バランス制御は世界最高だと豪語してましたよ」

「ASIMOで培った技術らしいな」

実際積載量は大きいのだから、そこに重機関銃でも搭載すればファルコンのシリーズといい勝負ができそうな気もするが――

「一部じゃ日本のダンジョン攻略攻撃機器の本命は、火器じゃないって言われてるからな……」

二十層を超えたところで小火器が通用しにくくなるんだとしたら、四十層や六十層、はたまたその先はいったいどうなるのか。

レーザーやレールガンではエネルギーの確保に問題がありすぎる。

そう考えた一部の日本の研究者は、いきなり意味不明な方向へ舵《かじ》を切った。

それは、ダンジョンから得た力を補助する方向だ。

「さすがに、サイエクスパンダーはないと思いますけど」

以前伊織自身も、何度か測定や実験に立ち会わされたことがあったが、魔素研究と同様、手探り過ぎてどこに向かっているのかもよく分からなかった。

実現可能かどうかも怪しいとされていたが、近年魔法のオーブをホイホイ売りに出すオークションサイトが出現したせいで、期待が再燃しているらしい。確かに夢はあるが……

「ゴーストロボティクスのミニタウルスみたいな、安く作れそうな小型ロボットにC4でも積んでばらまいた方が効果的なんじゃないか?」

「それの母艦にポーターを?」

「まあそういうことだな。使い捨てだとしたら、ポーターに積める程度じゃ、ボス戦くらいにしか使えないだろうが」

「それなら、ありもののジャベリンでよくありませんか?」

FGM－148ジャベリンは、携行式の多目的ミサイルだ。戦車でもぶっ壊せる。

「お前な。仮にも自衛隊なんだから、LMATか、せめてハチヨンって言っとけよ」

LMATは、〇一式軽対戦車誘導弾の愛称だ。

日本はジャベリンではなくこれが導入されているのだが、こいつは熱感知が行えない対象には役に立たない。そのため、カールグスタフM3を、ハチヨンBとして再び導入していた。

「弾薬のポーターとしての運用はありかもしれんが、どっちにしても高価な弾をばらまけるほど予算がない。C－4やセムテックスを抱いたドローンの方がずっと安上がりだろ」

ジャベリンの弾は一発四万ドルだ。いかに三十層台といえども、モブ相手にホイホイ撃てる価格ではなかった。

「世知辛いですね」

「いずれにしても、三十二層以降を相手にどんな装備で挑めばいいのか、キメイエス戦を踏まえて検討してみる必要があるな」

二人は、色々な可能性を考えつつ、護衛対象の数を絞り込んでいった。

二〇一九年　二月二十二日（金）

SECTION :

代々木八幡　事務所

「その節はありがとうございました」

先日ＪＤＡと契約したことを伝えに来た佐山さんが、居間のソファに座りながら頭を下げた。

ついでに彼は、オレンジ騒動のその後についても教えてくれた。

桜川を始めとする温州みかんの木や枝に掛かった魔法は、それが発生したときと同様、突然消え去り、後にはなんの変哲もない温州みかんの木が残されていたらしい。しばらくは経過観察が行われるだろうが、いずれはそれも解けるだろう。

魔結晶の相場は、すぐに急落した。大量に買い占められたそれは売るに売れず、いくつかのソブリン・ウエルス・ファンドが、大きな損失を出しそうだということだ。

「農研機構にある木のことは、一般には知られていませんが、二十一層のオレンジはＪＤＡを経由して公開されていますからね。みかんの枝に期待していた組織が、まさか国家だとは思いませんでしたけど、損を出すくらいならと、二十一層に探索者を派遣して枝を手に入れようとするかもしれません」

すでに二十一層に特別なオレンジはない。

他の枝を持ち帰ったところで、それが今回と同じ影響力を持つかというと、おそらくはないだろう。以前のことは分からないが、今は〈森の王〉がそれを禁じているからだ。

「鳴瀬さんから聞いたけど、ギルド課はその依頼の受け付けを禁止したらしいぞ」

「ですけど政府系(注9)ですからね。十八層には組織は違えどお仲間たちがたむろしてますし」

「枝がだめなら、木をまるごと採ってくればいいじゃない、くらいのことはやるかもなぁ……」

あのオレンジの木が、ダンジョンの外で根付くかどうかはやってみなければ分からない。そもそもどこまでが不壊《ふえ》なのかも分からないから、掘り出せるのかどうかも不明だ。

だがまあ、まずいことになりそうなら、〈森の王〉がなんとかしてくれるだろう。

「ところで、本当に装備類はお返ししなくても？」

「もちろんです。今後はダンジョンに入ることも増えるでしょうし、有効に使ってください」

〈森の王〉もさることながら、佐山さんの最大の売りは〈収納庫〉だ。

三好がそれでＪＤＡに売り込んだのだから仕方がないとはいえ、セーフエリアの開発が始まる今、その能力を利用しないはずはない。

「お言葉に甘えさせていただきます」

三好が入れて差し出したコーヒーを受け取った彼は、小さく頷いて感謝を示した後、カップに口を付けて喉を湿らせた。

「実は、お支払いしようと思って調べてはみたのですが――カタログを見たら四千八百万と書いてあって、目眩《めまい》がしましたよ」

貯金をはたいてもムリですと、彼は肩を落とした。

「人知れず世界を救ったヒーローへの報酬としちゃ安いものでしょう？」

「〈物理耐性〉の価格を知る前なら、そう思えたかもしれませんけどね」

彼は遠い目をしてそう言った。

〈物理耐性〉の落札価格は公開されているから、ちょっとネットで検索すればすぐに分かる。そして、それが相場に影響を及ぼしていることは確実だ。

「報酬としちゃ、多すぎますよ」

「そうでもないいんじゃないですか？」

三好が素早く資料を検索した。

「温州みかんの去年の出荷量は六十九万トンくらいですから、大体千三百八十億から二千七十億ってところです」

ファンドマネージャーのパフォーマンスフィーは二十パーセント程度だと言われている。だからこれを千三百八十億の利益を出したと考えるならば、二百七十六億円の報酬が与えられるはずだ。

〈収納庫〉には少し？足りないが。

「たった二十五億で、それを守れたと思えば大したことは――」

「いえ、あると思いますよ」

（注9）　政府系
ソブリン・ウエルス・ファンドを和訳すると「政府系ファンド」。

国の金融資産を運用するファンドなので、政府系と言っている。どこの国かは――ご想像にお任せしますw

さすがにそれはといった顔で、彼は苦笑を浮かべた。

確かに与えられたスキルやアイテムを報酬として考えるなら、少し多いかもしれないが、彼にしかできない仕事なのだから仕方がない。他に代わりはいないのだ。

「それで、ＪＤＡに身売りする決心をしたんですか？」

まあ仕方がないかといった様子でタブレットを置いた三好は、それを混ぜっ返すように言葉を継いだ。最初に三好がＪＤＡに誘ったとき、彼は言葉を濁していたのだ。

「まあ、確かにそれもないとは言いませんが――」

順風満帆に農産物研究の道を歩いてきた彼にとって、いきなりダンジョンでは、脱線どころか異世界転移のようなものだろう。もっとも神様はちゃんとチートを与えてくれたわけだが。

「実はこっちの世界も面白そうだなと思い直しまして」

「面白そう？」

「だって、あんな柑橘《かんきつ》が存在する世界なんですよ！　未知にあふれていそうじゃないですか。誰も見たことのない植物がわんさかあるに違いありません！　気分は牧野富太郎《まきのとみたろう》、南太平洋を目指したバンクスってところですね」

自分の専門分野に興奮するのは研究者の特質なのだろうか、佐山さんらしからぬ勢いで、拳を握りしめてそう言った。

「じゃあ、先輩がクック船長ですかね？　乗り込む船はエンデバー」

バンクスは有名なジェームス・クックの最初の航海に同行して南太平洋を回った植物学者だ。

「その名前は趣味じゃない(注10)な。だが、壊血病の予防には自信があるぞ」

「そりゃそうでしょう」

壊血病がビタミンC不足によって引き起こされることは、今となっては周知の事実だ。

アスコルビン酸《ビタミンC》はすでに合成されているし、極論すれば一日半個のレモンでも予防が可能だ。対応法さえ知っていれば子供にでもできる。

「まあ、ダンジョン管理課は、なかなかいい職場みたいですし、良かったんじゃないですか」

三好がフォローするようにそう言うと、佐山さんも笑顔で答えた。

「そういえば、今日、歓迎会を開いてくれるそうですよ」

「歓迎会？」

先日ＪＤＡに契約に行った日に、女子職員たちに捕まって約束させられたそうだ。

元の職場は壮年以上の男性が多かったのだろう、彼は、女性が多い職場は華やかでいいですね、などと楽しげに話していたが、今日はセーフエリアの入札日。そんな暇があるのだろうか？

「先日、ダンジョン管理課に案内したのは鳴瀬さんですか？」

「え？　ええ、そうですが」

(注10)　趣味じゃない
エンデバー号（HMS Endeavour. HMSは、His Majesty's Ship（国王陛下の船）の略）はジェームス・クックが最初の航海に使った船で、エンデバーは「努力」という意味だ。芳村はそれを趣味じゃないと言ったのだ。

なお、クックは世界周航で壊血病の死者を出さなかった最初の人。

「ははーん」

三好が目で笑いながら納得したような声を出した。

どうやら、鳴瀬さんが引き金になって、未婚の女性社員たちにロックオンされたらしい。佐山さんも独身だから、何が起きても問題はないのだが……

「『性の力の尽きたる人は、呼吸《いき》をしている死んだ人』なんて言い出さないでくださいよ」

「ええ？　言いませんよ、そんなこと！」

牧野富太郎には浪費癖があり、女癖も悪かったそうだ。まあそんな句を詠むくらいだから本当のことなのだろう。いかに気分は牧野富太郎でも、現代でそういう行為はちょっとマズい。

ともあれ、移籍が嫌々じゃなければそれでいいのだ。

「そういえば、ＪＤＡと契約して改めて感じたのですが、ダンジョン界隈《かいわい》って、少し金銭感覚がおかしくありませんか？」

ネイサン博士の提示した金額といい、自分に提示された報酬といい、Ｄパワーズがこの騒動でばらまいた金額といい、何もかもが想像の斜め上だったらしい。国立の研究機関では想像もできないような札束が、あっちこっちで飛び交っていたのだ。

「そう言うからには、報酬も増えたんですね」

「増えたなんてもんじゃありませんよ、下手をすれば五倍です」

「ええ？　五十倍じゃなくて？」

「やめてください。お願いします」

三好は冗談めかして訊いているが、国家公務員準拠の給与だとしたら、五十倍でも〈収納庫〉の価値にはまるで釣り合わない。もしもＪＤＡが、所有している〈収納庫〉を売りに出したとしたら、まさにポスティングで選手を売り飛ばして大儲けした球団のようなものだ。

彼は嫌がっていたが、三好は「ケチですねぇ」なんてブツブツ言っていた。

まあ、一人だけ突出した給料をもらうサラリーマンの存在は組織を危うくしかねないので、そこは仕方がないとも言えるだろう。

「それで、結局ＪＤＡではどんなお仕事を？」

おそらく、ウケモチ・システムとＦＡＯの橋渡しはやってくれるだろうが、セーフエリアの開発も重要案件だ。

俺がそう聞いた途端、佐山さんは、何かを思い出したように懐から封筒を取り出した。

「そういえば、これを預かってきたんでした」

そう言って封筒を三好に差し出した。

「封書とは古風ですねぇ」

それを受け取った三好は、カッターナイフを取り出して封を切った。

「いや、そこは、アンティークのレターオープナーとかじゃないのかよ」

「封書を開ける機会なんか、お役所関係くらいしかありません。切れ味もいいし、カッターが一番ですよ」

そう言いながら中の手紙を取り出した三好は、それを読んで笑顔を引きつらせた。

「なんだ？」

「どぞ」

　うやうやしく三好に差し出された手紙を要約すると、佐山さんを雇用したから、セーフエリアの開発が始まるまでに、農園関連の仕事についての引き継ぎと、能力の詳細をまとめておいてほしいという要請だった。

「いや……これって」

　今のダンジョン管理課は、セーフエリアと入試対策で猫の手も借りたい状況のはずだ。実際、鳴瀬さんは駆り出されていて、最近あまり見かけない。そんな状況で佐山さんを遊ばせる？

　いきなりブラックな空間に突っ込んで逃げられたくなかったのか、単に時間がなさ過ぎて、習熟させるために必要なコミュニケーションコストが払えそうになかったのか。まあ、どちらもありそうだ。いずれにしても――

「丸投げされましたね」

「だよなぁ……依頼ってわけでもなさそうだぞ」

「先輩が、鳴瀬さんに丸投げ技を教えた意趣返しに違いありません」

「そんなものを教えた覚えはない」

「弟子は師の背中を見て育つものですよ」

「誰が師だよ、誰が。斎藤さんじゃあるまいし」

「農園関係の引き継ぎはともかく、能力の詳細を調べるのはＪＤＡの仕事だと思いますよ。佐山さんを推薦した手前、履歴書や職務経歴書では分からない能力の詳細を教えろってことですかね」

「いや、引き継ぎだって困るだろ……」

実際、俺たちは農園の管理めいたことは何もしていない。麦が実った後は、ただ放置して時々なんとなく見に行っていただけだ。三好も腕を組んで首をひねっていた。

「農園の管理って何をするんでしょうか？」

「いや、それを私が訊きたいのですが」

俺たちのやりとりを見ていた佐山さんが、心配そうに言った。

「そもそも農園ってどこにあるんです？」

そうか、ネイサン博士が二層に下りたとき、佐山さんはいなかったから、一坪農園のことは知らないのか。

「ダンジョンの二層にあるんですよ。ちょっと特殊な農園なんです」

「ダンジョンの二層？」

佐山さんが、変な顔をした。

農園と言うからには、なにか作物を育てているはずだが、最初から生えていたオレンジのようなものならともかく、そうでない作物を育ててるなど聞いたことがなかったからだろう。

「先輩。ＷＤＡに提出したレポートは、まだ農研機構のようなところにまでは知られていないんだと思いますよ」

食の安全性を確認する前に、広く知られてしまっては混乱が起こるから、大っぴらには公開されていないのかもしれない。

「ダンジョニングは追試されてるだろ？」

「それにしたって、ダンジョン研究関連機関だけだと思いますよ」

まだ結果が出るには早いから、論文も発表されていないはずだ。

ネイサン博士から繋がっている国際機関の人たちが知っているのはともかく、環境運動家めいた人たちにも漏れているのは、そう言った研究機関のパトロン経由って可能性はあるか。

「いずれにしても、引き継ぎするような事柄はありません。俺たちも放置してただけですし」

「はぁ」

「場所だけは教えますから、後は好きにしてもらっていいですよ」

「分かりました。斎賀課長に相談してみます」

佐山さんは、スケジュール帳のようなものにメモをした。

「問題は能力の詳細ですね」

「能力、ですか？」

「佐山さんに何ができるか調べてほしいってことでしょう」

「業績書みたいなものでしょうか？」

業績書は、大学や研究機関などの公募に応募する際に履歴書と共に添付する書類で、著書や研究論文、学会の発表や科学研究費補助金等外部研究費の取得状況などを記載したものだ。

「そうですね。この場合はスキルの能力でしょうから、言ってみれば能力書ですか」

「あの後、自分でも少しだけ調べてみたのですが、植物の成長速度や、局所的な天候は操作できるようなんです」

「天候⁉」

「やはり、ありましたか」

三好が驚いたような声を上げるが、これは想定されていた能力だ。

ディアナの森を守る王の仕事は、言ってみれば森の管理だ。その環境を操作できる能力があってもおかしくはない。

「でも先輩、そんなの能力書に書けますか？　下手をすれば、砂漠化対処条約をたてにアフリカ辺りへ連れて行かれて緑化プロジェクトでこき使われそうですよ」

個人の能力で、天候を操作して緑化を実現する？

「話だけ聞いてると、雨乞いのシャーマンと大差ないんだけどな」

「問題は、実効があるってところですよ」

「国連の調査によると、世界の陸地面積の四十パーセント以上は乾燥地域ですからねえ」

人ごとみたいに佐山さんが言っているが、あなたのことですよ、あなたの。

だが彼は森の王だ。その能力は、おそらく自分の森限定だろう。

「アフリカの砂漠って森の内かな？」

「どこまでが森なのかってのは、依然、難しい問題ですよね」

渡航禁止の身の上では、行って確かめるわけにもいかないが、佐山さんだって、すぐに他人のこない。


とは言えなくなるはずだ。

なにしろJDA保有のスキルオーブが誰かに使われるまでは、知られている限り、人類で唯一の
〈収納庫〉保持者なのだ。誘拐されたりしたら、整形されて新しい身分が見繕われることは間違いない。

もっとも、森の王は森を出ることができないはずだから、彼が移動できるなら、そこは森だと言えるだろう。もっと言うなら、彼が行った場所が森になるのかもしれない。

「まあ、そのへんは『ダンジョンの影響下にある植物の生育に影響を与えることができる』くらいで、ごまかしましょう」

まともに報告したら、それだけでも大事になりそうだ。

「スキルは成長することが知られていますから、報告していない能力がバレたら、成長したみたいです!で、押し通しましょう」

「分かりました」

佐山さんは、苦笑しながらメモを取っていたが、それ、物証になっちゃいますよ。

「あとは、〈収納庫〉の容量が分かればいいか」

「筑波に戻ってから、それも試してみようとはしたんですが……」

佐山さんも、容量を量るのにちょうどいい何かを思いつかなかったらしい。

「車が消えたのには驚きましたね」

駐車場が一杯の時に便利ですねと彼は笑った。

いや、満車のPAでそんなことをやったら、めちゃくちゃ目立つよ！　ちょっと非常識に毒されてきてるんじゃないですか？

「鉄球でも格納してみるか？」

俺たちの認識では、〈収納庫〉の容量はそこに入れる物の質量に関係している。一律の大きさで、大量にある何かがあれば容易に計測できるはずだ。直径が同じ大きさの鉄球なら入れられた個数で重さも分かる。

「八センチの鉄球は一万個もありませんから、二十トンくらいまでしか対応できませんね」

それなら、二十トン程度の、重さの分かっている大きな物を収納していって、入らなかったところから、鉄球に切り替えれば大まかなところは量れるが、そんな都合のいい物が……

「やっぱりバス？」

「私のときは全部入っちゃいましたから、限界は分かりませんでしたよ」

しかも正確な重さは分からない。ただの概算だ。

「うーん」

身近に十分な量があって重さが分かりやすいのは水だが……

以前に行った実験では、〈収納庫〉に液体を直接収納することは難しかった。

どこからどこまでを収納するのかが分からないからだろう。強いて言うなら繋がっている部分全体が対象になるようだった。

だからだろうか、海水を収納してみようとする試みは失敗した。おそらく海の水すべてを収納しようとしているのではないだろうか。

　コップに入れた液体は収納できるから、何かで区切ってやれば問題ないのだろう。

「空間に穴を開けてホースでも突っ込めれば、水道水をどんどん流し込んでみるってこともできるんだろうが、そんな感じじゃないしなあ」

〈収納庫〉にしろ〈保管庫〉にしろ、そこに入れるときは対象に触れるだけで済む。それどころか、三好などは、間に障害がなければ手も触れずに収納できる境地に達している。

「仮にできたとしても、家庭用の呼び径は十三ミリが標準ですから、全開にしても一分間で二十一リットルくらいです。一日中出しっぱなしにしても三十立方メートルちょっとですよ」

　二十四時間も拘束されて三十トンじゃ、ちょっと現実的じゃない。その間ずっと開いておくのも無理そうだし。

「もう一メートル四方の箱を用意して、海に沈めるか？」

「先輩、それって、千トンの容量を量るのに、その箱が千個要りますよ……」

「ほら、収納した後、箱だけ取り出せないかな？」

「箱だけ？」

　液体だけ切り取るのが難しいなら、切り取った後、箱を取り除けばどうだろう？

「やってみましょう！」

　三好はすぐに台所に行くと、グラスに水を注いで、テーブルの上に置いた。

「ここに取り出しましたのは、ただの水入りグラスでーす。種も仕掛けもございません！」

「あのな……」

　何を始める気なんだ、こいつ。

「それをこう——」

　雑誌を立てて、グラスを隠した三好は、何かを念じるように手をかざした。

「ワン・ツー・スリー！」

　そう言って、雑誌を取り除くと——

「あーら、不思議。コップの水は一体どこへ？」

　今のはつまり、水の入ったグラスごと収納した後、グラスだけ取り出したってことか。

「意識すれば、できちゃうみたいですね」

「できちゃうって……それ、密封された瓶の中身だけ取り出せるのか？」

「おお、それは凄い！　やってみましょう！」

　三好は冷蔵庫から、開封されていないミネラルウォーターのボトルを取り出して収納した。

　そうしてそれを取り出すと——

「むー。残念。人間コラヴァンになり損ねました」

　そこには水が入ったままのボトルが立っていた。

　コラヴァンは、コルクを抜かずにワインを注ぐためのツールだ。コルクに細い針を差し込んで、(注11)窒素ガスを注入することでワインを加圧して注ぐのだ。

「針すら不要ですからね。画期的だったのに！」

「いや、本当に密閉されてたら、内圧が取り出すたびに減っていくけど大丈夫なのか、それ」

「気圧が十分の一になったら、三十度でアルコールが沸騰しちゃいますね……」

問題になりそうになる前に飲んじゃえばいいいんですよなんて三好は言っていたが、飲んじゃうんなら、コラヴァン必要ないんじゃないの。

「取り出せないと意識しているものは、取り出せないのかもな」

「意識の問題？だとすれば、練習すればできるようになる気が——」

「やめとけ」

「えー？」

「そんなことができたとしたら、収納した金庫の中身を取り出せない理由がなくなるだろうが」

「おお！」

ただでさえ〈収納庫〉には犯罪フレーバーがついて回っているのに、金庫破りまでできるとなると、さらに問題が大きくなる。

「だけど、できたらできたで凄くありません？」

「どこで披露するんだよ、そんなの」

それが可能になったら、手を触れずに収納するという技が、ガラスケース越しでも使えそうな気がしてヤバい。もはや怪盗待ったなしだ。

「人間って、どんなに危険でも、使えるようになると使ってみたくなりますもんねぇ……」

「銃しかり、核兵器しかりってやつだな」

佐山さんも試してみたところ、彼はコップの分離をできるようになったが、こっそりと試してみた俺にはできなかった。

鉄球の打ち出しと同様、時間停止が関わっているような気がする。時間が停止している以上、中で何かをすることはできないのだろう。そういう思考そのものが、機能を制限しているのかもしれないが。

「それより、収納されている液体はどうなってるんだ？」

「どういう意味です？」

「つまり、二つのコップに入った水を収納して、コップを二つ取り出したとき、水は〈収納庫〉内部で一つにまとまっているのか、それとも別々の水として認識されているのかってことだ」

もしも混じっているとしたら、入れたものと取り出したものが異なることになる。そしてどこまでが同じ水として認識されるのかも難しい問題だ。

水道水と雨水は区別されるだろうか？

硬度が似たようなコントレックスとクールマイヨールは区別されるだろうか？

水道水でも、くみ置きと、湯冷ましと、注いだばかりはどうだろう？

（注11）　窒素ガス

本来コラヴァンはアルゴンガスを使うのだが、物語当時はアルゴンガスが食品添加物として認可されていなかったため、日本では窒素ガスが採用された。実はこの時点でアルゴンガスを食品添加物として認める食品衛生法改正が公布（二〇一八年六月）されていたが、施行は二〇一九年の六月だ。

物質の含有量ということでいえば、すべてが区別されてもおかしくはないが――

「水（百七十三・二グラム）と水（百八十二・四グラム）に分かれてますね」

「ええ？　何その名称？」

小数点以下一桁グラムまで質量が表示される？

「料理用のはかりが不要になりそうだな、それ」

同一の物体を収納したときだけ、区別する何かが加わるのだろうか。それが質量だと、同一の質量のものはどうなるのだろう？

「そんなわけありませんよ。例えばコーヒーを入れるとき、お湯を注ぎながら重さを見て、お湯の量を調整するようなことはできませんし、小麦粉を二つ以上収納しても、表示されるのは重さとは限りませんから」

「重さとは限らない？」

「すみません。私もやってみたのですが――」

そこで佐山さんが小さく挙手をした。

「こっちだと『水』表記に収納した日付が秒単位でくっついてるみたいです」

「ファイルですか⁉」

いやそれだと再収納したらどうなるんだ？

「なら、山ほどある鉄球ってどうなってるんだ？」

鉄球ほにゃららグラムなんて表記じゃ、うっとうしくて仕方がないだろう。

「全部『鉄球（八センチ）』って認識です。区別する必要がないってことでしょうか』

「うーん……それも意識の問題ってやつ？」

「かもしれません」

（先輩こそどうなってるんです？）

（俺の方は、被ってるもの自体が少ないから詳しくはやってみないと分からないが、ほとんどどれも区別なく、固有一般かかわらず、ただの名詞って感じだな）

（時間が止まって劣化もないから区別されていないってことですかね？）

（どうかな。やはり意識の問題なのかもしれないから、今度から色々意識してみる）

「しかし、スキルってパーソナライズされるんだな」

「ナンバーなしの魔法なんか、以前からそんな感じでしたよ」

色々な使い方ができるらしいが、詳細は秘匿されている場合が多いようだ。

「なかなか奥が深いですねぇ……」

佐山さんが腕組みをして感慨深げに呟いた。

彼も研究者気質《かたぎ》だから、自分の能力を色々と試してみたいだろう。

「それはともかく、これで量れるめどが立ったじゃないか」

縁に浮きを付けた一メートル四方の升を海中に取り出して、水を巻き込んで浮いてきたところで収納。そうして升だけを取り出して同じことを繰り返すのだ。そのうち入らなくなったら、〈収納庫〉の中にある水の個数を数えて海水の比重を掛ければいいだけだ。

「出したり入れたりするだけで、持ち上げたりしませんから強度もほどほどでいいですよね」

三好がすぐに厚さ二十ミリのアクリル板と、アクリル接着剤を購入した。

そのとき俺たちは、収納する際に手を触れていなければならない佐山さんが、海面に浮かんだ一メートル四方の升に触れるために、どのくらい苦労しなければならないのかを、まるで分かっていなかった。

§

佐山さんと別れた午後、鳴瀬さんが、明日のステータスデバイスの設置の打ち合わせにやって来た。中島さんたちはＮＹなので、設置は俺たちでやらなければならなかったのだ。

しかも明日は土曜日だ。通常は休みだから今日のうちに段取りだけはやっておこうと、鳴瀬さんに連絡したわけだ。

「なんだかお久しぶりですね」

「いえ、お忙しいところをすみません」

ＪＤＡのダンジョン管理課は、セーフ層の入札処理で酷《ひど》いことになっているようで、鳴瀬さんも、ここ数日はうちの事務所に姿を現さなかった。

「いえ、むしろ呼び出していただいて、助かったと言いますか……」

鳴瀬さんが、苦笑しながらそう言った。

「もう、嫌がらせかと思えるような数の申請が届いていて、朝から朝まで書類とにらめっこですから。普通の業務なんか全然できませんよ」

セーフエリアの入札は、日本の組織に限定できなかった結果、世界中の国や企業や個人から入札があったらしい。

オンラインの申請には、もはや嫌がらせのような数の申し込みが殺到したそうだ。

「すべての区画に入札する組織が、結構な数あるんですよ？　もしも全部落札できちゃったらどうするつもりなんでしょう」

「転売するんじゃないですか？」

「そこは、ちゃんと転売禁止の項目が設定されています。貸与もできません」

「それでも、他の組織の研究者を迎え入れることはできるでしょう？」

「それはまあ……」

その組織の交流もあるだろうから、一律に禁止することは難しいだろう。

「入札なんですから、単純に、示された金額が高い順に決まるんじゃないんですか？」

「そんなことをしたら、ほとんどの区画が、中国とアメリカで埋まりますよ。残りは企業連合と、マスコミでしょうか」

「マスコミ？」

「オリンピックの放映権と勘違いしている人たちが多くて」

鳴瀬さんがあながち冗談でもない様子でそうこぼした。

「それから、資金が潤沢なネット系ですね」

「ネトフリとか？」

あれをマスコミと呼ぶかどうかは難しい問題だが、情報の配信会社という意味では、そう言ってもいいかもしれない。連載のドキュメンタリーを配信するのだろう。

「そんな感じです。だから国別の制限や、業種別の制限なんかも設定されているんですが――」

「――皆、その網の目をくぐろうと努力している？」

鳴瀬さんは、なすすべ無しと言った様子で目をくるくるとまわして天を見上げた。

「今回はそれを防ぐために、入札保証金といいますか、一種の供託金まで設定したんですけど……焼け石に水でした」

区画数も大したことはないし、仮に一か所百万円の保証金をとったとしても、百か所で、たったの一億だ。世界でここにしかないチャンスを手に入れようとする行動を、その程度の金額で抑制できるはずがない。

「そんなわけですから、とある業種の企業が入札に成功したにもかかわらず、業種の制限でいくつかが落選する場合、落選企業の選定に、その企業の情報が必要になるんです」

適当に抽選でいいような気もするけれど、テロ組織と関係の深い企業が残ったりすると、三十二層そのものの安全が脅かされるわけだから、ある程度神経質になっても仕方がないだろう。

ともあれ、数が多いこともあって、そんなことが頻繁に起こっているらしく、区画の決定には、課員総出で何日かかるか分からない有様だそうだ。

「え？　なんだか今日佐山さんの歓迎会があるとか聞きましたが」

「それなんですよ……」

どうも今日まで大変な残業まみれだったため、当日くらいは休んで、明日から選定作業に注力しようという、非常にもっともらしい提案が多数の女子社員から上がってきたそうだ。

「課長も仕方なく容認したんですが、まさかそれが歓迎会のためだったとは……」

「って、鳴瀬さん、知らされてなかったんですか？」

「ついさっき聞きました……」

どうやら、数人の有志が暴走した結果らしい。

「佐山さん、大人気じゃないですか」

「まだ〈収納庫〉の件は知られていないんですが、Ｄパワーズの関係者だってことが広まっていまして」

そりゃまあ、鳴瀬さんが案内すれば、そうなるだろう。

「うちの関係者だから人気？」

「ダンジョン管理課ですから、Ｄパワーズさんがどのくらい稼がれているかもおぼろげに」

「ああ、手数料から逆算すれば分かるのか」

「申し訳ありません……」

プライバシー情報の流出だが、これはある程度仕方がないだろう。外で話題にされたりマスコミに漏らされたりしたら問題だが。

「選定のための調査なんて、法務に資料を請求するだけでいいんじゃないですか？」

「うちも手いっぱいだし、調査部じゃないって断られました」

なんだそれ。嫌がらせか？　組織がそれで回るの？

「え、じゃあどうやって？」

「外部の企業情報信用調査会社にお願いしています。法務がやっても結局同じでしょうし」

「ああ、帝国データバンクとか東京商工リサーチみたいな」

「そうです。クレディセイフやエクスペリアン、あとはD&Bとかですね」

国外の情報には、外国語の資料も多く、それも難航している原因の一つのようだった。

「芳村さんも三好さんも外国語に堪能ですよね？　バイト――」

「しませんよ！　ただ話せるのと法的な書類を読むことの間には、もの凄ーーーーく大きな違いがあるんですからね！」

第一、そんな重大な守秘が必要な選考過程に、部外者が入り込むとかありえない。

子供っぽく、ちぇーっ、と口をとがらせる鳴瀬さんを見て、ああ疲れてるんだなと少しだけ同情した。

「そういえば、斎賀に聞いてこいと言われたんですが」

「え？　何をです？」

斎賀にはさりげなく訊いてこいと言われていたが、そうしようにも話の接ぎ穂がない。

ひとしきり悩んだ結果、もうそのまま訊けばいいかと開き直ったのだ。ストレート女、鳴瀬美晴の面目躍如というやつだ。

「Dパワーズさんって、御殿通工さんの株と何か関係があるんですか？」

「御殿通工？」

もちろんそれが大手の電機メーカーだということは知っているが、俺とはなんの関係もない。以前使っていたブラウン管TVが御殿通工製だったくらいだ。

「三好ー。御殿通工って心当たりあるか？」

「ありをりはべり、いまそかりってなもんですよ」

「なんだそりゃ」

台所で飲み物の準備をしていた三好は、マグカップを三つお盆に載せてやって来ると、いたずらがばれたときの子供のような顔で言った。

「鳴瀬さんが訊きたいことは分かりますけど、今高騰してるのは、私が買ってるからじゃありませんよ」

「え、お前株なんか買ってたの？」

「まあ、ちょっと前に」

そう言って、カップを並べた後、俺の隣に座ると説明を始めた。

「先輩覚えてません？　D132って」

「ああ、あの中島さんと悪だくみしてた」

「Ｄ１３２が、御殿通工の製品なんです」

「じゃあ、『センサーの知的財産権を老舗でちょっと落ち目の大手一社だけが保有していて、まだその期間が長く残っている』ってのが――」

「御殿通工ですね」

「まあ、最初はちょっとした保険のつもりだったんです」

最初に各大学から問い合わせが殺到したとき、情報が流れるタイミングといい、断りにくそうな状況を作って製品化を強制されそうな点といい、あまりにでき過ぎていて、誰かの意図を感じざるを得なかった。

正体を見せることもなく、人を掌の上で踊らせようなんて考えているやつの向こうずねは、とりあえず蹴っ飛ばすって気持ちは分かる。このとき俺は世界の平和を祈っていた。なにしろこいつは、時々やり過ぎるのだ。

「もしも、どこかの誰かが、このでっかい釣り針に食いつかず、アナリストレポート通りに株価が推移したとしても損失は二十パーセントくらいなものです。エンターテインメント系は好調ですし、長期保有していれば、いずれ元くらいは取れるだろうからいいかなーと」

だが、ダボハゼは釣り針に食いついた。

ＪＤＡに預けておいた、Ｄカードチェッカーの一つは、偽物にすり替えられていたらしい。

「こないだの翠さんとの話はそれか！」

三好はこくりと頷いた。

「じゃあ、あのリース契約の意味不明な一文は(注12)──」

鳴瀬さんが、契約書の謎を思い出したかのように言った。

「ＪＤＡさんにご迷惑がかかるといけないと思ったんですよ。優しいでしょう?」

高確率で盗まれることが予想されていたにもかかわらず、ゴリゴリの契約にしておけば、ＪＤＡの被害も大きく、すべてが明らかになったときには、まるではめたみたいに見えるだろう。

「盗んだデバイスを元にダンジョン特許を取りに来るかなとも思ったんですが、さすがにあれをすぐに解析して特許資料を作るのは無理だったみたいですね」

それだけではなく、結構なリスクもあるだろう。もしも訴えられたりしたとき、基礎研究部分の資料がなければ──まあそんなものを偽造する暇はないだろうが──大事になりかねない。

「盗まれたのがセンター試験の時だったとすると、ちょうど一週間後から微妙に御殿通工の株が上昇を始めていますから、一週間は頑張ったんだと思います」

分解してみると、ちょうど都合のいいパーツが目についた。

そこに使われている主要なセンサーが、株価が低迷している大手企業のもので、それに使われている特許もその会社が保有していることを知ったとしたら──

(注12)　意味不明な一文
四巻参照。
「ＪＤＡは精一杯その管理を厳しくして、第三者に開示されない努力をする」という一文

「世界中に、結構な数の需要がある製品ですからね。調達する数だけでも相当な利益が予想されますが、フォロー製品の特許料は、そんなレベルじゃなくなるはずです」

もしも、三好の企みを知らず、デバイスだけを見たやつがいたとしたら、そう考えるだろう。

結果株価は急騰するはずだ。

「ほら、言ったじゃないですか。なんだかこの件は変だって」

「急いでデバイスを作らせてばらまくこと自体が目的みたいってやつか？」

「そうです。相手がどこの誰だかは分かりませんけど、やり方がかなり強引でしたからね、きっと反社っぽい人たちも絡んでますよ」

「ええ？　そんな奴らをハメて、お前大丈夫なの？」

「先輩、私たちって、とっくの昔にどっかの諜報《ちょうほう》機関の方から狙われてませんでした？」

「……そう言われりゃ、そうだな」

考えてみれば狙撃まで経験したんだった。さすがにこんな経験をしたことのある日本人は少ないだろう。いや、日本人に限らなくても、そんなに多くはないはずだ。

そんな連中をはめるために、こいつは、わざわざ年末から、株主が手放したくなりそうな価格帯で、目立たないようにずっと株を買い続けていたってわけだ。株価の先行きが暗かった銘柄だけに、評価額の二十パーセント近い上乗せに、面白いように売りが集まったらしい。

「ただし、ほとんどの売りたがっていた人の株は、一か月で私が吸収しています。誰かさんは成り行きで躍起になってますけど、思ったより数は集まってないでしょうね」

三好がタブレットにチャートを表示して、その表面をコンコンと叩いた。

「それで今月の前半が、こんなことになってるのか」

株価はストップ高までには達しないが、細かく売り買いされて続伸を続けていた。

「予約と販売が開始される二十五日が天王山ってやつですよ！」

もっとも三好は、すでに相手の板の厚さに応じて売りを浴びせ始めているようだった。

「しかし、対象は株式発行数がべらぼうに多い御殿通工ですよ。こんな方法で買うなんて……アホなんですかね？」

「一世一代のチャンスに目がくらんでる――って、お前、一体どのくらい買ったんだ？」

三好はぺろりと舌を出すと、「勝手に五百億くらい使っちゃいました」と軽く言った。

所有株数が五パーセントを超えると、大量保有報告書を提出しなければならない。だからそれに届かないギリギリの線を狙ったらしい。

それを聞いた鳴瀬さんが、思わず飲み物を噴き出しかけていた。

「おまっ……五百億の二十パーセントって、百億だぞ！」

もしも誰も何もしなければ、百億円の損って……

「先輩、前から言ってるじゃないですか。五百億も四百億も、『凄く大金』で、ほとんど変わりませんって」

ああそうか、百億に注目するから大金って気がするが、残った方に着目すれば――

「確かに大して変わらない気がする」

「ですよね！」

「やっぱ、俺たちって庶民なんだなぁ……」

五百億円と四百億円の差なんて、数字はともかく実感としては、まるで分からない。

「まったくです」

「あのー……あんまり五百億円分株を買う庶民はいないと思いますけど……」

確かにそうかもしれないが、実感はないのだ。カードを使って買い物をしていると、お金を使ったという感覚がなくなっていくが、ちょうどあんな感じだ。

「それに、もう半分くらいは売り抜けてますから損はありませんし、残りは今日の大引け後に、全部成り行きで売る予定です！　週明け、もしも買いを出していたとしたら一瞬で溶けて――」

「後は下がる一方ってか？」

「無理して買い支えるかもしれませんけどね。卑怯《ひきょう》な人たちの向こうずねは、力一杯蹴っ飛ばしてあげなければ！」

両手のこぶしを握り締めて、ぐっとガッツポーズをとる三好に呆れながら、俺は、「はいはい。うまくいくといいね」と言うしかなかった。

仮に買い支えたところで、Ｄ１３２が活躍する未来はないのだ。酷い話だ。

「しかしこれって、普通の投資家にも悲惨な目に遭うやつが出るんじゃないか？」

「今のところ続伸が続いているとはいえ、成り行きの買い手なんて他にいないでしょうから、それほど影響はないと思いますけど――」

「けど？」

「大した根拠もなく仕手戦っぽいものに乗っかってくるような人は、痛い目を見ても仕方がないと思いますよ」

なにしろ下がる理由はあっても、上がる理由がない銘柄なのだ。

「ノーポジで、眺めて楽しむ株でしょ、これは」

「証券取引等監視委員会の取り締まり対象になったりしないだろうな？」

「風説の流布もなければ、仮装売買っぽいことも、見せ板っぽいことも行っていませんし、取引量は多いですが、実に合法的なものですよ」

「ならいいか」

ふとそのとき俺は、重大な問題に気が付いた。

「ちょっと待て。お前、いくらで五百億分買ったって？」

「えーっと。七百二十円から七百五十円くらいですかね。確かピークで六千三百万株くらいだったと思います」

「ちょっとそのタブレットを貸してみろ」

俺は、三好がチャートを表示させていたタブレットをつかみ取ると、そこに表示されている数字を改めた。

「一万四千七百円⁉」

「まだ引けてませんけどね」

東京証券取引所の立会時間は十五時までだ。

「二十倍じゃん！」

もちろんすべてがこの価格で計算はできないだろうが、六千三百万株だとしたら、ざっと九千二百六十億だぞ⁉　〈異界言語理解〉より高額ってことか⁉

「株って怖いですよねー」

俺は黙って三好にタブレットを返すと、それを見なかったことにした。

こいつはパーティ収入とは関係ないし、俺には関係ない。うん。会社の金だ。うん。

「それで、訊きたいことってそれだけですか？」

突然話を変えた俺だったが、鳴瀬さんは状況をうまく呑《の》み込めず戸惑っていた。

「え、いえ、これ……なんて報告すれば？」

「御殿通工株の高騰は、Ｄパワーズが購入しているからではなかった、で良くないですか？」

そう三好があっさりと言った。

「そうだな。嘘じゃないもんな」

「ですよね。嘘じゃありません」

「はぁ……」

「じゃ、明日の段取りですが――」

「あ、もう一つだけ」

「なんです？」

「どんな報酬でアメリカの荷物を運ぶことになったのか知りたいそうです」

「いや、それって……取引上の秘密にあたりませんか」

俺は苦笑いを浮かべながらそう言った。

もっとも、考えてみれば、アメリカとはNDAのNの字も結んでいない。単なるサイモンとの口約束だけだし、口外無用とも言われなかったっけ。

「え、じゃあアメリカとの取引って、本当にあったんですか⁉」

「ええ?」

「いえ、横田で変なものが組み立てられているところから、推測したらしくって」

変なものって……そんなに目立つほど大きなものを用意してるのか。

俺は三好と顔を見合わせた。

「佐山さんが運搬できないものがあったとき、Dパワーズさんに協力を要請したいそうなんですが、どうやって要請すればいいのか悩んでいたところに、この話が出たそうで……」

確かに彼の容量はまだ確定していないが、三好よりも小さいことだけは間違いない。

「先例があるならついでに聞いてこいと?」

鳴瀬さんは小さく頷いた。

しかしこの報酬は、単なる三好の趣味でしかない。何の情報にもならないと思うけどなぁ……

その時、門の呼び鈴が押された音が鳴った。入り口のドアと違って外についているやつだ。

うちに来る連中は、大抵徒歩で勝手に門をくぐってくるので、呼び鈴を押すときはドアのものなのだが……

　不思議そうな顔で三好が外を確認した。

「先輩。なんだか偉そうな車が来たんですけど」

「偉そうな車？」

　ちらりと窓から外を見た成瀬さんが、驚いたように声を上げた。

「ま、丸外ナンバー!?」

「ええ？」

　よく見ると、ナンバーの左に丸で囲まれた「外」の字が書かれていた。外交官が使う車だってことだろう。しかも国旗はアメリカのものだ。

「どうやらハガティさん用の車みたいですね」

　啞然としている鳴瀬さんの代わりに、三好が言った。

「ハガティって(注13)？」

「アメリカの駐日大使」

「はぁ!?」

　俺はもう一度門の向こうに停まっている車を見た。

　外交官ナンバーのうち、丸がついているものは、大使館のトップが使う公用車につくナンバーらしい。

「そんな風に区別できると、襲われやすくなってまずいんじゃないの？」

「そう言われれば、なんで区別してるんですかね？」

大統領が来日したとき乗る車は、同じものが二台用意されて、ナンバーも同じナンバーが使われると聞いた。なら、もういっそのこと区別できないように全部同じナンバーにすればいいのに、なんだか不思議だ。

「後ろに続いてる車は？」

「どうやら定温輸送用の車みたいですね」

「何を暢気《のんき》なこと言ってるんですか！　早く応対しないと！」

鳴瀬さんの焦《あせ》った声に、三好が門を開けるスイッチを押すと、正門部分が静かに開いた。

「おお、もしかして初めて見たかも」

「芳村さーん……」

あなた、何をやったんですかと言わんばかりの鳴瀬さんの視線に俺も首を傾《かし》げた。

「そういや、例の件だとしても、どうしてわざわざ大使の車が？」

「うーん……一種の示威行為《スプレー》ですかね？」

（注13）　駐日大使
当時の話。

二〇一九年七月二十二日に離日したが、大使の席はしばらくの間空席になったため、ジョセフ・M・ヤング氏が、駐日米国臨時代理大使を務めた。その後、二〇二二年三月二十五日、ラーム・エマニュエル氏が正式に着任し、今に至っている。

三好が裏のマンションを親指で差しながら言った。

もしもそこに本当に各国の情報機関が居を構えていて、うちを監視しているのだとしたら、アメリカ大使の車が訪問したという事実は、蜂の巣をつついたような騒ぎを引き起こすに違いない。

「示威行為ねぇ……」

ご苦労なことだと思いながら、ふと、俺たちは普通の部屋着だってことに気が付いた。

「こんな格好でお迎えしてもいいのかね？」

「じゃ、脱ぎます？」

つまり今すぐ着られる適当な服はないよねってことだ。

二階に上がれば、くたびれた安物のスーツがあるが、レベルで言えば今の服と大差ない。

「裸の方が失礼にあたりそうだな」

「ですよね」

結論から言えば、彼らは、先日サイモンと約束したブツを持って正式な契約をしに来たようだった。言ってみれば運送屋兼営業マンだ。今朝横田へ、パトリオットエクスプレスで到着したから、急いで持ってきたようだ。

大仰な挨拶をして荷物を運びこんだ後、あらかじめ用意されていた契約書にサインをすると、実にフレンドリーに握手をしてすぐに帰って行った。その間、わずか数分。

「分単位のスケージュールで動いている、忙しい人たちに運送屋さんなんかさせて、なんだか悪い気がするな」

「先輩、せめて使節団って言いましょうよ」

三好が笑いながら言った。

「でも凄くシンプルな契約書でしたね」

「お前、以前面倒な契約書はサインしないとか、ごねてなかったか？」

「それは先輩でしょ。しかし訴訟社会のアメリカとは思えません」

「裏に見えないくらい小さな文字で、何かがびっしりと書かれてるんじゃないか？」

「もしかしたら、あぶり出しかも……」

「何を馬鹿なことを言ってるんです……で、それは？」

床に積まれた数箱の木箱を見ながら、鳴瀬さんが尋ねた。

「ああ、まあ、報酬と言いますか、なんといいますか……」

「報酬？」

「先ほど鳴瀬さんが知りたがっていたやつですよ」

「え、じゃあ、木箱の中は金の延べ棒か何かってことですか⁉」

金の延べ棒ねぇ……

「黄金と言われればそうかもしれませんけど……なにしろ半分はコート・ドールの品ですから」

コート・ドールは『黄金の丘』だ。

ブルゴーニュ地方の高品質ワインを作り出す土地で、件《くだん》のモンラッシェはここの南側にあたる、コート・ド・ボーヌにある畑なのだ。

「え、じゃあ、まさか……」

「見てもいいですよ。どうせ、セラーにしまいますから」

そう言って、三好は木箱の中身を、文字通りよだれを垂らしそうになりながら片付け始めた。

「まさか本当にワインで買収されているとは……」

鳴瀬さんは呆れたようにそう呟いたが、趣味の人ってのはそういうものだ。

「二〇一六年(注14)のモンラッシェなら買収されても仕方ないんです！」

奥のセラーの前で、三好が力強くそう主張した。

謎はすべて解けた！　じゃないが、ＪＤＡの疑問は、これで大体解消しただろう。真似をするのはほとんど無理だと思うが。

「さて、それじゃあ片付けが終わったら、設置場所を見に行きましょうか」

「はー、今週末も、休日出勤確実ですよ……」

「まあまあ元気を出してください。ほら、知り合いからお願いされてしまえば、俺たちだって、多少は協力するつもりですし」

俺は、さりげなく助け舟を出した。なにしろ佐山さんを推薦したのは俺たちだ。その手伝いくらいはしても罰は当たらないだろう。

「本当ですか!?」

「た、多少ですよ、多少」

三好が、先輩は美人に甘いですからねアイズで、目からビームを出しそうだったが、気が付かなかったことにした。

「相変わらず先輩は美人に甘いですからねー」と奥から三好がからかうように言うのを聞いて、俺はセラーの隅から一本のボトルを取り出した。

「いや、お前にも甘いだろ?」

そう言って俺が、「おめでとう」と言いながら三好に差し出したのは、シャトー・ディケムの一九九六。三好が憤慨した『俺たちは天使じゃない』に登場した銘酒の、誕生年ボトルだ。

「ええ!? 先輩、知ってたんですか!」

「そりゃまあな」

今日、二月二十二日は三好の誕生日だ。ちなみに先週、二十一日が誕生日の斎藤さんにリカーブボウをせっつかれて、はたと思い出したことは内緒だ。

「どうだ、甘いだろ?」

「それを言うために、ソーテルヌにしたんですか?」

しょうがないなーと笑いながら、それを仕舞う三好の背中は、嬉しそうに弾んでいた。

(注14) 二〇一六年のモンラッシェ

七巻で三好は、L'EXCEPTIONNELLE VENDANGE DES SEPT DOMAINESという会社まで作ってと言っているが、これはワインに付けた名称で法人的なものではない。おそらく二〇一六年当時は、情報が錯綜していたのだろう。なお、ドメーヌの親しい人に販売され、普通の人には買えないはずのワインだったが、現在、まれに見かけることもある。本物かどうかは分からないが、二〇二四年現在、大体一千万円くらいだった（W

二〇一九年　二月二十三日（土）

SECTION :

代々木ダンジョン　ゲート内施設

その日の代々木ダンジョンのゲート内は、いつにも増して慌ただしかった。正式に始まったブートキャンプの初回開催日だったからだ。

厳正なる抽選で選ばれた七名の戦士たちが、出たり入ったりを繰り返し、その部屋からは、まるで内側が阿鼻叫喚《あびきょうかん》の巷《ちまた》と化しているような叫び声が上がっていた。

そんな中、俺たちはその隣で、ステータス計測デバイスを指定された位置に設置していた。

「キャシーのやつ、張り切ってるみたいだな」

「そりゃまあ、今日がグランドオープンってやつですからね」

「しかし凄い倍率だったよなぁ」

「キャシーに聞いたところ、二グループまでは面倒が見られそうだって話ですから、孫パーティを利用することで、定員を十四人にする計画もあるんですが……現状では、希望ステータスの偏りが大きくて設備が足りないんですよね」

同じステータスを伸ばしたい人たちが重なると、施設の利用に待ち時間が生じることになる。スペースを取るアトラクションは、なるべく時間がかからないようにしてあるが、数人が被《かぶ》ると効率は落ちるだろう。

孫パーティのステータスが操作できることは確認済みだが、隣の部屋に計測デバイスが設置されてしまったため、拡張するスペースがなくなってしまった。

入り口から遠い側には部屋があるのだが、飛び地になってしまうのだ。

「しばらくは様子を見ながら調整するしかないだろうな」

俺が最後の接続をすませて、ハンドサインでOKすると、コントロール用のPCを確認していた三好が、テスト計測を始めた。

「今晩はNYオフですからね、さっさと終わらせて準備しなくては！」

「準備なんてすることがあったか？」

「気持ちですよ、気持ちの準備！」

なんだよそれはと呆れながら、俺はタブレットで、ブートキャンプの参加者の希望ステータスを眺めて、メイキングで個々のステータスを確認していた。

「あれ？　この、デニス＝タカオカって……」

「ああ、例のJDA枠で推薦されて来たんですよ」

「確か、渋チーのメンバーだろ？　リトアニア人ハーフの。十八層で会ったよな」

ちらっと確認したところ、さすがにサードに近いプレイヤーだけあって、それなりに余剰のSPもあるようだった。

「って、なんだこれ？　希望が全ステータス？　満遍なく一ポイントずつ上げてもあまり効果は実感できないんじゃないか？」

「そんなの。サイモンさんたちもメンバーに分けてやってたじゃないですか」

「何を？」

「プログラムの確認に決まってますよ」

「ああ、なるほど」

渋チーのメンバーが他にもいれば分割していたのかもしれないが、今回参加しているのはデニス一人だ。だからプログラムの詳細を知りたければ、すべてのステータスラウンドをこなす必要がある。全部で六ラウンドだ。

プレ・ブートキャンプで、サイモンたちは八ラウンドをこなしていたから、彼らに近いステータスがあるなら不可能ではないだろうが……

「コピー事業者のスパイってやつ？」

「サイモンさんが言っていた、フォロワーってやつですね」

「ゲーム機の輸出が増えたって話があったから、たぶんＤＡＤもやってるな」

「あのプログラムが世界に広がるなんて、胸アツですね！」

俺はその様子を想像して苦笑しながら、設置の終了を鳴瀬さんに連絡した。

SECTION :
市ヶ谷　ＪＤＡ本部　ダンジョン管理課

「はい、はい。はい、ありがとうございました」

セーフエリア入札の集計を手伝っていた美晴は、芳村から来た設置終了の連絡を切ると、それを斎賀に報告するため、課長のブースをノックした。

「お、鳴瀬か。どうした？」

「代々木へのデバイスの設置は、滞りなく終わったそうです」

「ああ、あれか。分かった。休日だってのにご苦労だったな」

「今週は休んでいる人の方が少ないですから」

「いつの間にこんなにブラックな職場になっちまったんだか」

まあそれも、セーフエリアの区域が確定して、国立の二次試験が一段落するまでだと、斎賀は一つのびをした。

「あ、それと、例の調査の件ですが――」

「さすがは専任管理監、仕事が早い」

「それが――昨日、事務所でその話をしようとしたところに、ちょうど駐日大使がいらっしゃいまして」

「駐日大使？　アメリカのか？」

「はい。それで偶然、報酬が支払われた場に居合わせました」

「その場で支払われたってことは、やはり現金じゃなかったってことか」

「それが、どうやらワインで買収されたようでしたよ」

「ワイン？」

思いがけない報酬に、斎賀は訝《いぶか》しげな顔をした。

「三好さんの趣味らしいです。なんでもハンドラー大統領のコレクションで、かなり特別なもののようでした」

「大統領個人のコレクションで支払い？　一体どういう人脈なんだ」

「接点というとDADでしょうね」

確かにDADは大統領直属の組織だ。繋がりがあってもおかしくはないが――

「つまりアメリカは、サイモンあたりを足がかりにして、Dパワーズとズブズブってことか？」

「それはどうだか分かりませんが、三好さんたちの扱い方をよく分かっているとは思います」

「その支払いを真似するのは難しいか」

もしもお金を払えばそのワインが手に入るというのなら、大金を持っているはずの連中が買えないはずはない。余計な仕事をする必要などないのだ。つまりそれは、お金では買えないようなタイプのワインに違いなかった。

「部長や真壁常務なら持っていらっしゃるかもしれませんよ」

「そういう趣味は聞いたことがないな」

そもそも会社の仕事の報酬を、プライベートのコレクションで支払うなどという慣習は、日本にはないだろう。ほとんど個人経営の社長が、会社の存続のために給料を減らすくらいのことならあるかもしれないが。

「なんとかならないかな」

斎賀がわざとらしく顔をしかめて腕を組むと、そのあまりの大根ぶりに、美晴は思わず吹き出して口を滑らせた。

「少しくらいなら手伝ってくださるそうですよ」

それを聞いた斎賀は、我が意を得たりとばかりににやりと笑うと、「うちも鳴瀬を通してズブズブみたいなものだったか」と言った。

「それと例の株の件ですが」

「ああ」

「『御殿通工株の高騰は、Dパワーズが購入しているからではない』そうです」

「なんだその棒読みは」

「嘘じゃないそうですよ」

斎賀は美晴の言い草に、今度は本心から顔をしかめた。

それが本当だとすると、うちから流出した機器を手に入れたやつが買っているってことになる。しかも今の言い草では、彼女たちはそれを認識しているってことだ。

「つまり何かをやらかそうとしてるわけか。証券取引法に抵触したりしてないだろうな?」

「それはＪＤＡが気にするところではないと思いますが――大丈夫だそうです」

「ならいい。この話は終わりだ」

元々Ｄカードチェッカーの盗難から始まった話だ。それを不問にしてくれると言うのなら、ＪＤＡとしては御の字だ。あの破天荒な連中が株式市場をどうするのかは分からないが、できればあまり社会に迷惑を掛けてくれるなよと、斎賀は目を閉じて祈った。

SECTION :

ニューヨーク マンハッタン ジャビッツ・センター

「うっわー、すっごい盛況ですね」

中島は機器のセッティングをしながら、集まってくる人の波を見てそう言った。

「あの金銭感覚ゼロ男、会場のレンタル代どころか、実験参加者のホテル代まで補助したそうだぞ。盛況で当然だ」

実際にそれを決めたのは三好だったが、常磐ラボへ出資した百億は芳村が持って行けと言ったという彼女の言葉もあって、金銭感覚を疑われているのは芳村だった。

自分たちも全員Dパワーズ持ちで、セントレジスに泊まっているのだが、そのことは心の棚に上げているようだった。

「NYのホテル代はバカ高ですからねぇ。だけど一泊四百ドルを千人分払ったとしても四十万ドルですよ。一億ドル近いお金がポンと出てくるような人たちですから、その感覚だと誤差みたいなものなんでしょうねぇ……」

「私が十万ドル集めるのにどれだけ苦労したと思ってるんだ。まったく」

探索者の群れを、白衣のポケットに手を突っ込んで眺めながら、翠はラボ立ち上げ時の金銭的な苦労を振り返った。

「ま、あいつら庶民っぽいからな。持ち慣れない大金に実感がないだけって気もするな」

「そりゃ僕たちもどっこいでしょう」

翠の言い草に、中島が苦笑した。

つい最近まで、一台二万円のニンジンで全力疾走していた男にとって、百億円とは、海を見たことがない男が、茫洋《ぼうよう》たる海原を眺めて呆然《ぼうぜん》としているようなものだ。五千五百五十五万五千五百五（注15）カップヌードルだと思えば、少しは理解——やはりできそうにない。

「実験に協力してもらう以上、イベントは楽しくってことなんでしょうけど。計測項目もやたらと多くて、普通なら凄く面倒ですし……あ、ちょっとそこ押さえといてください」

翠は言われた通りにケーブルを押さえながら言った。

「どうせ私たちは、社員旅行に来たついでだからな。二日くらいならせいぜい協力してやるさ」

「行き帰りがファーストクラスってだけで、バイト代としては、かなり鬼畜ですよ」

庶民の代表のような中島が、かかった旅費を想像しながらケーブルを接続していると、『ハイ！ドク』と声が掛かった。

「ドク？」

「その白衣じゃないですか。こんなところまで来てわざわざ白衣を羽織らなくても」

「アイデンティティの問題だ」

『君たちがワイズマンのチームかい？』

赤身のかかった暗い金髪で少し小太りの快活そうな、パーカーを羽織った男が、中島がセッティングしている機器を見上げながらそう言った。

『そうだが――あなたたちは？』

『挨拶が遅くなって申し訳ない。僕はイベント責任者のディーン＝マクナマラ。ディーンと呼んでくれ。で、こっちが、サブのポール＝アトキンス』

『ポールです。昨夜はもうワクワクして眠れませんでしたよ！』

ディーンに紹介された、濃いグレーの髪で少したれ目のひょろりとした背の高い男は、髪と同じグレーの瞳を輝かせながら、人懐こそうに笑顔を浮かべた。

『私はミドリ＝ナルセだ。そこでごそごそやってる男が、ハルオミ＝ナカジマ。ミドリとハルで構わないよ』

『よろしく！』

『ああ、ハル、よろしく。で、こいつがステータス計測装置かい？』

『そう。これが「ステータス見えるくんです」なのさ』

『ミエルクンデス？　スペイン語かな？　どういう意味だい？』

中島が、それがビュワーを擬人化して紹介する言葉で、ワイズマンがそう呼んでいることを説明すると、二人は微妙な表情を浮かべた。

『僕たちは、頭文字を取って、単にＳＭＤって呼んでいるけどね。意味は内緒だよ』

（注15）　カップヌードル
当時の定価は百八十円。二〇一九年の六月から百九十三円になる。

『ハハ！　了解！』

『しかし、これだけ探索者が集まると壮観だよね』

ダンジョン内では全員が探索者なのだが、一般的なイベント会場にいる人間のすべてが探索者で賑《にぎ》わっているのだと思うと、探索者の数がいかに増えているのかがよく分かった。

『ちょっと変わったやつも多いけどな』

目の前をキック・アスとヒット・ガールが横切っていくのを見て、ディーンが肩をすくめた。

『さっき、スパイダーマンとウルヴァリンもいたぞ』とポール。

『場所が同じだからって、コミコンと勘違いしてやがるな。コミコンは十月だってての』

『まあまあ。ワイズマンには、探索者のお祭りを楽しんでくるように言われてるんだ。ああいうのも、それっぽい華があっていいんじゃないかな』

中島がそう言うと、ディーンがにやりと笑って拳を掲げ、中島もフィストバンプで応えた。

『よし、今日はなんでも協力するぜ！　送ってもらった「計測したい状況」を整理してタイムテーブルを作ったから――』

そうして、ディーンは中島と打ち合わせを始めた。

どちらもオタク気質で相性も良さそうだから任せるかと、翠は食べ物を調達がてら辺りを見て回ろうと、自社のスタッフと一緒にクリスタルパレスへと向かった。

ステータス計測デバイスが置かれたサウスコンコースから、ジャヴィッツセンターのメインエントランスのあるクリスタルパレスに上ると、そこには広大な空間にラウンジが作られ、いくつものケータリングサービスが整然と並んでいたが、内容は無秩序だった。

なにしろ、ネイサンズの隣にマンダリンオリエンタルのケータリングサービスが並んでいるのだ。こんなことは前代未聞だろう。

「梓のやつ、ＮＹ中のケータリングサービスを集めたんじゃないんだろうな」

広いホールには、他にも、セレスティアル・タッチで果物が塔になっているかと思えば、ビバ・イベンツやクラレンドン・キュイジーヌのオードブルが華やかさに彩りを添えていた。

「ケータリングサービスも全部無料でしたよ！　凄いですねー」

並べられていたフルーツの盛り合わせを一つ取ってきた縁が、パインにピックを突き刺しながら、嬉しそうに言った。

「無料？　やり過ぎだろ、まったく」

翠はそれに呆れながら、ネイサンズのドッグを二つ注文した。

SECTION：

代々木八幡　事務所

「あー、あー、繋がってます？」

「ばっちりですよ。中島さん」

日本時間の二十三時過ぎ、俺たちは、リビングでPCを大型のTVモニターに接続していた。ちょうどこちらの日付が変わる頃、NYじゃ、二十三日のイベントが開幕する。もっとも、入場自体はさっきから始まっていて、公式チャンネルでは、思い思いにケータリングサービスを楽しんでいる人たちが映し出されていた。

中島さんたち派遣したスタッフは、翠さん以外全員がウェアラブルなアクションカメラを身に付けて、ビデオ会議システムに接続されていた。

「セッティングは、あと少しで終わります」

「了解です。今日は一日お願いしますね」

「了解」

三好が自分の音声をミュートすると、小さくのびをした。向こうはモニターがないので、画像は一方通行だ。軍の指揮車みたいだな、これ。

「とは言え、こっちはそろそろ日が変わりそうだけどな」

「先輩は、そろそろ夜更かしがつらいお年頃？」

「うるさいわ。〈超回復〉があるから平気だろ」

「夜更かしがつらいお年頃については否定しないんですね」

「俺は、無駄なことはしない主義だ」

画面には、九つの映像が表示されていた。常磐ラボのスタッフが持っているカメラの映像と、三好の映像、それに会場にあるカメラの映像が三つだ。

「あれ？　常磐ラボって、全部で六人って聞いてたけど？」

「翠先輩が、『肩が凝るからヤダ』とか言って、カメラを身に付けていないんですよ。音は聞いてるみたいですけど」

画像にはそれぞれの名前が書かれていた。中島さんと、写真に写っていた飛行機マニアの都築縁さん、あとは、変なジュース購入仲間の小野寺志帆《おのでらしほ》さんと、その友人の桜木綾乃《さくらぎあやの》さん、そうして中島さんの友人の高良涼介《たからりょうすけ》さんらしい。

半分休暇の社員旅行とはいえ、全員がイベントのスタッフめいた人たちと話をしている。SMDの設置場所近くの映像には、デバイスの調整をしている様子の中島さんが、頻繁に画面を横切っていた。

「しかし、一般人の俺たちでも、NYとリアルタイムに繋がって参加した気分になれるってのは、凄い時代になったもんだ」

「なんだか感想がおじいちゃんみたいですよ」

三好がおかしそうにそう言うと、ロザリオが相づちを打つように小さく鳴いた。

「ほら、ロザリオもそう思うって」

「いつからコマドリ語が堪能になったんだ？」

「まあまあ、先輩。まだ、しばらくかかりそうですし、暇ならたまってる書類を整理しておいてくださいよ」

「今、夜中だぞ？」

いつの間にブラック企業に！

「どうせ朝まで、これですから」

そう言って三好が、設営準備が進んでいるＴＶ画面を指差した。

「へいへい」

俺は仕方なく立ち上がると、自分のＰＣの前に腰掛けた。

会社には書類仕事ってものが必ずある。

ここのところ、非常識な出来事が頻発していて、デスクワークの時間がなかったこともあって、結構な量の書類がたまっているようだった。

「いや、待てよ。俺って社員でもなければ従業員ってわけでもないんだから、こんな書類仕事なんてする必要が――」

「契約社員やアルバイトだって書類仕事くらいはするんですー。余計なことを考えてないで、さっさとたまってる書類を片付けてくださいよ」

あう、おかしい。俺のグータラ生活はどこへ行ってしまったんだ。

グラスだかグレイサットだかが、我が物顔で、ソファの上で丸くなっている。まるであちらが主人のような優雅さだ。実にうらやまけしからん。

しかし、たまっている書類ねぇ。

うちに備品管理の必要はないし、会議資料もまともに作らない。顧客情報なんてないも同然だし、社外対応自体が今のところほとんどないから、営業や経営に必要なデータの集計も間に合っている。売上だって頻発しているわけじゃない。

つまり、庶務的な仕事はほとんどないと言っていいだろう。

「なあ、三好。うちって書類作業なんか大してないような気がするんだが――」

だが目の前には大量のファイルが並んでいた。

「――一体なんだ、これは？」

「ほとんどはあちこちに依頼している作業の指示書と報告書ですね」

「え？　お前こんなに仕事してたの？」

「褒めてもいいんですよ？」

「凄いな」

いくつかのファイルを開いてみると、作業報告書は、ウケモチ・システム関連が多いようだ。

それと、ネイサン博士に冗談めかして持ちかけられたダンジョン研究の基金関連か。

「基金の件、本当にやるのか」

「今のところ事前調査って感じですね」

「ふーん。ま、こっちでできそうなところはやっておくよ」

「お願いします」

　細かいことは三好に丸投げしていたが、思ったよりもずっと作業量が多そうだ。

「そろそろ、事務員さんを雇った方がいいかもなぁ」

「うちは秘密が多いですからねぇ……異世界ものなら、奴隷一択なんでしょうけど」

「現代日本に奴隷なんかいない――いないよな？」

「それっぽい人の口は、めっちゃ軽いと思いますよ」

「守秘義務なんて承認欲求の前には塵《ちり》と同じってタイプ？」

　馬鹿な話をしながら書類を整理していると、時折ロザリオが飛んできて俺の肩の上に止まり、モニターとキーボードを交互に眺めている。頭のてっぺんに止まらなくなったのはよかったが、なんだか見られてるって感じで、どうにも落ち着かない。

　考えてみればこいつは、キメイエスの能力を引き継いだ、隠れた何かを見つけるための『目』みたいな存在だもんな。『見る』のが仕事みたいなものか。

　俺はなんとなく、内容を理解しているような顔をしているロザリオに話しかけた。

「何か面白いか？」

　元はと言えば人間？だ。言葉が分かってもおかしくは――

　俺の言葉を聞いたロザリオは、ぴょんとキーボードの上に飛び降りたかと思うと、その上をてててと渡っては、ちょんちょんとくちばしでキーをつついた。

「は？」

それだけならただの悪戯《いたずら》だが、開かれていた書類の上には、意味のある文字列が並んでいた。

『おもしろい』

「お、おい。三好……」

「どうしました？」

画面を見て固まっている俺を見た三好が、ソファからこちらへ来て、モニターを覗き込んだ。

「何が面白いんです？」

俺に向けられたその質問を自分宛だと思ったのか、ロザリオは、またちょんちょんとキーボードをつついていった。

『ひとのいとなみ』

「はいぃー？」

さすがの三好も、小鳥が一〇一キーボードをつついて、ローマ字で日本語を入力するとは思っていなかっただろう。思わずモニターを覗き込んで目を丸くしていた。

「どう思う？」

「この事務所で、何かをこっそりやるのは無理だってことだけはよく分かりました」

「小鳥がローマ字入力するのを見た人間の感想としては、なかなか斬新だな」

「アヌビスだって喋《しゃべ》るじゃないですか、いまさらってもんでしょう」

「いや、脳のサイズが違うだろ」

「脳のサイズなんて関係あります？　どうせ、集合的無意識たるダンつくちゃんにパスが繋がってたりするんでしょ」

「それにしちゃ、アルスルズたちは、何を聞いても『わふー？』とか言いながら首を傾げてばっかりだったぞ」

俺がそう言うと、足下からドゥルトウィンが顔を覗かせて、鼻面で何かを言いたげに、俺の足を押した。なんだよ？

ロザリオが地面に下りて、ドゥルトウィンと鼻面を突き合わせていたかと思うと、もう一度キーボードに乗っかって、文字を入力した。

『ひとのことなんかきかれてないって』

「はぁ？」

「そういえばアルスルズに訊いたのは、ダンジョンや彼らに関することばかりでしたよ。集合的無意識部分は言ってみれば人類の知見ですから、自分たちのことしか訊かれていない以上、そんなのあってもなくても変わらないってことでしょうか」

それを聞いたドゥルトウィンは、こくこくと首を縦に振っていた。

「いや三好……まずは、ロザリオとドゥルトウィンが意思を疎通させたところに驚けよ」

「だから、いまさらですって」

いや、そうだけど、そうだけど。ここは二〇一九年の日本だぞ？

犬と小鳥が言葉を交わして、それをローマ字入力で人間に伝える？

犬に「三引く二は？」と訊いて、「ワン」と吠《ほ》えさせるのとは訳が違う。そんな話をしたら、頭がお花畑な人扱いされることは確実だ。深夜に寝ぼけた頭が作り出したおとぎ話じゃなきゃ、一体これはなんなんだ？

「じゃあ、お前らって、Ｄファクターが勝手に収集した人類の集合的無意識みたいなのに繋がってるわけ？」

俺がドゥルトウィンにそう聞くと、彼は、んーっと首を傾げた後しばらくして、首をひねりながら頭を縦に振るという器用な頷き方をした。

「よく分かんないけど、なんとなくそんな気がしないでもないってことか？」

「私たちの脳に、何かそう言った外部の拡張メモリみたいなのがくっついていたとして、ですね。何かを思い出したとき、それが外部のメモリにあったのか自前の脳にあったのかなんて意識したりしませんよ」

味にしても、今感じている塩味が、舌のどの部分の味蕾《みらい》から送られてきたものなのかなんて分かるはずもない。

「まあ、俺たちの記憶だって、大脳のどこにあるのかなんて認識できないもんな。それと同じで、思考がシームレスにネットに繋がってるみたいな感じか？」

「それは雑音が多そうです」

三好が苦笑しながらそう言った。

しかし、そういうことなら、こいつらがいきなり日本語を理解したことも分からなくはない。

　俺はもっとファンタジー的な、召喚主と使い魔の繋がりみたいなものを想像していたが、前者の方がずっと科学的『っぽい』だろう。実際は、どちらもトンデモなのだけれど。

「まてよ、集合的無意識への接続？　ダンジョン研究者は大抵Dカードを持ってるから――産業スパイなんかやり放題なんじゃないか⁉」

　データベース自体に言ってはいけないなんて意識はない。クエリーが送られて来さえすれば、愚直に結果を返すのみだ。

「先輩、よくそんなこと思いつきますね……」

　三好が呆れたように言って、ジト目でこちらを睨んでいる。

「もっとも、何を研究しているのか分からなきゃ質問内容も決められないし、具体的なデータを取り出すのは、茫漠《ぼうばく》たるデータの海から一本の針を探すようなもので、なんらかの検索テクニックが必要になるだろうが……」

　俺はドゥルトウィンを振り返った。

　彼は、んー？と首を傾げて、ハッハッと、普通の犬のように舌を出していた。

　キミたちに体温調節とか必要なのか？　どうも最近、ますます犬化している気がするな。そのうちマーキングとか始めたらどうしよう。

「先輩、阿漕《あこぎ》なことはやめてくださいよ」

「え？　あ、ああ。三好じゃあるまいし。俺はちょっと、『じゃあ俺たちのことも集合的無意識の中には存在していて、誰かがそれを引き出そうと思えば引き出せるんじゃないか』と、考えてただけだよ」

先日考察した通り、もしかしたら〈鑑定〉もこのカテゴリーに属するのかもしれないが、あれはスキルに対して自由に質問ができるわけじゃないから、そういう意味での危険性は低いだろう。

「人類がそれに気軽にアクセスできるインターフェースを手に入れたら、『秘密』という言葉の意味が変わるかもしれませんね」

「インターフェース？」

俺はもう一度ドゥルトウィンを見て、机の上のロザリオを見た。そうして、モニターの画面に表示されている文字列に目をやって、ため息を一つついた。

「――召喚魔法を売るのはヤメ」

「仕方ありません」

現代の社会は、それを受け入れる体制になっていない。それどころか、いつまでたっても受け入れる体制ができるとは思えない。

もっとも、取りに行かなきゃ在庫もないんだが。

「なんだかちょっと不安になってきたぞ。闇魔法（Ⅵ）ってどのくらいの確率だっけ？」

「二億八千万分の一ですよ、確か」

バーゲストを二億八千万匹狩るのは骨だろう。さすがにしばらくは大丈夫だろうし、多少の猶予はあると思いたい。それに――

「アヌビスみたいなのは、普通呼び出せないだろう」

「どうですかねー。クーンツのファンでアインシュタインラブな人や、外薗昌也《ほかぞのまさや》のファンで23が好きだった人は、(注16)意外とあっさり……」

「うっ」

これだからフィクション慣れした連中は！

「どのくらいの猶予があるかは分かりませんが、いずれはそこに行き着くでしょうね。グローバリゼーションの加速って意味では、ネットを上回りそうな勢いですから」

リックライダーが『人間とコンピュータの共生』を発表してから九年、ＵＣＬＡのＳＤＳシグマ７が初めてＡＲＰＡＮＥＴに接続されてから、ヴィントン・サーフがＡＲＰＡＮＥＴのレクイエムを書くまで二十一年が必要だった。

だが、その後わずか五年で、後継たるＳＮＦＮｅｔは民間に移管されて商業利用が始まることになる。後は皆の知るところだ。

「インターネットの進化も、ほとんど幾何級数的に加速しました。ダンジョン開発も、ある境界を越えたら一気にそうなるかもしれません」

「探索者をインターネットのノードだと考えれば、食糧ドロップ問題で一気に増加が加速した感はあるよな」

「あとはステータスによる能力の上積みが、上昇志向と非常に相性がいいですからね。ブートキャンプの申し込みリストを見ても、人類カーストの上位を目指そうとする人であふれてますよ」

「能力は個性でカーストじゃない――って言ってもだめだろうなぁ……」

「先輩がそれを言うと、ただの上から目線になっちゃいますから」

偶然手に入れたステータスのポイントだけでここにいる俺のセリフじゃ説得力はないか。

そのとき、公式チャンネルのライブ画面から、開会のファンファーレが流れてきた。

「お、始まるのか？」

「犬と鳥が会話して、それを人に伝えるという大事件があったというのに……私たちって、ちょっと不思議慣れしてませんか？」

「気にするな。気にしたら負けだ」

そう言って、俺は、一万キロの彼方《かなた》で楽しそうに歩く人々の群れを見ていた。

「いくらダンジョン技術が浸透しても、こういうところはまだまだどうにもならないよな」

俺が映像を見ながら不思議な安心感に浸っていると、三好がそれに冷や水を浴びせかけた。

「そうですか？　代々木からＢＰＴＤ（Breezy Point Tip Dungeon ロングアイランドの西の端にあるダンジョン）へ瞬間移動させられたら、すぐにでも行けますよ、ＮＹ」

「おい……」

確かに俺たちは、それっぽい経験を二回している。

そのうちの一度は、横浜から代々木へ転移したんだから、ダンジョン間を飛び越えることは不可能ではないのだ。

「あれってさ、その場でバラバラに分解されて、転移先で再構成されてるような気がしないか？　Ｄファクターで」

「空間をねじ曲げて繋ぐんなら、入り口ができて、それをくぐることになりそうですもんね」

「ダンジョンの入り口なんか、そんな感じだよな」

「転移なら再構成が定番です。蠅男《ハエおとこ》もそうでしたし。私たちもタイラー博士と同様、一度分解されてDファクターで再構成された体なんですかね」

アルスルズが付いてこられなかった花園は、精神的な世界だったかもしれないが、横浜から代々木への転移や、三十一層から一層への転移は、俺たちの体そのものが物理的に移動させられたことは間違いない。

「なんだ、やけにあっさりしてるな」

「いや、だって、そこを思い悩んでも意味なくないですか？」

「転送めいたことを体験したのは事実だからな。今、ここにこうしている自分は、元の自分なのか、Dファクターで再構成された自分なのかってのは、なかなか哲学的な命題だろ？」

「もしもタイラー博士が言ったように、本当に量子レベルで同一の存在が作り上げられているのだとしたら、魂みたいなものがハードウェアとは別に存在していない限り、元の自分とDファクターで作られた自分は区別できません。シミュレーション仮説みたいなものですね」

「そういえば、再構成された俺たちに変化がないってことは、魂はハードウェア上にあって、単独では存在していないってことの証明じゃないか？」

「それは魂があるって前提じゃないですか、単に魂なんてないだけかもしれませんよ」

「そりゃそうだな」

魂が存在しているかどうかか。

その存在確率は霊と大差がなさそうだ。ゴーストならさまよえる館にいたけどな。

「仮にDファクターで作られた自分だったとしても、区別ができないんだとしたら、どこにも不都合はないでしょう？」

「不都合ねぇ……死んだら黒い光になって消えちゃうとか？」

「そりゃ斬新な最後になりますね」

三好が感慨深げに頷いている。こいつはなんだかんだ言って肝が太いよな。

「病院のベッドで、誰も見ていないうちに死んだりしたら、迷宮入りは確実そうな失踪事件が発生して警察が困るかもしれないくらいだな」

もっともそれを確認するすべはない。実験のために一度死んでみるなんてことは、ネルソン＝ライト(注17)でもない限り実行はしないだろう。

「まあ、昨日までタンニンがミルクのようななめらかさだった二〇〇四年のオーパス・ワンが、今日からは荒々しく感じてしまう、なんてことにならなけりゃ大丈夫ですよ」

「いや、それは偽物を摑まされたか、保存が最低だっただけだろ」

俺が苦笑したとき、次々とデータが流れ込み始めた。

（注16）**意外とあっさり**
アインシュタインは、ディーン・R・クーンツの小説『ウォッチャーズ』に登場する犬でファンがとても多い。23は、外薗昌也の『犬神』に登場する犬っぽい何か。どちらも意思の疎通ができる。

（注17）**ネルソン＝ライト**
キーファー＝サザーランド演じる、映画『フラットライナーズ（Flatliners）』（１９９０年）の主人公。死後の世界に興味がありすぎて、一度死んでから一分後に蘇《よみがえ》る実験で被検体になった人。

二〇一九年　二月二十四日（日）

SECTION：

代々木八幡　事務所

「ふわぁあ」

「なんです先輩。その気の抜けたあくびは」

「むしろ気を張ったあくびってのを見てみたいよ」

こっちじゃ、そろそろ夜が明ける時間だ。

画面の向こうでは、相変わらずイベントの参加者たちが楽しそうに歩いているが、その映像を眺めているだけでは、さすがに飽きると言うものだ。〈超回復〉はやることがないと眠気に対してそれほど仕事をしない。つまり暇だったのだ。

「お前は元気だな」

「そりゃもう。向こうからデータがバンバン送られてきて、もうウハウハですよ、ウハウハ」

ＳＭＤで計測されたデータは、クラウドに送られて前処理されてから部屋の奥を占拠しているＩＢＭに送られてくる。そのデータには暗号化された生データが含まれているのだ。加えて今回は、それがどんな状況で計測されたものかの付加情報がついていた。

何人でパーティを組んでいるのかや、孫パーティの有無。開示可能なスキル情報。個人情報は年齢と性別くらいだ。参加した探索者たちは非常に協力的でダイアのように貴重な情報が、たっぷりと集まってきているらしかった。

「今この瞬間、世界中で稼働しているSMDは、NYイベントに持ち込んだものだけですからね、計測セクションは、タイムテーブルに従って条件が分類されていますから、通常、計測だけでは取得できない条件も時間別に取得できますし。いやー、お宝の山ですよ、お宝の」

グへへへと黒い顔でウハウハしている今のこいつを見たら、ワイズマンなどと言ってリスペクトしている探索者たちは全員が幻滅するに違いない。

「はー……、お茶でも入れるか」

俺がソファから立ち上がると、三好はこちらを振り返りもせずに片手を上げて、「何か軽く食べたいです」と言った。

はいはい、仰《おお》せのままに。

ニューヨーク マンハッタン ジャビッツ・センター

『ハーイ！　ナカジマ』

『ハイ』

健康そうな太ももを大胆に晒《さら》した女の子が、手を振って中島に挨拶しながら通り過ぎた。つられて、中島もアメリカナイズされた挨拶で手を振り返した。

「なんだ、すっかりこっちの女の子と仲良くなったみたいじゃないか」

「所長!?　や、やだなあ、誤解ですよ。ずっとＳＭＤに張り付いてるせいで、ワイズマンの関係者だと思われてるだけで」

「ほー、他人のふんどしで相撲が取れるとは、なかなか成長したな」

「は……はは」

翠から立ち上るプレッシャーで、額に汗を浮かべながら、中島は、計測タイムテーブルに従ってリアルタイムに上がってくるデータを整理していた。常磐のスタッフたちは、それを遠巻きに眺めながら、流れ弾を避けて各セミナー会場へと逃げ出した。

「ここは……、『スキル持ちによるコマンド調査』ね」

痴話げんかは犬も食わないわよと、そそくさと現場を脱出してきた縁は、手近な区画で行われているセミナーを覗いてみた。

そこでは、結構な人数が集まって、Dカード上のスキルに対するコマンドを試しているようだった。掲示板上で行われていたコマンド調査でも、スキルに対してのコマンドは対象外だった。それくらいスキル持ちは少ないはずだったのだが――

「スキルを持ってる人って、結構いるんだな」

そこに集まった人たちは、意味別に分かれて、あるかもしれないコマンドを試していた。

掲示板上では、A～Zに分かれてしらみつぶしに調べる手法を採っていたが、時間のないイベントでは、ありそうな意味を持ったコマンドを思いつく単語で試す方法で行われていた。

縁が、うろうろと、その部屋をアクションカメラで撮影していると、突然、もっとも勇気のある人たちがいると思われるグループから、魂を削るような叫び声が上がった。

「ファアーーック！　マイガッ!!」

それを聞いた、同じ空間にいた者たちは、ほぼ全員が、その声を上げて頭を抱えている男に目を向けた。

『おい、どうした、リック？　大丈夫か？』

一緒に来ていた仲間にそう問われた男は、泣きそうになりながら手を挙げて、自分が何かを発見したことを、このセクションのマネージャーに告げた。

縁も、興味を惹《ひ》かれて、そちらへと移動した。

『どうした？　一体何があったんだい？』

オフィシャルのメインカメラを伴ってやって来たセクションマネージャーが、泣きそうな顔をしている男にマイクを差し出してそう訊いた。

『スキルが消えてなくなるコマンドを見つけた』

カメラに向かって大げさなリアクションを取ろうとしていたセクションマネージャーは、その場で何もできずに固まった。

『き、消えてなくなる……って、君、もしかして――』

『ああ、さっきまでここに書かれていたはずの虎の子が、ものの見事に消えてなくなっちまったんだよ！』

さあ、殺せと言わんばかりの勢いで、リックは目を赤くしながら自分のDカードを彼に見せ、何も書かれていないスキル欄を指差した。

それを聞いた周りの探索者から、ざわめきの声が広がり、最後には控えめに感嘆の声が上がった。なにしろ、肝心の発見者は悲嘆に暮れているのだ。

『それは、まあ、なんというか……』

セクションマネージャーの男も、なんと言っていいか分からず、頭を掻《か》きながら言葉を濁すしかなかった。

あるかもしれないという意味では、消去コマンドはその代表格と言えるだろう。

しかし、自分のスキルに向かって、erase だの delete だの remove だの clear だのを試してみるのは、勇気以上の何かが必要だ。

皆、尻込みして、それらの単語を試すのは憚《はばか》られていた。

『す、素晴らしい勇気だ』

マネージャーの男は、ひきつった笑みを浮かべながら、なんとかそれだけを絞り出した。

§

俺たちは、縁チャンネルから上がる悲鳴を聞いて、その画面に注目した。

「おい、何か事故でも起こったんじゃないだろうな」

「そんな感じじゃなさそうですけど」

すぐにオフィシャルのメイン映像が、その場所へ切り替わった。

俺たちは、画面の中で死にそうな顔をしている男と、セクションマネージャーらしき男のやりとりを見ていた。

「せ、先輩！　聞きましたか⁉　スキルの消去コマンドだそうですよ！」

「まじかよ……だが、これで――」

「〈促成〉の価値が爆上がりです！」

「そっちかよ！」

〈促成〉は、ゴブリンがドロップする、取得経験値が二倍になるスキルだが、ステータス上限が60に制限されるというデメリットを持っていた。

だが、削除できるとなれば話は別だ。しかもクールタイムは二十八時間四十八分、今後のオークションの目玉の一つになるだろう。

それはともかく――

「俺たちにとっては、〈マイニング〉の呪縛から逃れられる方が重要だな」

今も十八層で、必死に取得しようとしている人たちが聞いたら、何言ってんだコイツと殴られそうな話だが、これのせいで探索が滞っていたことも事実だ。

もしも必要になったとしても、誰もいないはずの山の下の洞窟でいくらでも拾えそうだしな。

§

『それで、君の名前は?』

『リチャード。リチャード=ファインドマン』

§

「どこの物理学者だよ!」

「ファインマンじゃありませんよ。ファインドマンだそうです」

「見つける人ってことか？　でき過ぎだろ！」

§

『そ、そうか。さすがはリチャード。名前の通り、勇敢なんだな』

リチャードは、元々、二つのゲルマン語から作られた名前で、力や勇敢さや強さなどを意味している。

『ちょっと後悔してるけどね』

『むっ……それはまあ、なんというか』

マネージャーの男は、何と言っていいのか分からず、再び言葉を濁すしかなかった。

『そ、それで、キーワードは？』

『そうだ、聞いてくれよ。さすがに自分のスキルに対して、erase や remove や delete を試すのは、頭のねじが外れたやつだけだろう？』

『ま、まあ、そうかもな』

彼は、それ以前に、消去系のコマンドを探そうとする奴は、どっかおかしいだろと突っ込みを入れたかったが自制した。

『それで、俺はもう少し婉曲《えんきょく》的に、スキルを擬人化してさよならを言ってみたんだ』

『see youとかgood-byeとかってことかい？』

『そうさ。まさかそれがヒットするとは……』

『え？ まさか、bye？』

『いいや…… farewell さ』

§

「farewell って、動詞ですらありませんよ」

「間投詞ってことだろ。good-bye でもよさそうだけどな」

「ダンジョンってちょっと厨二病っぽいところがありますからね」

「ああ――」

俺は思わず納得した。確かに farewell には、「さらば」とか「ごきげんよう」って感じの印象が強い。しかも二度と会えない別れに使われる傾向がある。確かに確率的なことを言えば、一度消去したスキルと、もう一度出会うことは難しいだろう。

神の言葉しかり、ダンジョンが厨二病っぽいのは、タイラー博士たちや探索者諸氏が、皆そういう傾向を持っているからなのだろうか。

「誰しも、心の中には、それぞれの厨二領域を持っているものなんですよ」

三好が真面目な顔でそういうのを聞いて、俺は思わず吹き出した。厨二領域ってなんだよ。

「それに、ファンタジー系のエンタメで、そういう要素がまったくなかったりしたら、主人公が困るじゃないですか」

したり顔でそう言った三好は、タブレットを取り出して、何かを入力し始めた。

俺は、早速自分のDカードを取り出すと、〈マイニング〉に対してそれを使ってみた。

§

「ん？」

縁のスマホが振動して、メッセージの着信を告げている。

彼女は、それを取り出すと、送られてきたメッセージを読んだ。

『farewellかー。そいつは盲点だ。しかしこいつを追試するってわけには――』

マネージャーがそう言ったと同時に、周囲がざわめいて人の輪が少し広がった。いくらイベントだと言っても、こいつの確認をするのは嫌だろう。

『ははは、まあ、そうだよね』

このコマンドを確認するということは、自分のスキルを一つ失うということだ。ほとんどの人にとって、それはすべてのスキルを失うということに等しいのだ。

『あ、あのー』

『ん、君は？』

『私は、ユカリ＝ツヅキ。ワイズマンに派遣された計測スタッフです』

縁は自分のＩＤを見せながらそう言った。

『おお！　ワイズマンにはこんな素晴らしい会場を用意していただいて感謝しています！』

『あ、どうも。それで、farewell コマンドの確認なんですけど――』

『いや、さすがにそれは無理でしょう』

マネージャーは、眉間にしわを寄せて、頭を振った。

『いえ。今、彼女から連絡を貰って、確認したから追試の必要はないそうです』

『確認した？』

『はい』

『今？』

『はい』

『なんてこった！　さすがはワイズマン、クレージーだぜ！』

周りの探索者からも、次々と信じられないと言ったセリフがこぼれていた。

『確認も何もなしで突然消えてしまうので、冗談でも試すのはやめるようにと言っています』

『そいつは酷ぇＵＩだな。了解した。ご協力に感謝しますとお伝えください』

『分かりました』

縁は、スマホにそれを入力しながら、三好さんたちはこの映像を見ているはずだから必要ないかと思い直して途中でやめた。そこへ、新たなメッセージが届いた。

『おお？　あ、それでですね――』

そうして、縁は、肩を落とすリチャードに向かって言った。

『――ミスターファインドマンの勇気に敬意を表して、無償でスキルをお譲りしてもいいとのことですが……どうします？』

『は？』

リチャードは一瞬何を言われたのか分からなかったが、それは縁の発音のせいではなかった。

一緒にそれを聞いていたマネージャーも、あまりのことに息を呑んで固まっていた。

しばらく呆《ほう》けていたリチャードだったが、言われた内容を理解するやいなや、満面の笑みを浮かべながら、『ありがとう！』と言って彼女の手を両手で握り、ぶんぶんと上下に振った。

『ワオ！　これって美談⁉』と、マネージャーがことさら大げさに騒ぎたてる。

『都合のいい時に、代々木までおいでくださいと言うことです。東京までの往復の旅費は彼女が負担してくれるそうですよ』

「INCREDIBLE!」

こぶしを握り締めて、大仰なガッツポーズをとるリチャードの周りで、探索者たちが彼を祝福し、同時に驚きの声を上げていた。

『おい、それって、ワイズマンにはスキルオーブをいつでも用意する方法があるってことか?』

『そういえば、オーブのオークションなんて、信じられないことをやってるもんな』

『オークションもそうだが、こう言うからには、いつでも採ってこれるってことじゃないか?』

『オーブハンターって、本当だったのか……』

『信じられん』

リチャードの知り合いらしき探索者たちが、彼の肩をバンバンと叩いて、良かったなと言い合っていた。

『おい、ついでに消えたスキルがゴミ箱から復帰できないかどうか試そうぜ!』

『いいな。こんなシチュエーションは二度とないだろうからな』

『まあ、自分のスキルを積極的に消去する奴はいないよな』

男がリチャードを見て、からかうように言うと、彼は、やかましいとばかりに蹴りを入れた。

『ゴミ箱からに復帰なら、restore か?』

『いや、消すときが「さらば」なんだから、welcome とか?』

『いやいや、やっぱここはかっこよく、revive だろ?』

『それならもっと神学よりにして、resurrect じゃないか?』

『いや、お前ら、それって、全然 farewell と対をなしてないだろ。come back だぜきっと』

『とにかく全部試そうぜ!』

『おおー!』

リチャードの損失がなかったことになりそうになって初めて、その場の探索者たちは、新しいコマンドの発見に純粋な喜びを感じていた。

SECTION :

代々木八幡 事務所

「いやー、ほんとに助かったな」

「ねー」

俺たちは、〈マイニング〉が消えた自分のDカードを、すっきりとした気分で眺めていた。

「しかし、〈マイニング〉のストックは、あと三個しかないぞ」

「それ、一つはJDAから預かってるやつですからね」

「そういやそうか……じゃ、二十一層の補給がてら、ついでに十八層で集めておくか」

「あの詐欺みたいなPPパックの——」

「自分で言うなよ……」

「——製造も終わりましたし、マイトレーヤの二人もそろそろ活動を開始しそうですしね」

彼女たちの〈マイニング〉だっていつでも消すことができるのだ。六条さんはともかく、三代さんはより下層を目指すならその方が都合がいいだろう。

「それで、先輩。〈マイニング〉の呪縛も解けましたし、今後は十八層経由で最前線へ？」

「まあそうだけど、明日は二十五日だろ」

「そうですけど」

「〈収納庫〉のクールタイムが明ける日なんだよ」

「ああ、ＪＤＡから預かってるやつを使っちゃいましたからね」

「ここは取得しておかないとまずいよな」

クールタイムが明けてしまえば、いつでも取得できるとはいえ、再取得は七十日も先なのだ。できるだけ間隔を詰めておくにしくはない。

「そういや三十三層への入り口って発見されたのか？」

「到達階層は更新されていないので、まだじゃないですかね？」

そもそも探索が行われているのかどうかも謎だ。

「と言うか、しばらくはセーフ層開発のための機材の搬入に、自衛隊のリソースが割かれるんじゃないですか？」

「ああ、なんだかんだ言って、三十二層へ到達できる探索者は少ないからな」

渋チーやカゲロウの到達階数は、せいぜい二十層台半ばってところだ。民間のトップがそうなのだから、いかに三十二層への到達が難しいか分かるだろう。

「確実に行けるのは、国内だと、伊織さんのところくらいじゃないでしょうか」

「後は、十八層にたむろしている、ダブルあたりの探索者連中か」

「セーフエリアの入札に参加した企業は、そのへん分かってるんですかね？」

「さあなぁ……」

区画の権利を取得したはいいが、機材を持ち込んだり、人員を送り込んだりできないのでは、宝の持ち腐れだ。

「ＪＤＡが何とかしてくれるなんて、考えていそうで怖いな」

「協賛企業なんかは、絶対そうですよ。ＪＤＡ自体が行う三十二層のインフラ開発は佐山さんの登場で一気に進むでしょうけど……」

ＪＤＡはどこまでつまびらかにするんでしょうねと、三好が首を傾げた。

俺たちは色々あって、その存在を隠したが、ＪＤＡ職員となった佐山さんの場合は、ある程度知られることは避けられない。おそらくはたっぷりと収納した後、自衛隊のチームＩあたりに護衛されて三十二層へと向かうことになるだろう。

ＪＤＡはバーターとして、自衛隊の装備を佐山さんに運ばせることになるのかもしれない。

とは言え、そのスキルはＪＤＡが用意したものではなく、最初から佐山さんが所有していたものだから、なんでもかんでも押しつけられて、嫌になるようなシチュエーションになったら、さっさと辞めることができるのだ。

やり過ぎれば、逃がした魚は大きかったってことになりかねないだろう。

「いや、お前、人ごとじゃないだろ?」

「へ?」

「森の王騒ぎでうやむやになってるけど、お前、アメリカの依頼を引き受けただろうが」

「あ、そうでした!」

「そうでしたじゃないよ……」

すでに支払いは終わっているのだ、いつ依頼が来てもおかしくはない。

「あの話、いつになるんでしょうね？」

「さすがに入札前に行動するのはまずいだろうから、準備中なんじゃないの？」

　横田で何かを組み立ててるらしいし。

「そうですね」

「まあ準備ができたらサイモンあたりから連絡が来るだろ」

「こちらもやることが目白押しですよ。昨日から本格的にキャンプも始まりましたし」

「反応はどうだったんだろうな？」

「途中はともかく、最終的には、みんな驚いていたそうですよ」

　こんな怪しげなキャンプに最初から参加するような人たちだ。ステータスの値だけではなく、自分の筋力なども測定してから違いを調べるだろう。そうしてその変化に驚くのだ。

　これをどんどん繰り返していけば、いずれはフロントラインに立てる人材も生まれてくるのではないかと期待している。

「結果が目に見えるようになると、ちょっとやる気が出るよな」

「まだ民間は週一ですけど、どこかでまとめてＤＡＤのキャンプを開催しなけりゃなりません」

　なにしろ、わざわざ待機して待ってますからね、と、三好が軽く唇を曲げた。

　だがそのおかげで世界の平和は守られたのだ。キャシー教官に連れられて基板をＰＰパックに詰める仕事を通じて。

「でも先輩。ＤＡＤで結果が出てしまうと、他の国の攻略組織の訓練も請け負わされるようになる気がしますよね」

「まあ可能性はあるな」

「そしたら、私たち、またまた口封じの対象ですね！」

「なんで⁉　いや、それよか、なんでそんなに嬉しそうなんだよ……」

「考えてもみてくださいよ、キャンプをやるってことは、言ってみれば各国軍隊の強さに対する詳細で完全なデータを、民間の会社が保持するってことになるんですよ？」

考えてみればその通りだ。

しかも普通の訓練施設と違って、そのデータは客観的に数値化されていて比較できるのだ。

メイソンとキャシーの腕相撲を見ていれば、その精度は明らかだろう。

「ぐふっ……」

「どこが一番強いんですかね？」

「いや……ほら。探索者ランキングを見れば序列は分かるんだから、それほど気にしないんじゃないの？」

「名前を隠している秘密兵器っぽい精鋭なんかがやって来たら面白いですよねー」

「面白くないよ！」

上位ランカーは大抵正体が知られている。

だから三好が言うような存在が、ごろごろ上位にいるとは思えないが、ダブルには匿名探索者もそれなりにいるし。サード上位ならなおさらだ。絶対とは言い切れないだろう。

「まあ、そういう杞憂《きゆう》は置いといて、ですね」

「それ、ほんとに杞憂なんだろうな?」

少なくとも、天が落ちてくるよりは確率が高そうな気がするぞ。

ロザリオが俺たちのやりとりを笑うように、美しい声で鳴いた。

グラスは我関せずと、ソファを一つ占有して尻尾を振っている。

何はともあれ、セーフ層よりも先へ。その準備が整ったことだけは確かだった。

■TOPに戻る■ 全部 1- 最新50

掲示板【ブートキャンプって】Dパワーズ 226【何するの？】

1：名もない探索者 ID：P12xx-xxxx-xxxx-2699
突然現れたダンジョンパワーズとかいうふざけた名前のパーティが、オーブのオークションを始めたもよう。
詐欺師か、はたまた世界の救世主か？
次スレは 930 あたりで。

…………

118：名もない探索者
キャッホー！　Dパワーズのブートキャンプ受けてきたぜ！

119：名もない探索者
いや、お前、まだ受講者人数が少ないんだから身バレするぞ。

120：凄かったで！
そこは大丈夫！　別に隠してないから。
コテハンつけたろ。

121：名もない探索者
あっそ。能天気なヤツ。

122：凄かったで！
何でも質問に答えちゃうよ。ただしプログラムの具体的な内容についてはＮＧ。ＮＤＡ違反になっちゃうからな。

123：名もない探索者
なんつー、コテハンw
ああ、やっぱりそういうのあるんだ。＞ＮＤＡ

124：凄かったで！
ある。んだけど、あのＮＤＡ、変なんだよ。

125：名もない探索者
変って？

126：凄かったで！
申し込みが受理された段階でＮＤＡが締結されたことになるんだけど、
開催側は、参加者のプライバシー――ステータスや受講時の様子等の情報だな、を個人を特定できる形で外部に漏らせない。
参加者は、プログラムの具体的な内容について守秘義務を追うってことになってるんだ。

127：名もない探索者
普通じゃん。

128：凄かったで！
まあね。でも文面を詳細に見ると、参加者が守秘義務を負ってるのは、Ｄパワーズが行っているプログラムの内容について第３者に話せないって所だけなんだよ。

129：名もない探索者
！　つまり手紙に書いて渡せば！

130：名もない探索者
いやいや、どこのトンチ小僧だよ。

131：名もない探索者
そういう漫画見たことあるぞ。
エロいやつ。

132：名もない探索者
第３者にプログラムの内容を話すことはＮＤＡ違反だけど、自分でそのプログラムをパクって新しい事業を始めたり、自分で同じプログラムを行っても、Ｄパワーズがそれをやってることさえ話さなければＮＤＡ違反じゃないってことか？

133：凄かったで！
そうそう、そんな感じ

134：名もない探索者
そんな、ガバガバな……

135：名もない探索者
いや、それ、訴えられたら普通に負けるだろ……

136：凄かったで！
それが、奇妙なんだよ。
友人に司法修習生がいるんだけど、そいつがそれを見て、なんだかパズルみたいに穴が作ってあって、まるでＮＤＡに違反しないでパクれそうな気分に誘導されている気がするって言うんだ。
いや、ただの印象なんだけどさ。

137：名もない探索者
司法修習生の友人……上級国民だったのか ＞ 凄かったで！

138：名もない探索者
毎年二千人くらいしかいないからなぁ。

139：凄かったで！
おいおい。俺はただのビンボー人だぞ？

140：名もない探索者
３万ドルが払えるのに？

141：名もない探索者
そりゃ、軍や警察なんかの組織関係の人間達だぞ。一般人は３万「円」だ。

142：名もない探索者
え、マジで？　……ほんとだ！！　３万ドルかと思って申し込んでないよ！
てかそれ、違いすぎない？

143：名もない探索者
同じプログラムだと誰が言った ＞ 142

144：名もない探索者
違うのかよ？

145：名もない探索者
それを知るためには、両方受けてみないとわからんな。

146：名もない探索者
誰か、金持ち plz

147：名もない探索者
金があっても、一般人は、組織用プログラムを申し込めないから。> 146

148：名もない探索者
まてまて、脱線するな。
つまりDパワーズが、故意にプログラムをパクらせようと誘導しているように感じたってことか。> 凄かったで！

149：名もない探索者
どんな陰謀論だよwww
第一、そんな面倒なことをやって、Dパワーズになんの得があるんだ？
最初からプログラムを公開しちゃう方が早いだろ。

150：名もない探索者
いや、あいつら、損得とかいうレベルで行動してるか？

151：名もない探索者
Dパワーズがやったことと言えば‥‥
オーブをオークションにかけて、世間を驚かせ、
世界中が探していた異界言語理解をゲットして、世間を驚かせ、
ヒブンリークスを作って？、世間を驚かせ、
ステータス計測器を作って、世間を驚かせ、
今度はブートキャンプの結果で世間を驚かせそう、かな？

152：名もない探索者
びっくり箱かよwww > 151

153：名もない探索者
こんだけの情報、損得っていうレベルだと、オープンにしないで国と独自に繋がった方が絶対有利だと思うんだがなぁ。
今のところ儲かってそうなのって、オーブのオークションだけじゃん。あれだって、本当に儲かってるかどうかは分かんないし。

154：名もない探索者
いや、大金で落札されてるけど。

155：名もない探索者
あれを実現するためにかかるコストが分からないから、大金で売れている＝儲かっているかどうかは分からない。

156：名もない探索者
高額納税者公示制度は廃止されたしな。

157：名もない探索者
Ｄパワーズの役員報酬を見れば！

158：名もない探索者
株式公開も店頭登録もしてないし、有価証券届出書提出会社ですらない。
有価証券報告書は提出されないな。＞157

159：凄かったで！
まあ、そういう感じ＞148
まるでそうするんならしてもいいよ、みたいなＮＤＡなんだってことだ。

160：名もない探索者
マルパクじゃつらいだろ。
アレンジするとか？

161：凄かったで！
いや、それがな。
正直受けたプログラムのどこにこんな効果があるのか、全然分からなかったから、どうアレンジしていいのかすら分かんねぇのよ。
そういや渋チーの高岡がいたんだが、しきりに首を傾げてたな。

162：名もない探索者
へー、受講してたのか……って、お前、それは個人情報の流出で訴えられるぞ。

163：凄かったで！
今のなし！

164：名もない探索者
あのな……

165：名もない探索者
しかし、そんな目に見える効果があったの？　あれって、一日だろ？

166：凄かったで！
いや、効果があるのないのって、もうほんとすげぇんだよ。
最初と最後にステータス計測があって、数値で伸びが確認できるんだが、３万ドル？
うん、おかしくないわ、これ。って感じ。

167：名もない探索者
凄かったで！は３万円だけどなw
ステータス計測って、明後日から代々木で行えるやつだろ。もう運用されてるのか。

168：凄かったで！
ああ、凄い面白かったぞ。

169：名もない探索者
ステータス計測だってＤパワーズの製品なんだから、適当に値をいじれるんじゃないの？

170：凄かったで！
まあ、そう思うよな。俺だってそれくらいは疑うさ。
だから実測してみた。

171：名もない探索者
実測？

172：凄かったで！
俺の希望はＳＴＲアップだったんだよ。

173：名もない探索者
ああ、握力とか計ったわけだ。

174：凄かったで！
正解＞173
70kgだった握力は、110kgになった。
210kgだった背筋力は、なんと320kgよ？

175：名もない探索者
ふわっ?!

176：名もない探索者
凄かったで！の正体が分かった。タイムマシンでやってきた全盛時代の室伏だ。

177：名もない探索者
全盛時代はもっとあったろ。130/390kgくらいだったと聞いたぞ。

178：名もない探索者
いや、それはどうでもいいから。
それが一日で伸びた数字なわけ？　ずっと計ってなかったとかじゃなくて？

179：凄かったで！
いやいや、こんなキャンプを受講するなら、効果を自分で確かめたいと思うだろ？
元の数値は前日に計ったやつ。

180：名もない探索者
1.5倍ちょっとか。信じられんな……
もしかして凄かったで！って宣伝マンか？

181：名もない探索者
それにしたって、盛りすぎだろ。

182：名もない探索者
たった一日で50%以上アップするってのは、ちょっとなぁ。
だが、予約が抽選でほとんど当選しない状況で、いまさら宣伝もないだろ＞180

183：名もない探索者
確か教官はＤＡＤの出身だろ？
向こうのノウハウとかあるんじゃないの？

184：名もない探索者
第１回のキャンプ利用者はサイモンチームだったしな。

185：名もない探索者
なぜ知ってる？

186：名もない探索者
以前のスレの終わりの方にあった。だからこのスレのタイトルになってるんだろ。
あと、ブートキャンプのサイトのブログみたいなのの、第２回の記事に書いてあるぞ。
因みに第１回はキャサリン教官の紹介。

187：名もない探索者
それが本当だとしたら、ＤＡＤが黙っちゃいないだろう。

188：凄かったで！
いやー、あれがＤＡＤのノウハウだとはとても思えないな。
もしもそうだとしたら、ＤＡＤは頭がおかしい。

189：名もない探索者
つまり頭がおかしいプログラムだったわけか。

190：凄かったで！
それは言えない。
ただ、キャサリン教官は、めっちゃかわいかった。すげーでかいけど。

191：名もない探索者
メロンか？　メロンなのか!?

192：凄かったで！
背が高いって意味だよ！

193：名もない探索者
ああ、サイトに写真があるな。これって未修正？
)つ https：//url...

194：凄かったで！
看板に偽りなし。

195：名もない探索者
おおー。

196：凄かったで！
訓練中は、スゲー厳しいんだけど、時々素でかわいいぞ。日本語のせいかな。

197：名もない探索者
日本語話せるの？

198：凄かったで！
ぺらぺら。時々変な言い回しがあるけど、だがそこがイイ。
「諸君らは、このつらく苦しい、ともすれば遊んでるだけなんじゃと思えるようなプログラムを真面目に消化してきた」
とか言われて噴いた。

199：名もない探索者
遊んでるだけなんじゃって……

200：凄かったで！
AGIの訓練は、特にそう見えた。ホント遊んでるだけ……なのかな、あれ。
最初は滅茶苦茶怒号が上がってたけど。

201：名もない探索者
うわー、知りてー‼

202：名もない探索者
なにか特別な運動とか、薬みたいなものの摂取とか、そういうのはなかったのか？

203：凄かったで！
ええっと……あった。
だが、詳しいことは言えない。ただ、これから受講するヤツに一言言っておく。『死ぬな』

204：名もない探索者
なんぞ、その意味深な台詞はｗｗｗ

205：名もない探索者
キャサリンてんてーに踏まれたい。

206：名もない探索者
へんなのが涌いたぞ

207：名もない探索者
しかし、凄かったで！の言う結果が事実だとしたらすげぇな。

確か、斎藤涼子もここの出身だろ？

208：名もない探索者
斎藤涼子？

209：名もない探索者
今、話題の新人女優。
こないだアーチェリーの70mラウンドで世界記録をマークした……らしい。

210：名もない探索者
はぁ？　なんだそれ？！　女優なんだろ？

211：名もない探索者
あ、動画みた！　あれって、マジなの？

212：名もない探索者
YouTubeにアップされたやつは速攻で消されたけど、当時大会が開かれてたから、現場にいたやつがいろんなところで本物だと証言している。
もっとも彼女は、連盟どころか地区のアーチェリー協会への登録もしてなくて、完全に非公認記録だそうだ。

213：名もない探索者
一緒に写真を撮ってもらったやつが、ＳＮＳに書いてたぞ。
なんでもコンパウンドボウとベアボウの使い方の違いについて訊かれて、リリースの違いを説明したんだそうだ。
凄く気さくでカワイイ人だったって。

214：名もない探索者
いや、ちょっとまて。
70mラウンドなんだろ？　なんでそんな説明をしたんだ？ > 213

215：名もない探索者
見てきた。写真、凄い楽しそうで、うらやましす。

216：名もない探索者
斎藤って、アーチャーはアーチャーなんだけどコンパウンドボウ使いなんだってよ。
それで、初めてベアボウを使うから、その場にいたその男に訊いたそうだ。

217：名もない探索者
初めて!?

218：元アチャ
確かにそこも驚くところだが ＞ 217
ベアボウとか……もはや意味がわからん。

219：名もない探索者
動画は消されたけど、静止画はいくつか残ってるぞ。
ほれ)つ https：//url...

220：元アチャ
ええ?!　マジでベアボウ？　これ70mラウンドなんだよな？

221：名もない探索者
70mラウンドでベアボウってマズいのか？

222：元アチャ
マズいというか、滅茶苦茶だよ！
普通70mラウンドで使う弓は、リカーブボウっていう、的を狙うためのいろんな補助パーツがついた弓を使うんだよ。
ベアボウなんかだと精度がダダ下がりで、まともに……いや、あたってるんだよな。
おかしいだろ!?

223：名もない探索者
元アチャが発狂した。

224：名もない探索者
だけどさ、例えば柔道選手がこのプログラムに参加したら、凄かったで！みたいに一日でパワーが1.5倍になるってこと？
地道な筋トレとか、バカらしくてやってられないな。

225：名もない探索者
ごくり……

226：名もない探索者
陸上選手が参加したら、足の速さが1.5倍に……って、そりゃないか。

227：名もない探索者
いや待て、確かマラソンの高田と不破がそんな話を……

228：名もない探索者
別府大分毎日マラソンのキャシー教官事件か！

229：名もない探索者
さすがに、Dパワーズとは関係ないだろうが、今年の箱根の記録も、なんだか物議を醸してたみたいだし。
もしかしたら、冗談じゃすまないのかも。

230：名もない探索者
スポーツ医学の常識が消し飛びそうだが、それって、ドーピング……じゃないよな？

231：名もない探索者
箱根は知らないが、不破も高田も死ぬほど検査されたらしいが、すべて陰性だった。
高田なんか、走ったのがプログラムを受けた翌日だったそうだから、ドーピングはないだろう。

232：名もない探索者
さっきの『死ぬな』がどんなものだか分からないからなんとも言えないけど、継続的に投与されるわけでもなく、たった一日のキャンプなんだろ？
高地トレーニングみたいなものだと考えるなら、ドーピング扱いするのはちょっと無理があるだろう。

233：名もない探索者
スポーツ界にダンジョン旋風クルーー？
…

SECTION :

代々木ダンジョン 二層

その日の午後、俺たちは佐山さんの引き継ぎのために代々木の二層を訪れていた。

「ここが農園なんですか？」

佐山さんが意外そうな顔で丘を見上げた。

まあそういう感想も分からないでもない。なにしろ丘の上にある木の根元に、麦らしき植物がまとまって生えているだけだからだ。これで麦が実っていなかったら、そこらへんにあるイネ科の雑草が生えている場所となんの違いもないだろう。

「第一次ベンゼトスプラッシュシステムが、スライムに敗北した後は何もしてませんからね」

「なんです、そのなんとかシステムって」

「スライムよけのシステムとして華々しくデビューしたんですが——全然ダメでしたね」

いや、華々しくデビューなんかしたか？

「しかしこれが？」

膝をついた佐山さんは、そこで実っていた麦の穂を、ひとしきり眺め、調べていた。

「一応ダンジョニングのパテント資料と、『ダンジョン内作物のリポップと、現行作物のダンジョン内作物への変換』は読みましたが……」

彼は困惑したように俺たちの方を振り返った。

「本当ですよ。少なくとも柳久保《やなぎくぼ》に関しては」

そう言うと、俺は彼が手にしていた小麦を茎の途中でカットした。しばらくすると光とともに再生した。

「凄い！　これって食料生産の革命じゃないですか！」

普及すればその通りだ。だが、人類の主食のすべてをこんな方法でまかなうわけにはいかないことだけは明らかだ。従来の農業を駆逐するようでは困るのだ。

「種子のパテントを無効化する最悪の手段だとも言われてますけどね」

「確かにバイオメジャーにとっては悪夢みたいなものですよね」

佐山さんは立ち上がって膝を払った。

「だけどここでどんな管理をすればいいんです？」

「うーん……立て札でも立てます？」

「次に来たときにはたぶんなくなってますよね、それ」

佐山さんは笑いながらそう言ったが、実際やることはないんだから仕方がない。

「まあ農園は、見たい人を案内するくらいでいいと思いますけど、ウケモチ・システムの方は、これから大変だと思いますよ」

三好がことさら脅すように言ったが、実際そうなるはずだ。

「ＦＡＯ（国際連合食糧農業機関）やＤＦＡ（世界ダンジョン協会食品管理局）は、このシステムに執着していますから、その折衝窓口として頑張ってください」

「ええ？　それって、Ｄパワーズさんの仕事じゃないですか？」

「開発が終わって、適当なサブスクを設定したら後はもうおまかせします！」

「えええ⁉」

「ウケモチ・システムって、ハードウェアはほとんど完成していますけど、実際にダンジョン内で運用しようとすると、問題が山積みなんですよ」

　三好がその問題点を説明しようと、人差し指をピンと立てて言った。

「工学的な領域の課題は、どうやってスライムの影響を少なくするかを考えなければなりませんし、生物学的な領域の課題は、ダンジョニングの方法を確立しなければなりません」

　ウケモチ・システムは、オーバル型をした畑の上を、収穫用のコンバインがレールに沿ってくるくると回る構造になっている。そして収穫された穀物は、通常のコンバインのようにグレンタンクにため込まず、直接フリーで旋回するオーガステーを通じて、外部のタンクにためられる。

　外部のタンクは並列化されていて、一杯になると空の方に自動的に切り替わるから、その間に満タンのタンクを取り出して空のタンクを挿入することで、二十四時間休みなく穀物を収穫することができるわけだ。

「畑の上にそんなものを設置するのは大変ですから、作物は、指定された大きさの栽培用コンテナの中で作られ、それをシステムのレールに沿って配置するわけです」

　そうすることで、栽培作物の変更も簡単に行えるようになっている。

「ですけどこれらはダンジョンにとって異物ですから、当然スライムの捕食対象になります」

監視をすることでスライムの影響を大きく減らせるが、それは完全とは言えず、当然人力に頼る部分も出てくるはずだ。

「コンテナやレールの部分は、ダンジョン内から取得できるアイテムで加工できるんじゃないかと考えていますが、それにしたって、ダンジョン外へ持ち出して加工した場合の効果はいまだ未知数ですし、ダンジョンから産出する鉱物を、セーフエリアで加工するのが最も適切だと思いますが、それだってこれから確認しなければいけません」

ダンジョン産の金属を使って、セーフエリアで何かを作るためには、加工工場が必要になるが、圧延機やサーボプレスは結構なスペースを必要とする。

だが、セーフエリアの区分けで四苦八苦していたＪＤＡがそんなスペースを用意しているだろうか？　民間企業にしても、そんな広大なスペースが存在しているとは思えなかった。

面積的に可能性があるのは、未踏エリアを発見したＤＡＤと自衛隊だが、どちらもそんな設備を設置するとは思えなかった。

「生物学的な課題の部分も大変なんですよ」

「パテントを見る限り、それはすでに三好さんたちが実現したんじゃないんですか？」

「あれは偶然の発見ですから」

ダンジョニングの前プロセスが終了している種を手に入れたのは、本当に偶然だ。単にそれが終わるまで『たまたま』スライムに捕食されなかっただけなのだ。

したがって、どの程度の期間ダンジョン内にあればそれが完了するのかも分からない。そもそもそれが終了したかどうかを判断することすら、現時点では植えてみるまで分からないのだ。

「他にも、ダンジョン内のコンテナ上で育てた植物がダンジョニングされたとして、それをそのままダンジョンから持ち出したとき、リポップが起こるのかどうか、起こるならどういう状態でそれが起こるのかなんてことも分かりません」

栽培用コンテナのリポップは無理だろうが、土とその上の植物が一塊でリポップするとしたら、栽培用コンテナの複製が可能になるわけだ。

「え？　でも、私が資料を読んだ限りでは、全体を対象とするリポップの位置はランダムなんじゃないですか？」

「そうです。だから普通のダンジョンでそれを確認することは、ほぼ不可能なんです」

「ええ？」

「でも大丈夫！　ちゃんと実験室を用意してありますから」

「実験室？」

そうして三好は、喜々として津々庵《しんしんあん》のことを語り始めた。

特にあの踊り場フロアは、Ｄファクター濃度の縛りがなかったとしたら、そういう実験には最適だろう。小麦なら、一粒の種ですら探すことができるはずだ。

「そんな場所が……内容自体は、農研機構でやっていたこととそれほど違いませんね」

「でしょう？　でも今回の研究は影響の範囲が違います！」

三好が大げさに両手を広げてアピールする。何やってんだこいつ。

「工学的な課題をクリアできれば、ダンジョン内に建造物が気軽に作れるようになるかもしれませんし、生物学的な課題をクリアできれば、世界から貧困が一掃されるかもしれません！」

「おお！」

「佐山さんの研究が、世界を救うんですよ！」

「おおおおお！」

いや、まったく嘘は言っていないが、それじゃまるで、ＪＤＡ職員じゃなくてＤパワーズの研究員みたいになってるぞ。大丈夫か、三好。

「滅茶苦茶やりがいがありますね！」

「ですよね！」

「いやちょっと待て。しばらくはセーフエリア開発に駆り出されて、それどころじゃないだろ」

「ええ？」

「先輩……人のやる気をそがないでくださいよ。いずれはネイサン博士もやって来るでしょうし、ＦＡＯの人たちだってそうですよ。運搬ばかりやってるわけにはいきませんって」

「……なんだかそのしわ寄せが、うちに来そうな気がするんだが」

「こないだ鳴瀬さんにアメリカとの密約がバレちゃいましたしね」

「密約言うな。人聞きの悪い」

その後は、前プロセスが終わっている柳久保の種を一つ埋めて、佐山さんの能力を確認した。

彼が力を込めると、種はあっと言う間に芽吹き、早回しの動画を見ているように、にょきにょきと育つのだ。

「話には聞いていたが……こいつは凄いな」

「世代交代が必要な実験も、一瞬ですよ」

農作物研究には、まさに夢の能力だ。

「やり過ぎると、凄く疲れるんですけどね」

(剰余だからよく分かりませんけど、ＭＰが結構減ってる感じですね)

(やっぱ、魔法みたいなものなのか)

「無理しない程度にお願いします」

そう言って、俺たちは帰路についた。

「後は土ですね」

「土？」

「ほら、横浜には土がありませんから」

「ああ」

実験しようにも植える土がないのか。

「園芸用の土じゃだめだよな？」

「スライムの餌になることは間違いありませんね」

「一度、代々木の土を持ち込んでみるか」

それを横浜ダンジョンが異物とみなすのか、みなさないのかは非常に興味深い事柄だ。

もしもすべてのダンジョンが一元的に管理されているとすれば、異物とみなされない可能性が高いが、個別に管理されているとすると異物とみなされる可能性が高い。

それはそのまま、ダンジョニングした作物が、別のダンジョンで利用できるのかどうかという疑問に繋がっていくのだ。

「そういえば、歓迎会はどうでした？」

「いやあ……」

何があったのか、佐山さんは苦笑いしながら言葉を濁した。

「本当に歓迎してもらっているようで凄く嬉しかったんですが、彼女が欲しいのと、モテたいのは全然別物だってことだけはよく分かりました」

「へえ」

どうやら手放しに歓迎されて、モテまくったようで、落ち着かないというかなんというか、どうにも居心地が悪かったらしい。一層へと続く階段を上りながら、そう言って笑った彼の笑顔が少し引きつっていたのが印象的だった。

二〇一九年　二月二十五日（月）

SECTION：

ニューヨーク マンハッタン ヘルズキッチン

『見ろ、悪魔どもが大勢集まって、今日もまたサバトを開こうとしてやがる』

生気のない顔の中で、目だけが燃えているような男が、痩せこけた指でジャビッツセンターへと入っていく人の群れを道路越しに指差した。

それに追従するように数人の同じような雰囲気の男女が、熱に浮かされるように頷いていた。

ジャビッツセンターのメインエントランスの向かいにある、西三十六丁目の一方通行の路肩に止められたバンの中からそれを見ながら、カイは、ヴァルプルギスにはまだ早いし、サバトは悪魔をたたえる魔女の宴だろうと考えていたが、もちろんそんなことを口にはしなかった。

この日のNYは、瞬間最大風速が六十マイル毎時を記録する、非常に強い風が吹いていた。

その風に煽《あお》られ、髪をはためかせる様子は、まるでこちらが魔女のようにすら見えた。

カイは最初、以前属していた組織の流れで、遺伝子組み換え食品を攻撃していたグループに声を掛けた。だが遺伝子組み換え大豆で一世を風靡《ふうび》していたモンサント――昨年バイエルに買収されたが――の非難の行く先は、すでに大豆ではなく、グリホサート除草剤に向かっていた。

バイエル買収の二か月後に、グリホサートで悪性リンパ腫を発症したとする男の裁判で原告が勝訴したのだ。賠償金は二億八千九百万ドル。当然同様の裁判は激増した。

そしてグリホサート耐性をもつ遺伝子組み換え大豆の悪影響は証明されてはいない。少なくとも数世代程度のマウスの実験では。

　都合、批判の矛先は分かりやすくグリホサートへと向かうことになり、相対的に遺伝子組み換え食品に対する批判は下火になった。活動する側のリソースは限られているからだ。

　だが、パン職人としては、三百万ドルのパンを焼かなければならない。

　カイは仕方なく、反ダンジョンというよりは、反探索者系の組織を頼ったのだ。

　噂では、ダンジョン産の食物は、人間の能力を伸ばす力があるらしい。つまりは食物の摂取が、そのまま探索者的な何かになるのではないかという煽りを加えて。

　紹介されたリーダーの名前はコウ。東洋人に見えるが、実際のところは不明だった。

『コウ、あの連中、大丈夫なんだろうな？』

『サバトのど真ん中で、反《アンチ》キリストを非難するにはふさわしいだろう？』

『やり過ぎるなよ。重要なのは大衆の共感だからな』

『俺たちのスポンサーは、すでにとてもお怒りだ。顔を真っ赤にしてらっしゃるぜ』

　こっちの方が地獄の鬼らしいなと笑うコウを見ながら、カイはどうにも不安だった。

　手始めとしては、少し前のファッション業界への非難よろしく、人を動員して、入り口付近で反対を叫んでくれればいいだけなのだ。

『こっちの要求は、ダンジョン産食物の危険性を煽ることなんだぜ？』

『ダンジョン産作物が、この世界のどこにあふれている？　結局分かりやすい敵は移民なんだよ。民主党のクソどもに反吐《へど》を吐かせてやる』

『おいおい』

『あんたは心配せずに金を出してくれればいいんだよ。ちょっとイベントにケチを付けるだけで三十万ドルは悪くない』

カイは小さくため息をつくと、今にもあの中に飛び込もうとしている男の演説を聞いていた。

『いいか、毎月二十万人近い人間がメキシコから押し寄せる。そうして我々から仕事を奪っていくんだ！　そんなことが許されるはずはない！』

男は数人の男女を前に、そんな風にアジっていた。

コウは金が欲しいだけのクズだ。つまりは以前の自分と変わらないってことだ。

狂信者を使い捨て、大金をゲットする詐欺師のような男だろう。こんな連中にいくら金を払ったところで、ムーブメントなど起こしようがないことを、カイは身をもって知っていた。

『もっと金があれば、もっと動員できるんだがなぁ』

薄く笑いながらそんなことを言うコウを横目に、カイは、探索者のイベントを潰すことと、ダンジョン産食物の危険性を煽ることをどうにか結びつけようと頭を絞ってみたが、いい考えなど浮かぶはずもなかった。

『ダンジョンに毒された連中は優秀で、俺たちは劣等だとでも言うのか？　そんな馬鹿な話、あるはずがない！　大体連中はステイツに住んですらいなかったんだ！　連中は、俺たちの居場所を奪いに来る害虫だ！』

ますますエスカレートするアジ演説に、おおーっという仲間の声が上がる。

『この巨大な龍、人類を惑わす年を経た蛇は、その使いと共に地に投げ落とされるだろう』

『高い天では天の軍勢を。大地の上では大地の王たちを。彼らは捕虜が集められるように牢《ろう》に集められ、獄に閉じ込められる。そうして彼らは罰せられるのだ！』

微妙にアレンジされているとは言え、黙示録とイザヤからの引用とは恐れ入る。だが、このテンションでイベント会場に突っ込んで大丈夫なのか？

『コウ。マスコミには連絡したんだろ？』

数千人が集まるというのならいざ知らず、小規模のデモを、単に開催したところでほとんど意味はない。こういうものは、マスコミに取材をさせて初めて意味のある活動になるのだ。

『もちろんだ！　ただ、どこもまともに相手をしてくれなかったけどな』

ＮＹのマスコミは民主の連中に毒されている。「不法滞在の移民が合法的に滞在できる方法の確立」など、ちゃんちゃらおかしいどころか、犯罪を犯した者勝ちってことだ。そんな馬鹿げた話を八割近い人間が支持しているなど、ほとんど信じがたい。アメリカを乗っ取ろうとしているどこかの国の陰謀だと言われても素直に頷いてしまいそうだ。

『移民反対に関わるデモなど、特別な事件でもない限りどこも取り上げちゃくれないんだよ』

だから移民は切り離せよ、とカイはほぞをかんだが、もう手遅れだ。

『だが、物好きな局があのイベントを取材に来るようだぜ』

『コウ。俺はちょっと様子を見てくるよ』

『ん？　まあいいが、後金を振り込み忘れるなよ』

分かってるとばかりに手を振ると、カイは車を出て、三十六丁目の向かいにあったサブレットのスタンドでホットドッグを購入した。さほど腹が減っているわけではなかったが、この辺りには適当なカフェなどない。(注18)

連中と一緒にいて巻き込まれるのはごめんだが、パンを焼かされている身としては、これから起こる顛末《てんまつ》を、見届けないわけにもいかなかったのだ。

(注18) ない
今もあまりないが、当時はまったくなかった。

SECTION :
代々木八幡　事務所

ＮＹ時間で二十四日の十時にスタートしたイベントの二日目は、相も変わらず盛況だった。公式のライブチャンネルは、楽しげな探索者連中を映し出していたし、通常なら見つけられそうもない新コマンド発見の余韻で、調査班も盛り上がっているようだった。

いくつかのＴＶ局も取材に来ているようだ。

にもかかわらず、翠さんたちのライブカメラはオフラインのままだ。

「何かあったのかな？」

「計測データは送られてきてるんですが」

「カメラの故障か？」

ちらりと事務所の時計を見上げると、○時三十分を少し過ぎたところだった。

そのとき、ビデオチャットアプリの着信音が鳴って、画面に翠さんが現れた。

「梓」

「あ、翠先輩。どうしました？」

ビデオの背景は、グレーを基調にしたモダンな部屋のようだった。

長椅子の上に置かれたＰＣを覗き込む翠さんの後ろに見える壁には、大きなビル＝ドノヴァンの絵に、四人の女性が描かれていた。

ＮＹのセントレジスは、いわゆる五番街と五十五丁目の交差点の角にある。一階はアーシャのときお世話になったハリーウィンストンだ。

ジャビッツセンターまでは五十五丁目を西へ向かい、十一番街を左折すれば、ざっと三キロ。タクシーに乗れば十分で着くが、まだホテルにいるとは……

「もしかして寝坊ですか？」

「バカ言え、イベントには中島たちが行ってるよ。こっちはちょっとそれどころじゃないんだ」

「え？　何かあったんですか？」

「何かって……まさか、お前まだ見てないのか？」

「へ？」

三好が間抜けな声を上げると、翠さんが頭痛をこらえるようにこめかみを押さえた。

「今すぐ見てみろ」

「って、何をですか？　会場？」

「——例のＳＭＤの予約サイトだよ」

「ああ！」

そういえばＳＭＤの予約開始は、日本時間で二十五日スタートだ。つまり三十分とちょっと前ってことだ。

三好がサイトを開きながら、翠さんに訊いた。

「予約、どんな感じでした？」

「どうもこうもあるか！　すでにバックオーダーが一年分たまってるぞ！」

「はえ？」

ＳＭＤの生産は、言ってみれば工場制手工業、マニュファクチュアというやつだ。月産台数など知れたものだが、なにしろ探索者の、それも一部か研究者くらいにしか需要がない商品だから、一瞬はもてはやされるだろうが、総数は出ないと考えていた。

価格も個人で買うにはそれなりに高い。簡易版でも三十五万円、フルスペック版はオプションにもよるが、二百八十万からに設定された。もっともＰＲＯ版のリファレンス機は、原価でも二千万以上するから、結構勉強していると言えばしているのだが。

慌ててログを確認した三好が、その結果に驚いていた。

「開始直後にオーダーが殺到して、最初の八秒で予定台数に達してますね……始めの十分間だけ、キャパシティーを確保する予測スケーリングにしておいて正解でした」

ＳＷＳ（サマゾン・ウェッブ・サービス）のオートスケーリングは一分間隔だ。秒単位でアクセスが跳ね上がる事態には対応できない。

「しかし、八秒で予定台数に達するってのは……」

「その後も予約は続いているみたいです、すでに予想出荷日が酷いことになってますよ」

大抵の予約システムは、必要項目をすべて入力した後で注文が実行される。

長々と個人情報を入力させられた挙句、売り切れましたなんて言われるともの凄く腹が立つし、まるで個人情報を引き抜くために、おいしい餌をぶら下げているようにすら見える。

本当にそれが目的のサイトもないとは言えないが……

とにかく、そんなシステムはクソだ。

先に欲しいものを選択した段階で、仮注文扱いにすればいいだけなのだ。そこで個数を入力させてもいいし、仮注文は一つのみの扱いにしてもいい。そこで売り切れが表示されるなら、個人情報はまだ入力していないわけだし、諦めもつくというものだ。

途中で入力をやめた場合は、キャンセル扱いにすればいいだけだ。注文にキャンセルは必ず付いて回るから、それが行えないシステムはない。

特に、今回は入力内容が多かったため、長々と入力した後に物がなくなっているなどということのないように、注文ページにアクセスして希望の機種を選んだ瞬間、ＳＭＤの場合は、仮注文扱いで注文数を＋１する管理を行っている。各種オプションも同様だ。

こうすることで、入力に時間がかかったとしても、一台だけは確実に確保できるわけだ。大きな不満は出ないと信じたい。

「各種研究所や、上位探索者は当然として、他にはスポーツ関連や芸能関連の組織からの引き合いが多いな」

「思ったよりずっと広がってるんですね」

「以前、寿司屋で会った、彼女の周辺が震源だろ？」

翠さんが長椅子の背にもたれながら疲れたように言った。

御劔さんのことだろう。他にも、斎藤さんや高田さんたちの影響は大きいだろう。

「じゃあ、今は予約停止の状態ですか？」

「出荷予測が一年分を超えると、キャンセルが出るか、枠を増やさない限り、そうなる」

三好はログの分析を、あれこれと確認しながら、その傾向を調べていた。

「凄いですねぇ。安くないのに」

「何を他人事《ひとごと》みたいに……ＳＭＤはそれでいいんだが、問題はパーティチェッカーの方だ」

「え？」

ログデータから顔を上げた三好は、言葉の意味がよくわからないといった体で、画面の中の翠さんに向かって首を傾げた。

Ｄカードチェッカーは、その後パーティチェッカーにバージョンアップしていた。

俺たちで色々と調べたところ、どうやらパーティに加入している状態を検出できそうだったからだ。少なくとも単純にパーティメンバーがいる状態は検出できている。

昨日のイベントから送られてきた測定結果を見る限り、複雑なパターンにも対応できているようだったから、初期バージョンはこれで問題ないだろう。システムの構造上、新たな知見はサーバーのソフトウェアを更新することで対応できるからだ。

しかしそれの何が問題なんだろう？

ＳＭＤと違って数が出ることが予想されるチェッカーは、現時点でも月産一万台の枠を確保してあると聞いていた。数が問題になるようなことは、そうそうなさそうな気がするが、話は全然別のところから始まったのだ。

「お前、あれ、仮の値段のまま修正してなかっただろう?」

翠さんが呆れたようにそう言うと、別のタブレットに表示した、予約サイトの金額項目部分を、指し示した。

「あ! そういえば、ルエミスターの価格を張り付けたままだ!」

サイトを作成した当時は、EMS(電子機器受託製造)側の、きちんとした見積もりも出ていなかったし、需要もあるだろうとは思いながらも、はっきりしなかったため価格を決められず、元のSMD－EASYの予価をそのままダミーで張り付けたままにしていたのだ。

「それって——」

「十九万八千円ですよ! うわー、いくらなんでもぼりすぎです……」

JDAから依頼された機器の十万円でもボッタクリだったのに、その二倍ともなると、もはや詐欺のようなものだ。

「数が必要な機器ですし、こりゃ、価格を改定しないと売れませんね……」

分かりやすく落ち込んだ三好を見て、翠さんがかぶりを振った。

「二分で完売した」

「はえ?」

「か・ん・ば・い・した」

「二分で?」

「そうだ」

「一年分が？」

「そうだ」

中島さんがＥＭＳに渡りをつけたのはいいが、一ロットの数の問題もあって、最初は月一万台生産のラインのはずだ。

それが二分で完売？　十二万台が？

「それだけじゃないぞ。その後も予約は増え続けてる。すでにキャンセル待ちのバックオーダーが、六百二十万台たまってるぞ。しかもそのすべてが買えるなら購入希望だ」

「はえ？」

三好が三度目の変な声を出して呆けた後、我に返ると言った。

「ちょ、待ってください！　間違えてイチキュッパのまま販売したチェッカーのバックオーダーが六百二十万台⁉」

「そうだ」

「それって、一兆二千二百七十六億円ってことなんじゃ……」

ざっと計算した、三好が目を回しながら言った。

「なに、今年のＴＯＹＯＴＡの三月期決算は売上高が三十兆円に届きそうだというじゃないか。それに比べればどってことはないだろ」

翠さんが冗談めかしてそう言ったが、ＴＯＹＯＴＡとＤパワーズでは商品単価が大きく異なる。利益率もまるで違うだろうから、純益ベースでは売上高ほどの差はないのだ。

それ以前に、出来立ての小規模事業者を、世界ランキングでもトップグループの大会社と比べることが間違っている。

「せんぱぁい。どうしましょう？」

オーブの時は受け取るだけだったから、現実感のない大金でも、ただの数字だと思えばよかったが、今回は物を作る必要があるのだ。

「どうもこうもあるか。まずは生産ラインをどうにかしないと、年十二万台じゃ、その注文をさばき終わるまでに半世紀もかかるってことだぞ」

ＥＭＳの生産ラインを、月百万台に拡張することは可能かもしれないが、必要な部品を確保するのは並大抵ではないだろうし、単なる趣味人の中島さんでは絶対に無理だ。ヘタすりゃ、グルーポンがやった、どっかのおせち料理の二の舞だ。

「ＥＭＳの担当者に連絡をつけて、部品の確保に協力してもらえるかどうかを確認するしかないだろう。あとは中島さんのツテも一応訊いてみよう」

「それって、商品を届ける方向で努力するってことですか？」

現時点では、あくまでもキャンセル待ちが主体だ。だから全部をカットしたところで、法的な問題に発展したりはしないだろう。

だが――

「あのな、三好。それが商売をする会社の、社会的な責任ってものだろ」

「先輩がまっとうなことを言った！」

「お前な……」

驚くところがそこかよ……

本当のところ、そんな責任は実際にはないだろうが、これらはほとんどすべてが試験対策用であることは明らかだ。

この世から試験をなくすことができない以上、その試験から不正をなくすことは、試験というものの性質からいっても急務であることは間違いない。

この機器なしでは、ほぼ防ぐことができない不正——それをなんとかするのは、パーティシステムを掘り起こしてしまった俺たちの義務みたいなものだ。

「周知期間を置くべきだったかな……」

「先輩が何を考えているのかは分かりますけど、それを置いたところで、対策がありませんでしたから、状況は同じですよ」

それはまあ、その通りだ。

むしろ、この短い期間で、ここまで形にした俺たちを褒めてほしいくらいだ。いや、俺たちっていうか三好と中島さんなんだけど。

「とにかく、ここで何を言っても始まらん。詳細は帰国してから詰めるしかないから——」

「なんです？」

「それまでは忘れる！」

そう言って、翠さんは通信を切った。

「翠先輩……」

「まあ、心配しても仕方のない事柄は、心配するだけ無駄ってのは確かだよな」

「できるかどうかは、別の問題ですけどね」

俺たちは顔を見合わせると、同時にため息をついた。

SECTION :
ニューヨーク　マンハッタン　ジャビッツ・センター

『うぷっ』

タクシーを降りたネイサン博士は、その日の強い風に煽られて、コートの襟を摑んで寄せた。

『大丈夫ですか？』

まとめた髪を押さえ、コートの裾をはためかせながら、シルクリーが彼の後から車を降りた。

『心配ないよ、ミス・サブウェイ。今日は風が強いな』

ＷＤＡの本部が間借りしている国連ビルからジャビッツ・センターまでは、四十二丁目を西へ進み、十一番街を左折すればすぐだ。

そこで、実に面白そうなイベントが開催されると聞いた。

しかも特別協賛はＤパワーズで、世界初のステータス計測まで行われるときては、行かない理由がないと奮い立ったネイサンだったが、日本で勝手をしたツケを払わされ続ける毎日に追われ、日曜日の今日まで身動きが取れなかったのだ。

その十人ほどの集団は、まとまってクリスタルパレスのエントランス前に陣取った。

彼らは少し異質な集団だったが、おかしな格好をした探索者たちの出入りは多かったし、中ではラウンジでケータリングの食事を楽しげに取っている者たちで賑わっていて、それほど悪目立ちしているというわけではなかった。その中の一人が声を上げるまでは。

§

『なんだあれ？』

クリスタルパレスのガラス越しに、何かを訴えているようにみえる十人ほどの集団を見た探索者の男が不思議そうな顔で言った。

ガラス越しなのでよく見えないが、横断幕のようなものを掲げようとしているところを見ると、何かのデモなのだろう。だが、ここで行われているのは探索者の研究イベントで、実質は大規模なオフ会だ。一般的に言ってデモの対象になるようなものではない。

『しばらく前、ファッションウィークに会場前で騒いでいた動物愛護団体みたいなものか？』

『探索者相手に何を主張するんだよ？』

『ダンジョンを攻略することは許されない、とかか？』

『確かにＢＰＴＤを攻略したらＮＹに怒られそうではあるな』

ＢＰＴＤはＮＹの管理するダンジョンで、ＮＹはそこから結構な収入を得ているのだ。

『んなら、ゴブリンの保護を訴えるのかもよ』

『ウルフならワンチャンありそうな気がするが、ゴブリンはなぁ……いくら人型でも無理だろ』

『どっちにしろ、あいつら絶滅しそうにないけどな』

モンスターはリポップする。だからいくら狩ったところで絶滅はしないだろう。保護もクソもないのだ。

『もっとポーションを取ってこいと発破をかけに来たってのなら理解できるな』

『あー』

§

『やあ、君たちがアズサの知り合い？』

計測デバイスの調整に余念がない中島に、ネイサンがまるで昔からの知り合いのように、気軽な様子で声を掛けた。

『え？　ええまあ、あなたは？』

彼に面識のなかった中島は、どこかで会ったかなと内心首を傾げながらそう答えた。

『こいつは失礼。私はネイサン＝アーガイル。アズサの友達さ。ネイサンと呼んでくれ』

『ネイサン＝アーガイル？』

それを聞いていた翠が、何かを思い出したかのように言った。

『もしかして、ネイサン＝アーガイル博士？　DFAの主席研究員の』

『どうだい、ミス・サブウェイ。私も結構有名じゃないか』

『博士は元々ご高名です。そこのところをもう少し自覚していただければ……』

翠は、ああこのおっさんもフリーダムな人種かと内心ため息をついた。梓の周りはこのタイプばかりだ。先輩として少々心配なところだ。だが、それを芳村が聞いていたら、あんたもだよと突っ込んだことは間違いない。

『こいつがステータス計測デバイスかい？』

『ええ、まあ』

『能力を客観視できるようにするツールなんて、人類には早すぎるんじゃないかな？　だが、興味深いことには違いないね』

確かに、実際に計測されてしまえば、どんな人間でも多少の優越や劣等を感じてしまう可能性は高い。それが競争社会ならなおさらだろう。普段は気にしないふりをしていても、いざというときにそれが顔を出す。

だが、それは世に出てしまったのだ。もう後戻りすることはできない。

偏差値は主に学生時代だけの尺度だが、ステータスは一生の尺度になるだろう。人類はそれにうまく付き合っていくしかないのだ。

「おい、三好。中島さんカメラに映ってるのってネイサン博士じゃないか？」

「まだNYにいらっしゃったんですねー」

「いや、さすがに仕事があるだろう」

いくら主席研究員とはいえ、いきなり思いつきで代々木に分室など作れるはずがない。組織には事業計画とか、予算ってものがあるのだ。

「予算はうちの基金を当てにしてたりしませんか、あの人」

「ありうる。そういう点では唯我独尊な人だからな」

「あれでちゃんとリスペクトされているところが凄いですよね」

「憎めない人ってのはお得なのは確かだが、ああいうパワフルな人じゃないと、何かを切り開くなんてことはできないのかもなぁ……」

「まあほら、今度からは、佐山さんバリアがありますから」

「いや、バリアってな……」

§

§

彼は熱に憑《つ》かれていた。

どいつもこいつも気に入らない。何もかもが不公平だ。

車を降りたら、風雲急を告げるかのごとく、十一番街を駆け抜ける今年一番の突風に、吹けば飛ぶような小さな人間だと言われているようで腹が立つ。

エントランス前にある横断歩道の信号が緑が下に落ちて、赤い掌をこちらに向けているのが、やめておけと忠告されているようで気に入らない。

あまつさえステータスなどという勝手な秤《はかり》で、俺たちを貶《おとし》めようなどと許せない。

いつも、いつもそうだ。上から俺たちを見下ろしている連中は、自分たちに都合のいい尺度をひねり出し、俺たちを最下層に押し込めようとしやがる。

今日という日は、そいつらを選別し地獄へと迎えるディエス・イレ（注19）。審判者が現れて、すべてが厳しく裁かれるのだ！

彼の後ろにいた数人は、命令通り少し大きめの横断幕を開こうとしていたが、折からの突風に煽られそれを飛ばしてしまった。風に舞う横断幕は、“MARCH AGAINST DUNGEON ORGANISM!”と主張しながら、エントランスのドアへと張り付いた。

（注19）　ディエス・イレ
怒りの日と訳される。
キリストが世界の最後に現れて、すべての人間を復活させ、天国と地獄へ行く者を選別する日のこと。

「ダンジョン食品への反対デモ？」

その不思議な切り口に、エントランスを見ていた探索者たちは首を傾げた。

横断幕はしばらくの間そこに張り付いていたが、やがて風に煽られると、サウスコンコースへと舞い落ちていった。

§

自分のステータスを測ってもらったネイサンは、その数値がどの程度の値なのか、どんな意味があるのかほとんど分からなかったが、人類の大人の平均値が10程度だと聞いて、自分のSTRが8だったことに肩を落としていた。

『博士はもう少し運動をされた方がいいということですよ』

『代々木の二十一層(注20)じゃ、ちゃんと走れただろう？　ほら、毎日、聖ジョージが核兵器たるドラゴンを退治している像を見て、世界平和を祈りつつ走ってるじゃないか』

『二百五十メートルのジョグは適切な運動とは言えませんね』

『ええ？』

そもそもジョギングで伸びるのはＶＩＴじゃないかなぁと、中島が考えていると、突然サウスコンコースの入り口に、大きな音を立てて何かが張り付いた。

どうやらそれは、メインエントランスから飛んできた横断幕のようだった。大きく書かれた主張を読んで顔をしかめたネイサン博士だったが、その下に小さく書かれた、"say NO to DO"の文字に思わず吹き出してしまった。

DOはダンジョン食品のことだろう。GMOの反対デモでよく見かけたフレーズで、本来はDOの部分にGMOと書かれていた。遺伝子組み換え食品にNOと言おうという意味だが、DOでは、まるでやるべきことにNOと言うように読めたからだ。

そのときメインエントランスの方から、怒号が聞こえてきた。

「なんだ?」

翠がそちらを振り返ると、中島も同じように階段の上を見た。

「けんかでもしてるんですかね?」

「ちょっと様子を見てくる」

「え? ちょっ、所長!」

中島の呼びかけに振り返りもせずに手を振って、翠は、クリスタルパレスへ歩いて行った。

（注20）像
国連本部ビルの北、ギフトガーデンにある像。
聖ジョージが、ドラゴンを退治している像なのだが、ドラゴンが核ミサイルの体を持っていて、核戦争を退治する人類を象徴している。実際にソビエトとアメリカのミサイルの破片が利用されているそうだ。なお、この像から国連本部までのルートが大体二百五十メートルだ。

同時にネイサン博士も、そちらへ移動しようとした。

シルキーが、声の方に行こうとしたネイサン博士の腕にすがりながら、彼の名を呼んだ。

『ミスター・アーガイル！』

『ミス・サブウェイ。あの横断幕を見ただろう？　我々はこの件と無関係とは言えないよ』

『そうとは限りませんし、ミスター・アーガイルが危険を冒す必要など……』

『なに、祖母の話じゃ、やるべきことが残されている人間は死なないそうだ』

『なんて、非科学的な……』

『それにここはジャビッツセンターだからね』

ジャビッツセンターの前には、大抵ＮＹＰＤ（ニューヨーク市警）の車がいる。一時期は交通警察の車置き場になっていたことすらあるくらいだ。これだけの騒ぎを起こせば、彼らがすぐにやって来るだろう。そうでなくても、すでに誰かが通報しているはずだ。

あと少しだけ時間を稼げば――ネイサンはそう考えていた。

『ミス・サブウェイ』

『なんです？』

『心配してくれてありがとう』

シルキーは自分の顔に血が上るのを感じて、下を向いた。

§

　その男は、妙にギラギラした視線で、落ちつかなげにきょろきょろと辺りを見回していた。

　そうして、思いつめたような表情で、布で巻いた長めの荷物を大事そうに抱えながら、他人を窺うようにしてエントランスへと入るドアを開けた。

『おい、あのおっさん大丈夫か？』

『ん？　なんかのコスプレじゃないの？』

『いや、コスプレったってなぁ……一体何の？』

『俺、昔、日本のコミケで、上半身裸コスでズボンだけはいて、右手で左腕の上腕を押さえている痩せた刈り上げの男を見たことがあるぞ』

『なんだそれ？』

『さあ。医者がどうこう言って、ふらふらとうろついていたっけ……俺にはさっぱりだったが、周りじゃ結構受けてたな』

『さすがは聖地、訳が分からんな。じゃあ、あれも？』

『きっとマーベルあたりのコミックに一コマだけ出てくる、昔のブギ・ダウンをうろついている男のコスプレじゃないか？』

『そいつはマニアックだ』

そう言った途端、男は、何かにつまずいたように足をもつらせてひざをついた。

もしかしたら、本当に具合が悪いのかもしれない。そう思って顔を見合わせた二人は、男の元へと走りよった。

『おい、大丈夫か』

『コイツらが悪いんだ。害虫は駆除しなけりゃならないんだ』

『なんだって？』

『ゴキブリ倒しに火星に行く話の中のキャラかな？』

『お前らさえ、お前らさえいなけりゃ！』

男は手に持っていた荷物の布を開いて、中から自動小銃を取り出した。

『おい！　コスプレの小道具にしちゃ洒落《しゃれ》にならないぜ！』

『どけっ！　俺は悪魔の元凶を裁かなきゃならないんだ！』

§

「いま、何か聞こえませんでした？」

すぐに始まる計測のセッションを前に、様子を見に行った翠を気にしていた中島が、入り口の方を見ながらそう言った。

「銃声みたいな……」

緑がそう言ったのと、クリスタルパレスで悲鳴が上がったのは同時だった。

中島がばね仕掛けの人形のように椅子から飛び上がり、すぐに翠の後を追いかけた。

「翠！」

「翠？」

なんとそこまで進んでいたのかと、緑はくすりと笑いかけたが、それどころじゃないと、三好と繋がっているカメラに顔を向けた。

§

「三好さん！　なんか、銃声と悲鳴が上がったんですけど！」

「あ、飛行機マニアの人」

「違います！　乗るのが好きなだけ……って、それどころじゃ！」

「落ち着いてください。こちらでも、公式チャンネルと、中島さんのアクションカメラ映像で状況を確認しました」

居間のモニターに映し出された公式チャンネルの映像には、会場の入り口の階段で、自動小銃を持った男と、遠巻きにそれを眺めたり、逃げまどったりする参加者が映し出されていた。

「お渡ししてある非常用のポーションは積極的に使っていいですから、怪我人をフォローしてください」

「り、了解です！」

飛行機マニアの人が画面から消えると、三好はため息をつきながら言った。

「アメリカの銃社会ってのも考えものですねぇ」

「そんなこと言ってる場合かよ」

「と言ってもここからじゃ、何もできませんよ。場所が場所ですから、すぐに警官も駆けつけてくるでしょうし、全員探索者ですからそう易々とはやられないでしょう。ポーションも、社員一人につき何本か渡してありますから、即死しなければ大丈夫だとは思いますが……」

画面の男は、何かを叫んでいるようだった。

「おい、相手をしてるのって、ネイサン博士じゃないか？」

「ええ⁉　ＷＤＡのＶＩＰがテロリストを説得しようとするって、滅茶苦茶ですよ」

「あの人はもとから滅茶苦茶だからなぁ……」

興奮していてよく聞き取れないが、どうやら、探索者がこの国を侵略していやがるとか、探索者はアメリカから出て行けと言った主張をがなり立てているようだ。

「このおっさん。探索者になにかされたのか？」

「それにしたって、探索者全体に対してヘイトをぶつけるってのは異様ですね」

§

『落ち着きたまえ』

威嚇で銃を発砲した犯人の前で、ネイサンは内心びびりながら、それでも虚勢を張って余裕ある態度を見せ、私は君の脅威じゃないよと自然体で話しかけた。

とにかく時間を稼げばＮＹＰＤがやって来るはずだ。

周囲には探索者たちが遠巻きに、固唾《かたず》を呑んでと言うよりもイベントのショーを見るように、携帯をかざしながら成り行きを見つめていた。

『君が考えるほどダンジョン産食物は危険じゃないし出回ってもいない』

ただし生来の性格から、その自動小銃の方がずっと危険だよと口を滑らせそうになったが。

『ダンジョン産食物？』

『？　君はその危険性を訴えに来たんじゃないのか？』

『そんなものはどうだっていい！』

『ええ!?』

あまりの発言に、シリアスなシーンにもかかわらず、彼はずっこけそうになった。

欲しい物なんてないが、手に入れる方法だけは心得てるってやつ？

『私の夢はショッピングに行くことくらいじゃないよ？』

『(注21)訳の分からないことを言ってるんじゃねぇ！』

『いや、それは君だろ』

『ミスター・アーガイル！』

相手を刺激しないでくださいよとばかりに、シルクリーが泣きそうな顔で彼の裾を引っ張った。

最初の発砲は威嚇で、天井のガラスを砕いただけだったが、いつそれがこちらに向けられるか分からないのだ。

むっとしてネイサンを見た男は、その視線の先に見慣れない機械が置かれているのを見た。

『なあ、あんた』

『なんだい？』

『あんた、ダンジョンの専門家なのか？』

『そうだよ』

『っもう！』

そう言ってシルキーは小さく不満を漏らした。

相手は探索者のイベントだと知って乱入してきたのだ。ここで自分がその専門家だと漏らして、もしも粛正の対象になったりしたらどうするつもりなんだろう。

『なら、あれが何か知っているだろ？』

そう言って、話せよとばかりに、銃口を博士に向けた。

それを見て、シルキーはいつでも博士を突き飛ばせるよう身構えた。

『あれ？』

ネイサンは、彼の視線を追いかけ振り返ると、『ああ、あれはステータス計測デバイスさ』と、正直に口にした。

§

『はっ？　クビ……ですか？』

『悪いね。明日から来なくていいから』

『ど、どうして？　言葉の怪しい人間だって採ってるじゃないですか。人が必要なんじゃゃ……』

『うーん。はっきり言うとさ……新しく来た探索者連中？　彼らの方がよく働いてくれるんだ』

『よく……働く？　お、俺だって真面目に一所懸命――』

『真面目？　まあそりゃそうかもしれんがね。彼らが一往復で済ませるところを、君は二往復かかる。それがすべてだろう？』

（注21）　訳の分からないこと
セックス・ピストルズのアナーキー・イン・ザ・U.K.の歌詞にあるフレーズ。

ネイサン博士は、相手がアナーキストになって、人をぶっ殺したいだけなのかと思ったのだ。

それがすべて？

往復数ごときで何かを失ってしまうなら、能力のすべてが数値にされたりしたら――

悪魔はこの世に顕現させてはならない。

男であれ、女であれ、口寄せや霊媒は必ず死刑に処される。

彼らを石で打ち殺せ。

撃ち殺せ。

殺せ。

殺せ。

殺せ。

『ああああああ！』

男は突然叫び声を上げると、ネイサンに向けていた銃口を下げ、計測デバイスに向かって銃を乱射し始めた。

『ミスター・アーガイル！』

ネイサンは横から飛び出してきたシルクリーに押し倒された。

「翠！」

その様子を呆然と見ていた翠に、追いついた中島が覆い被さった。

それまで遠巻きに見ていた探索者たちもそれぞれが床に伏せて嵐が過ぎ去るのを待っていた。

銃弾はあっという間に撃ち尽くされ、あちこちに当たって跳ね回った。

その時、銃を持った男の前に、黒いタートルネックのニットにネイビーのジーンズをはいた男が立ちはだかった。まるでアメリカンヒーローのように。

『な、なんだお前？』

『なんだじゃねえええええ！』

その男は、目にもとまらぬスピードで右のパンチを繰り出した。それをほとんど棒立ちで受けた男は、小銃を弾き飛ばされながらゴロゴロと転がった。

それを見た周囲から一斉に歓声があがると同時に、何人かの男たちが犯人に飛びかかり、ロープでぐるぐる巻きに縛っていた。

怒りで顔を赤くして、肩で息をしている男の名前は、ディーン＝マクナマラ。このイベントの主催者で、ダンジョンに潜り始めて二年半以上経つ立派な探索者だった。

§

「な、中島？　人前で名前を呼ぶなって……」

「ばかやろう！　お前が死んだりしたら、ぼくは、ぼくは……」

目を赤くして覆い被さっている中島に、翠はつい「治臣……」と呟いて、目を閉じた。

「あのー」

「うわっ！　縁⁉」

突然掛けられた言葉に、驚いて目を開けた翠は、覗き込むようにしている縁を見て、思わず上半身を起こしたため、そのおでこを中島の顔にぶつけた。

「あたっ！」

「えーっと、お取り込み中済みませんけど、中島くん、それ、それ」

鼻を押さえながら顔をしかめている中島に向かって、縁が指差したのは、彼の頭に付いているアクションカメラだった。

「あっ！」

「待て、もしかして今の……」

「そりゃもう。バッチリ流れてましたよ」

「ぐっわー‼」

翠が頭を抱えてうずくまった。

§

俺は思わず、中島チャンネルから目をそらして言った。

「し、知り合いのラブシーンって、思っていたよりキツいな」

「もう、恥ずかしくて顔を上げられません」

インパクトがありすぎて、いじるにいじれず、もはやそっとしておこうと、俺たちは、それをなかったことにした。

§

「それで、これ」

縁が三好から預かっていたポーチから取り出したのは、結構な数のポーションだった。それぞれに（1）とか（3）とかタグが付いている。

「怪我人が出たら躊躇せずに使え、だそうです」

「はー、しょうがない。ナイチンゲールをやるか」

常磐のスタッフは手分けして、傷ついた人の手当を始めた。

§

ネイサンは、シルクリーに押し倒され床にダイブさせられたが、あちこちをぶつけたせいで、弾が当たったような気もしたし、無事だったような気もした。

さすがの探索者たちも何人かは怪我をしたのか倒れていた。正面にいたダイアナ＝プリンス(注22)は、もしかしたら重傷のようだ。床に血の跡が広がり始めていた。

眼鏡の、確かナカジマとか言った男が、ダイアナに駆け寄ると、彼女の様子を確認して少しひるんだ後、ポケットから何かを取り出して彼女に振りかけたようだった。どうやらそれはポーションのようだった。さすがはワイズマンのスタッフ、抜かりはないようだ。

そうして初めて彼は自分の体を見下ろした。

『なんてこった……』

辺りに散らばっていた血を巻き込みながら滑っていった彼の体からは、まるで血を流したかのような跡が床にこすりつけられていた。だが、改めてみると身体の異常はそれほど感じられなかったから、誰かの血の上を滑っただけだろう。ミス・サブウェイに感謝だ。

『ミスター・アーガイル！』

(注22)　ダイアナ＝プリンス

ワンダーウーマンのヒロイン。ここではコスプレをしていた女性のこと。
おそらくこの人はスミソニアンに勤めていて、もうすぐ公開される『ワンダーウーマン 1984（Wonder Woman 1984）』（2020年）の設定を知ってこのコスを選んだものと思われる（映画の設定で、彼女はスミソニアンに勤めている）

『おお、ミス・サブウェイ。大丈夫だったかね？』

『私より、自分のことを心配してください！』

『とても残念だが――』

彼は静かに目を閉じた。

『ミスター・アーガイル？』

彼の胸が上下していないのを見て、シルクリーは狼狽《ろうばい》した。

『ちょっと……ちょっと、しっかりしてよ、博士！』

彼はチラリと片目を開けて微笑《ほほえ》んだ。

『どうやら代々木へ行くのが少し遅れそうだ』

『――っ！　バカッ！』

彼女のパンチで、今日最大のダメージを受けたネイサンは、それでも面白そうに笑っていた。

§

『おい、コウ！　ありゃなんだ⁉』

『ははは、こいつででっけーニュースになるじゃねーか』

『バカ言え、あれじゃまるで――』

『まるで、なんだ？』

『――テロリストじゃないか！』

『ははは、あんたも昔はそうだったって聞いたぜ？』

カイが十年前に所属していた組織は、今でもＦＢＩに環境テロリストとして登録されていた。

『……一体どう始末を付けるつもりなんだ？』

デモに参加した連中は、逃げたやつを除いて全員が拘束されるだろう。そこから俺たちに手が伸びてくるとしたらどうすればいい⁉

『始末？　そんなものは警察が付けてくれるさ』

『なんだと⁉』

『連中は大声で言いたいことをＴＶの前で主張できるし、あんたは目的が達成できる。そうして俺は金が貰えるんだ。一体何が問題なんだ？』

クソっ、こいつはイカれてやがる！

§

公式ライブの映像の中で、中島さんらしき人が、撃たれて怪我をしていたと思われる、ワンダーウーマンのコスプレをしたグラマーなブルネットの女性に感謝のキスをされていた。

中島カメラには、彼女の顔がドアップで写し出されていたから、彼で間違いないだろう。

どうやら彼女は『スミソニアンに遊びに来てね』と言っているようだった。去年発表されたワンダーウーマンの続編では、彼女はスミソニアン博物館で働いているらしいから、そのネタだろう。もしかしたら本当にスミソニアンの職員かもしれないが。

「あー、中島さん。これは事案ですね」

「なんだそれ？」

「あとで翠先輩のきつーいおしかりを受けるんじゃないですかね」

「まさか、あの二人があんな関係だったとはなぁ……」

まあ一緒に会社を立ち上げた段階で、仲が悪いとは思わないが。

その後すぐに到着した警官たちは、参加者からおせーよとなじられていた。

怪我人もすでに全快していて、数人が事情徴収を受けてはいたが、幸い計測装置にも大きな問題はなかったらしく、イベントはそのまま続行されたようだった。

自動小銃を振り回すやつが乱入してきて、そのまま続行って……世界は広いな。

「いや、このイベントだけだと思いますよ」

その日のアメリカのＴＶは探索者のイベントに乱入したテロリストと、それをワンパンチで退けた主催者の話で持ちきりだった。

その場にＷＤＡの主席研究員がいたことや、残されていた横断幕のこともあって、ダンジョン産食物への注目も集めているようだったが、それ以上に高価で希少なポーションが、怪我をした全員に使われていたことに世界は驚いていた。

特に、コスに開いた穴を示しながら、元気にインタビューに答えていたワンダーウーマンの彼女を見て、ＴＶ局のコメンテーターは、自動小銃でそこを撃たれた場合の人体の損傷具合を類推して、まさにワンダーですねと驚いていた。

掲示板【SMDって】Dパワーズ 228【どうなってんの?!】

1：名もない探索者 ID：P12xx-xxxx-xxxx-1623
突然現れ、オーブのオークションを始めたダンジョンパワーズとかいうふざけた名前のパーティが、ついにステータス計測デバイスを売り出した。
その名もＳＭＤ－ＥＡＳＹとＳＭＤ－ＰＲＯ。
希代の詐欺師か、世界の救世主か？　Ｄパワーズの行きつく先は？
次スレは 930 あたりで。

…………

263：名もない探索者
ＳＭＤって買えたやついる？

264：名もない探索者
あれは幻。

265：名もない探索者
それは　あなたの思い出の中にだけある機械…………
それは‥‥あなたの少年の日の心の中にいた青春の幻影…

266：名もない探索者
クサってやがる。遅すぎたんだ。

267：名もない探索者
２点リーダー二個ｗｗ

268：名もない探索者
遅すぎたってなぁ、00：01にアクセスしたら、すでに売り切れだったぞ。
何台用意されてたんだ、あれ。

269：名もない探索者
生産数が少なそうなのは確かだな。

270：名もない探索者
慢性的な供給不足にして、飢餓感を煽る戦略なんだよ。

271：名もない探索者
株式会社常磐医療機器研究所なんて聞いたことがないし。
研究所に製造ラインなんかあるのかね。

272：名もない探索者
製造は委託だろ？

273：名もない探索者
委託かどうか不明。
台湾辺りの工場も、生産を発表してない。
だが、いきなり大工場を建てたりはしないわな。

274：名もない探索者
委託じゃないなら、家内制手工業で、ちまちま作るってこと？

275：名もない探索者
最初はそうなのかもな。
需要は、機能を考えれば、もの凄くありそうな気もするし、実際の使用シーンを考えれば、ほとんどないとも言える。全然分からん。

276：名もない探索者
あれを買いそうな層はニッチだからなー。
ある程度マジにやっている探索者か、研究者、そうでなければ物好きだ。安いのならともかく、この値段だとそれほど需要は見込めないと思うけどな。

277：名もない探索者
ちょっと、高いよな……

278：名もない探索者
高いか？　他の誰にも作れない機械だぞ？
車ならポルシェとかフェラーリとか、時計ならパテック・フィリップとか、そういう類いのアイテムだろ？

279：名もない探索者
電化製品だと考えれば、ビデオデッキだって、最初は50万以上したからな。初物ってそういうものだろ。
後、２年目から有料だ。

280：名もない探索者
何が？ > 有料

281：名もない探索者
サーバーへの接続使用料> 280

282：名もない探索者
サーバー？

283：名もない探索者
サイトの説明を百回読んでから来い。

284：名もない探索者
まあまあ、そう言うなよ。
こいつは、単なる計測用のデバイスで、その情報をサーバーに送って計算することでステータスの結果を得られるようになってるらしい。
siriだって、guzzoni.napple.comに繋がるだろ。そんな感じ。

285：名もない探索者
結構な計算量が必要ってことか。

286：名もない探索者
そのサーバーの使用料か。

287：名もない探索者
だから転売もできない。利用できるのは登録者のみときたもんだ。

288：名もない探索者
ええ!?

289：名もない探索者
ＰＲＯの方は複数人が登録できるみたいだから、問題にならないんじゃないの？

290：名もない探索者
最低で２８０万もするじゃん……個人じゃ買えないよ。

291：名もない探索者
車や時計より安いぞ。あっちは個人で買ってるし。価値観の問題だろう。

292：名もない探索者
車や時計は資産になるじゃん。
で、２年目以降の使用料っていくらなん？

293：名もない探索者
５００円からだってよ。計測する回数によって段階があるけど、出会うやつ出会うやつ片っ端から計測したりしなければ、普通は千円未満で十分間に合うレベルみたいだ。

294：名もない探索者
へー。

295：名もない探索者
ま、どっちにしろ買えなきゃ同じなんですけどね。

296：名もない探索者
なー。

297：名もない探索者
初期ロットが品薄なのは仕方がない。
関連企業や、トップレベルの探索者、それに各国の軍が手ぐすね引いてそうだからな。

298：名もない探索者
そういうところって直接交渉するんじゃないの？

299：名もない探索者
Ｄパワーズは、そういうことをやっていない……というか、あそこには電話が繋がらないんだな、これが。

300：名もない探索者
なんで知ってんのさ？

301：名もない探索者
そりゃ、業務でちょっと。はっきり言ってまったく繋がらなかったよ。

302：名もない探索者
留守番電話とか？

303：名もない探索者
いや、そもそも繋がらないんだ。ずっとリングバックトーンが聞こえるだけで誰も出ない。

304：名もない探索者
リングバックトーンって何？

305：名もない探索者
電話を呼び出しているとき、掛けた側に聞こえる音。
いわゆる呼出音ってやつだが、そう言うと、掛かってきた側で鳴ってる音みたいにも聞こえるだろ。

306：名もない探索者
それは着信音って名称があるけどな。
リングバックトーンなら誤解の生まれる余地はないな。

307：名もない探索者
それ以前に意味が分かんねーよ！

308：名もない探索者
誰も出ないってことは、線が抜けてるんじゃないの？ ＞ 303

309：名もない探索者
そんな感じ。
どんなに権力があっても、連絡が取れないから、それを振りかざしようがない。

310：名もない探索者
メールアドレスとかあるんじゃないの？

311：名もない探索者
返事が来たという話を聞いたことがないwww ＞ 310

312：名もない探索者
本当に会社かよ。

313：名もない探索者
従業員数１の会社だからなぁ……

314：名もない探索者
マジかよ!?

315：名もない探索者
サイトの会社概要の、従業員数のところに書いてあるぞ。

316：名もない探索者
つまり賢者様の一人会社！

317：名もない探索者
いや、社長は従業員数に含まれないから。

318：名もない探索者
こんだけやらかしといて、中小企業基本法だと小規模事業者扱いなのか。

319：名もない探索者
へっへっへー。俺、予約できたぞ。

320：名もない探索者
なにぃ!?　幻じゃなかったのか！

321：名もない探索者
おちけつ。
新発売のソフトかもしれんだろ。

322：名もない探索者
どっちよ？　Ｅ？　Ｐ？

323：319
四十五回転かよｗ
ＥＡＳＹだよ。ＰＲＯを買うのは嫁に止められた。

324：名もない探索者
脳内嫁、乙。

325：319
使用にWDＡＩＤが必要だけど、別にDカードはあってもなくても関係ないっぽい。
機器にWDＡＩＤを登録して、ＳＩMカードを指すか、Ｗｉ－Ｆｉに接続したら、すぐにアカウント認証が行われて使えるようになるらしい。

326：名もない探索者
WDＡＩＤの再登録は？

327：319
できない。特別な手続きが必要になるってよ。

328：名もない探索者
ええー!?

329：名もない探索者
知らなかったのかよ。説明のところに書いてあるぞ？

330：名もない探索者
そんなものを読んでたら、予約に間に合わないって。

331：名もない探索者
確かに。真面目な奴は損をするってことかな。

332：319
今回の予約は、機種を選択した時点で仮予約されるみたいだったぞ。とにかく先にポチって、それからゆっくり入力したが大丈夫だった。
なにしろ入力する項目が多い。

333：名もない探索者
住所氏名年齢と、WDＡＩＤくらいじゃないの？

334：319
ＳＩMカードの申し込みに必要な項目とかあるんだよ。オプションだけど。
支払い用のカード登録とか、口座登録とか。あと、法人だと他にも色々とあるみたいだ。俺は個人区分だからそうでもなかったけどな。

335：名もない探索者
で、いつ来るのよ？

336：319
随時だってよ。
発送されたら、連絡が来るらしい。

337：名もない探索者
よし、319のところにSMDが届いたら、オフしようぜ、オフ。
測ってもらおうオフ。

338：319
代々木ならいいぞ。１回５００円な。

339：名もない探索者
金取るのかよ！　って、５００円なら払っちゃいそうだな。そういう商売が成立する気がしてきた。
３５万なら７００回計測すれば元が！

340：名もない探索者
惜しい。ＪＤＡが計測サービスを始めるってっさ。
代々ダン情報局に記事が出てたぞ。

341：名もない探索者
マジかよ!?　俺の儚い野望が……

342：名もない探索者
野望が儚くてどうすんだwww

343：名もない探索者
ＪＤＡのサービスっていつから？

344：名もない探索者
今週の火曜予定。さすがにＪＤＡは裏ルートでＰＲＯを押さえてるだろう。

345：名もない探索者
裏ルートwww　密輸かwww

346：名もない探索者
火曜って、明日じゃん！
代々木のゲート内にあるレンタルスペースの１階で何か工事してたけど、もしかしてあそこか？

347：名もない探索者
そうそう。元ミーティングルーム（大）の隣だってさ。

348：名もない探索者
よし、計測に行こう！

349：名もない探索者
戦闘力…たったの５か…ゴミめ…、って言われないようにしないと。
って、最初は混みそうだね。

350：名もない探索者
公開処刑されるのは嫌だな。きれいなお姉さんに、そっと耳打ちしてほしい。

351：名もない探索者
夜のお店か！
代々ダン情報局のコメントに書いとけ。

352：名もない探索者
さーて、盛り上がってまいりました！

代々木八幡

『問題は〈マイニング〉ですね』

紫煙の漂う居間に掛かっている分厚いカーテンを少しすかして、ファシーラが外の様子を覗きながら言った。

持っている者から奪おうとしても、目の前でドロップしたとでも言うのならともかく、使われてしまったオーブを後から手に入れる方法はない。

『それがドロップするまで、十八層でまじめに活動しますか?』

『ぞっとしないな』

どっかりと一人用のソファに腰掛け、太いシガーをくわえたラーテルが、目を閉じたまま、そう答えた。

ゲノーモス自体は数が多いらしい。Ｍ２でも持ち込んでなぎ倒してやれば、そこそこの確立で〈マイニング〉を得られる可能性はある。もっとも、似たようなことを一か月以上やっている連中でもドロップさせたところは少ない。そもそも、あまり目立ちたくない彼らにとって、それは歓迎すべからざる事態に思えた。

『〈マイニング〉所有者をさらってきて働かせるか』

『イトーフィン(注23)でも使うんですかい?』

ファシーラが呆れたように言った言葉に、ラーテルは、目を開けると、指で挟んだシガーをアッシュトレイにおいた。

『二〇〇三年の大統領令で復活したと聞いていたが、オバマがオープン・ガバメント・イニシアチブを打ち出したせいで再び闇の中だ。そんなものが手に入るなら楽でいいがな』

二〇〇三年にブッシュジュニアが、クリントンの出した「疑わしきは、秘密にせず」を基本信条にした情報公開のための大統領令を修正し、事実上CIA長官に秘密指定解除決定を覆す権限を与えた。背景に九・一一があったのだろうが、それを二〇〇九年にオバマが永久に秘密にすることは許されないと修正したのだ。その彼が、いわゆるリークに悩まされることになるとは誰も想像しなかっただろう。

『なら、オークションですか？』

二日前から開かれているオークションに、再び〈マイニング〉が二つ出品されている。

『代理人に入札させてみたが、あれは無理だな』

前回の落札価格は三十億ほどだったらしい。

いくら緩くても、こいつを経費だと認めてくれる依頼人はいないだろう。一億円でも怪しいところだ。取引時にＪＤＡの職員ごと始末して奪う手もあるだろうが、その場合は、代々木へ潜るような時間はない。

『実際のところ、〈マイニング〉所有者をさらってきて言うことを聞かせ、必要なものをドロップさせてから懐に入れるか始末するってのが、一番現実的なんですが――』

ファシーラは、処置なしとばかりに両腕を広げた。

『誰が〈マイニング〉を持っているのかはともかく、相手も護衛だらけでしょう』

〈マイニング〉保有者は、二十二層で張っていれば見つけることはできるだろう。

現在の代々木で、〈マイニング〉の効果をテストするために訪れるのは、概《おおむ》ね二十二層だからだ。

ドロップするのは『貴金属』。少しでも元を取ろうって腹だろう。

だが、大抵は、国家だの大組織だのの息が掛かった連中だ。やろうと思えば全員を始末することもできるだろうが、後始末は非常に面倒なことになるだろう。だが——

『邪魔になるようなら、全員に退場してもらう。事が発覚する前に国外へ出ればいいだろう』

まあそうでしょうねと、ファシーラは内心苦笑した。

ラーテルはできるかできないかで躊躇したりはしない。怜悧《れいり》な計算の元、可能性があるなら実行するだけなのだ。

『最悪はそうするしかないでしょう』

作戦の細かなフォローは、副隊長たる自分の仕事だ。

『バーストを呼んでありますから、あいつが到着するまでは地道に行きましょうぜ』

（注23）**イトーフィン**
ここでは実在したという噂（創作）に基づいた発言で、ラーテルたちが「ルサルカは還らない」を読んでいたわけではない。御厨さと実先生のご冥福をお祈り申し上げます。

バーストはラーテルのチームでもっとも物理学・化学方面に精通した爆弾使いだ。今回の作戦には出番がなかったが、彼に〈マイニング〉を使わせるのが最善だとファシーラは考えていた。

『地道ね。地に足がついてるってのは、いいことだ』

輸送機の上じゃ、俺たちはただのお荷物だからなと、ラーテルが大声で笑った。

『後は、デヴィッドが、すんなり契約を解除してくれますかね』

『気にすることはない。向こうの違約だからな』

だがそれは、雇われた側の一方的な言い分だ。普通なら無理矢理そうすることもできなくはないだろうが、あの男はどうにも捉えどころがなく、暴力に臆するところもなかった。

ファシーラは、少し嫌な予感を覚えながら、ラーテルを見た。

彼は、どんなに優れた戦略や戦術も、力がなければどうにもならないということをよく知っていた。力の使い方。それがラーテルの最も得意とするところだった。

物思いにふけっていたファシーラの耳に、家の門が静かに開く音が聞こえてくる。

チラリと窓の外を見ると、一台の車が車寄せへと向かっていた。

『おっと。どうやら、やっこさんのご到着だ』

§

デヴィッドが借り上げた、その大きな家は、とある会社の経営者の持ち物だった。

フランスの機関と取引のあった彼は、娘が負った大やけどの治療のためにデヴィッドを紹介され、その奇跡によって救われた一人だ。マリアンヌの奇跡の裏で秘密裏に使われたのはランク3のポーションで、幸い、まだ〝ナイトメア〟の毒牙にはかかっていなかった。

デヴィッドは、身軽にホテルを拠点とすることを好んでいたが、ここには、借りるべき特別な理由が一つだけあった。この家は、Dパワーズの事務所の斜め裏に建っていたのだ。

『それで、改まって呼び出すとは、一体どういった要件かな？』

デヴィッドは、居間の大きな窓に掛かっている分厚いカーテンを背に、一人用のソファに腰掛け、足を組みながらそう言った。

『なに、我々の関係も、そろそろ終わりを迎える頃かと思ってね』

ラーテルの言葉に、彼は驚いた様子も見せずに尋ねた。

『契約期間は、まだしばらくあるようだが？』

『俺たちを飼い殺しにしておくくらいなら、あんたもその方がましだろう？』

『ふむ』

『宗教団体の代表のくせに、宗教を鼻で笑ってるところが気に入ってたんだが――』

『いまでも変わらないが？』

『神様ってやつにかぶれたんじゃなかったのか？』

それを聞いたデヴィッドは、ゆっくりと足を組み替えながら言った。

『どうやら君たちは誤解をしているようだ』

『誤解？』

『そうだ。君たちは宗教と信仰が同じものだと思っているようだな』

『どう違う？』

『簡単さ。宗教は神を利用して金を集める、単なる集金システムだ』

デヴィッドは当然だろうという顔で続けた。

『所詮《しょせん》は浅はかな弱者が作り出した処世術。金も力もないものたちが佞言《ねいげん》と取り繕った笑顔だけで仲間を集い、強者を虐げようとする理《ことわり》にすぎない。それを強者に利用されるとも知らずにね。すがすがしいほど愚かじゃないか』

『信仰は？』

デヴィッドはそれに直接答えなかった。

『神の存在は、古今あらゆる哲学者がその答えに辿《たど》り着こうとした』

『カントは思考の果てに、その存在を肯定も否定もできないことを証明した』

『パスカルは、賭けないのが正解だと言いながら、損得でいる方にベットした』

『だが二人とも現代に生きていれば別の意見を持ったはずだ』

デヴィッドは軽く身を乗り出した。

『いいかね？　私は確信しているのさ。神の存在をね』

『ばかな』

『ダンジョンを見たまえ。誰にあんなものが作り出せる？　あれは神の存在証明だ』

『人間の妄想の果てに生まれた奇跡だって方がまだしもだな』

『奇跡をなすものを、それが何であれ、神と呼ぶのだよ』

『悪魔も似たようなことをするんじゃないのか？』

『どちらも似たようなものさ』

　そう言い放ったデヴィッドは、椅子に深く腰掛け直した。

『私の父は敬虔《けいけん》な神父（注24）だった』

『そいつは初耳だ』

　契約時にデヴィッドの調査をしたファシーラが、思わずそう言った。彼のプロフィールにそんな情報はなかったからだ。

『宗教家はミステリアスな方が受けがいい』

『実にぺてん師らしくて好感が持てるね』

　軽口を叩いたファシーラだったが、デヴィッドの雰囲気が一変していくの感じていた。

『彼は日頃から神の教えを説いていたが、不幸に見舞われ神の不在を嘆く信者たちを見て、心を痛

（注24）　神父
カトリックでは司祭の敬称。

一般に司祭は妻帯できないが、子供の有無は定義されていない。例えば、妻と死別した後司祭になった場合、子供がいてもおかしくないし、養子を取っている司祭も多い。

め苦悩を抱き続けていた』

　頭を下げ、少しずつ声のトーンが下がっていくデヴィッドを、気味の悪いものを見るような目つきで見ていたファシーラが、ラーテルに向かってどうしますと視線で問いかけた。

　ラーテルは、待てとばかりに左手を上げた。

『神は在るものとはいえ、その存在を肌で感じることができたなら、彼らの信仰も揺るぎのないものになるはずだ。父はそう考えた』

　空気は徐々に重みを増していく。それは時折戦場で訪れる、悪い予感の前兆にも似ていた。

『だが、どうすれば神に触れられる？』

『ケツでも差し出してみろよ』

　あざけるようにラーテルが言うと、膝の上で指のテントを作ったデヴィッドが笑うように口元をゆがめた。

『それも一つの道だろう。神の教えを説き、人を導き、善をなす』

『さすがは詐欺師。見事な手口だ』

　デヴィッドは、おかしさをこらえるようにリズミカルに体を震わせた。それはまるで、何度も頷いているように見えた。

『だが、どれほど奉仕しようと、神はその姿をお見せにならない』

『そりゃ、そうだ』

　神などいるはずがないからなと言わんばかりに、ラーテルは鼻を鳴らしたが、デヴィッドはそれを意にも介さずに続けた。

『そうして彼は、ある真理に辿り着いたんだよ』

『真理?』

デヴィッドは分かるだろうとばかりに、口を曲げて両腕を開いた。

『神様は忙しいのさ』

そう、彼はあまねく世界をご覧になっているが、地球上の、それも人類だけで七十億を超える生命が存在している状況では、一人に一秒の時間を割いたとしても、全員と触れ合うまでには二百年以上の時間がかかる。ましてや地球以外の星や、人間以外の生物まで神の恩寵《おんちょう》にあずかれるのだとしたら、なおさらだ。

『平等に訪れる神の恩寵を受け取るには、人生は短すぎる』

『うまい言い訳だ』

くっくっくっと喉を鳴らしながら、ラーテルが言った。

『それに感化された偽神父様は、偉い人を治して歩くことで善行をなし、神様への面会順位を繰り上げようってわけか?』

『偉い人?』

デヴィッドは面白そうに顔を上げ、連中はただコネとカネを持っているだけだと言わんばかりに苦笑した。

『彼はそれほど我々に特別な関心を持ってはいないよ。残念なことだがね』

庭を美しく手入れする者は、その庭を訪れる鳥や虫を、庭の一部として愛《め》ではするだろうが、その生死をことさら意識したりはしないだろう。それは彼の庭の構成要素の一つにすぎないし、訪れるものたちがいつも同じでなくても構わないからだ。

『だが、自分の庭を荒らすものを許しはしないだろう』

なにしろ敵対する者はすべてを聖滅しろとおっしゃる方だ。それはことさらに苛烈なものとなるだろう。

『バラに付いて、それを食い荒らす虫は駆除されなければならないってわけだ』

デヴィッドはその通りとばかりに頷いた。

『それで結局何が言いたい？』

『分からないか？』

顔を上げたデヴィッドの瞳は怪しく輝き、埋《うず》み火のような熱を帯びていた。

『神は自分の庭を荒らすものを許さない』

まるで空中に何かが見えているかのように、彼はそれを睨みつけた。

『だからこそ、神はそのお姿を現すのさ！　神罰を下すためにね！』

いきなり立ち上がったデヴィッドは、熱に浮かされたようにそう宣言した。

『神に近づく唯一の道――それは悪徳だ』

彼は大きく手を広げて、力強くアピールした。

『悪徳！　絶対で強大な！』

『おいおい……』

デヴィッドの狂信的な様子に、さすがのラーテルも引いていた。

戦場では熱に浮かされるやつもいる。だが、これは、そういう熱とは何かが違っていた。

灰の中に潜む暗く赤い埋み火のような炎が、暗鬱《あんうつ》とした空の下、地面の下を焼きつくしながら、どこまでも広がっていくように、世界のあちこちからチロチロと炎が噴き出していた。

『神の王国を陵辱し穢《けが》しつくしてやれば、神はそのお姿を現すだろう！』

『……いかれてやがる』

それを聞いたデヴィッドは、超然とした冷たいまなざしでラーテルを見下ろした。

『信仰とはそういうものだろう？』

『はっ、それでフランスの聖職者どもは、ああってわけか』

二〇一五年以降、フランスではカトリック教会の聖職者に性的虐待を受けたという被害者の告発が相次いだ。それを受けて司教団体が昨年調査委を設置したのだ。

『あんなものと一緒にされるのは心外だな。いいかね、個人に対していくら悪徳を積み上げたところで、その程度ではダメなのだ』

『あんたも、ちんけな詐欺師をやってたんじゃなかったか？』

『だから、戦争を生業《なりわい》としている君たちを雇ってみたが、実にお行儀のいいことだ。悪と言っても大したことはないのだなと失望していたところだったが――』

『言っておくが、傭兵《ようへい》にあるのは金と契約だけだ。善悪の割り込む余地なんかないぜ』

『いいね。実にいい』

デヴィッドは、内ポケットから折りたたまれた紙を取り出した。

『そして、こいつもまた素晴らしい』

そう言って彼が机の上で開いたのは、ラーテルに届いたメールの写しだった。

それを見た瞬間、素早く銃を抜いたファシーラが銃口をデヴィッドに向け、そのまま引き金を引こうとした瞬間、その行動は腕を上げたラーテルに遮られた。

『こいつをどこから？』

低く、地獄の底から響いてくるような声で、そう尋ねるラーテルを前に、デヴィッドは何も言わずにただ笑みを浮かべるだけだった。まるで神の手に掛かれば簡単だとでも言うように。

ボットネット経由の通信を途中で傍受することは難しい。簡単にそれを行えるとしたら――

ラーテルは、素早く内ポケットから携帯を取り出すと、端をつまんで持ち上げた。

その瞬間、サプレッサー越しの発砲音が二回とどろき、携帯に二つ目の穴を空けた弾は、そのままデヴィッドの頬をかすめて壁にめり込んだ。

『もう一度だけ聞こう……こいつをどこから？』

テーブルの上の紙を指差しながらそう言ったラーテルは、穴の開いた携帯をデヴィッドに見せつけるように掲げた後、その紙の上へと投げ捨てた。

そうしてファシーラから銃を受け取ると、それをまっすぐにデヴィッドへと向けた。

そのときデヴィッドの携帯が小さな音を立てた。

彼はラーテルが向けている銃を気にもしていない様子で、携帯を取りだして画面を見た。

『どうやら、「ブローカー」が〈マイニング〉を落札したようだ』

それを聞いたファシーラの頬がピクリと動いた。

『……』

『どうだろう。我々はまだ協力できそうじゃないか？』

『協力？　つまり、あんたは悪徳とやらのために俺たちを支援したいってことか？』

『それほど多くは望まないさ』

超然とした彼の様子を見て、ラーテルは舌を鳴らして銃を下ろした。

§

玄関のドアを開けて出て行くデヴィッドは、哀れみのこもった笑みを浮かべていた。

どうしても譲れない一線同士がぶつかれば、相手を殲滅《せんめつ》する以外の道はない。

被害が広がってから話し合いで落とし所を決めるなどという暗愚は単なる嘘つきで、最初からどうしても譲れないなどと言わなければいいのだ。

嘘とクソにまみれた人間にどんな説得力があるというのか。

デヴィッドは、車に乗り込むとエンジンを掛けて、ちらりと屋敷に目をやった。

『どうしても譲れないなら殲滅以外の道はないのだ。最初からね』
彼は、そう呟くと、静かにアクセルを開けた。

SECTION：

代々木八幡　事務所

小雨模様だった空がきれいに晴れ上がったお昼過ぎ、俺はあくびを嚙み殺しながら事務所への階段を下りた。

三好はすでに起きていて、ダイニングテーブルでマグカップに入れたコーヒーを片手に、ノートPCの画面を見ていた。

「あ、おはようございます」

「なんだ、早いな」

結局NYのイベントに最後まで付き合った俺たちが、ベッドに潜り込んだのは朝方だった。

「だって先輩、これですよ、これ。気になって寝てなんかいられませんって」

三好がノートの画面をくるりと回して、こちらに向けた。

「俺にもコーヒー」

「はいはい」

ノートの画面には、株式チャートが表示されていた。御殿通工のようだ。

すでに前場《ぜんば》は終わっていて、株価は――

「先週末と、それほど変わってないじゃん」

「凄いですよね。私が土曜日に売り出した株は前場ですべて約定してました」

「ええ⁉　この価格で？」

ざっと購入価格の二十倍だ。

「ほら、昨夜、翠先輩から連絡があったじゃないですか」

「予約の件か」

あれも胃が痛くなる案件だ。あんなバックオーダーさばけるのか？

小市民にとってお金は、食うに困らず、ついでにちょっと贅沢《ぜいたく》できるくらいで十分なんだよ。

いやほんと。

「あれの予約状況って公開されていますから――」

「あの数字を見て、いけると思った連中が買い支えたって？」

「現物を見たら、びっくりしますよ」

「いや、びっくりって……」

実際の機器に、彼らが期待するパーツは使われていない。

もはや酷いを通り越して哀れとすら言える状況だ。

「しかし、ＥＭＳ側から設計図が漏れていれば、そんなことをするはずがありませんから、意外と
ＥＭＳってセキュアなんですね」

「ナップルが、相当てこ入れしたようだからな」

「ああ、新携帯端末の情報流出で」

製品発売前に、製造メーカーからの流出が頻繁に起こっていたナップル社は、非常に厳しいルー

ルとペナルティを彼らに課すことでそれを防ごうとしたのだ。

いずれにしても、この大量の売りを見て、辛抱強く爆上げの様子見をしていた株主たちが、利確のための売りに走りそうな気配もあるようだ。

「御殿通工の六割近い株式は、個人以外の外国法人が持ってるんですよ。具体的に言えば、ほにゃららマネジメントとか、ほにゃららファンドとかです。個人所有のものを加えると四分の三に迫ります。昔からよくある株の持ち合いに登場する、いわゆる企業や金融機関の持ち株は、四分の一もありません」

「だから？」

「売り時が来たら売り飛ばすに決まってるじゃないですか」

しかし、株価が上がり続けている以上、誰かが何か材料を摑んでいる可能性が高いと判断されているのだろう。皆一様に売り時を模索して牽制《けんせい》し合っているようだった。なにしろ詐欺めいた取引の見せ金にしては、投入されている資金が多すぎるからだ。

「これから、信用取引で売りまくってみましょうか？」

「もう、やめとけ」

「えー？」

「過ぎたるは及ばざるがごとしって言うだろ。卑怯者は九千億円も支払ったんだ。このへんで手を引いて、後は知らんぷりしとけ」

窮鼠《きゅうそ》は猫を嚙むんだ。どう考えても俺たちの方がネズミっぽいが。

「むー。仕方ありません」

「譲渡益は――パーティチェッカーの増産にでも使うか？」

「それって、今プールされている資金だけで間に合いますよ」

しかも値付けを間違ったせいで、利益率は九割だ。

赤字で困るというならともかく、間違った値付けで利益率が高すぎて悩むって、世の中の経営者が聞いたら血の涙を流すぞ。

「どっかのよさそうなファンドにでも預けて、勝手に増やしてもらいます？」

「これ以上増やしてどうするんだよ……なんか新しい事業のアイデアでもあるのか？」

三好はしばらく考えた後、ふるふると首を振った。

「この際譲渡益は、ネイサン博士に約束した、ダンジョン研究の基金にでも突っ込んどけよ」

「お金って、ある程度以上の塊になると、なんだか勝手に増えていきますよね」

「限度ってものがあるだろ……そういや、これ、税金ってどうなってんの？」

「所得税と住民税を合わせて、なんと驚きの二十パーセントですよ！」

実際には、これに復興特別所得税が追加されるからもう少し増える。

「ダンジョン税並みだな」

「譲渡益で濡《ぬ》れ手に粟《あわ》の人たちがこれで、真面目に働いてお金を稼いでいる人たちがあの税率ですからね。そのうち働く人がいなくなっちゃいそうです」

金融所得課税強化の賛成者は、富裕層が株式譲渡益への課税率を利用して、本来適用されるべき所得税率を免れていると言い、反対者は、投資者の大部分は所得金額が八百万以下の層で、税率も二十パーセント程度だから、強化すると彼らの投資意欲が冷え込む恐れがあると言う。

だが冷え込んだ結果株価が落ちて困るのは、大量に売買している富裕層だろなんて話もある。非課金勢が課金勢の餌にされるのは、基本無料のゲームだけにしておいてほしいものだ。

「今のお前が言っても全然説得力はないけどな」

「ですよねー」

SECTION :

市ヶ谷　ホテルグランドヒル市ヶ谷

「よう、テラ、こないだぶり」

ホテルグランドヒル市ヶ谷の一階にあるカフェ『カトレア』の入り口をくぐるとすぐに男は、奥まった席に座っている見知った顔を見つけて歩み寄った。

椅子に座ってコーヒーを飲んでいたのは、ダンジョン攻略群を預かる寺沢剛健二佐だった。

男は、コートを脱ぐと、テーブルを挟んで向かいの席に座った。

「思ったよりも早かったな」

「手がかりは鉄球一個だぞ。優秀な俺だからこそ、この期間でどうにかしたのさ」

「ほう。つまり、辿り着けたってことか？」

男は、「まあそう焦るなよと」と言いながら、ウェイトレスに自分の飲み物を注文した。

「スコッチ。ロックで」

「おいおい、篠崎」

「俺の今日の営業は終了だ」

そう言って篠崎は笑った。

彼は、カバンから角2の封筒を取り出すと、それを寺沢に渡した。

「だが、本当にここで大丈夫なのか？　自衛官の巣窟だぜ？」

ホテルグランドヒル市ヶ谷は、一部では自衛官の帝国ホテルなどと呼ばれていて、ここで結婚式を挙げる自衛官も少なくなかった。つまり彼らの利用が非常に多いのだ。

「自衛官が待ち合わせるにはふさわしい場所だろ？　仮に誰かに見とがめられとしても、ただ友人と会っていただけさ。小さな暗い店の一角の方がよっぽど怪しい」

それでも彼らが座っているのは、目立たない位置にある席だった。

注文が届くのを待って、寺沢が報告書を取り出すと、口を湿らせた篠崎が説明を始めた。

「鉄球の方は思ったよりも簡単に見つかった。ネットで検索したら、上位十件どころか、通販系三社を除いてトップにあったメーカーでビンゴだったぜ」

「例の方法を使ったにしろ、どうやって聞き出したんだ？」

「そこは俺のウデで、と言いたいところだが、注文の番号に電話を掛けて『先日八センチの鉄球をたくさん注文したものですが』と言ったら、『ああ、ミヨシさんね』と返された」

篠崎は「素人はちょろいね」と笑いながら、グラスを上げてゴクリと喉を鳴らしていたが、寺沢はそれどころではなかった。

「ミヨシ？」

「ああ。さすがに漢字は分からないが……心当たりが？」

ダンジョン界隈でミヨシと聞いて、誰しもが真っ先に思い浮かべる人物は一人しかいない。ザ・ワイズマンの異名を持つ、日本人形のような風貌の小柄な女性だ。

チームIの報告書によると、三十二層へと下りる階段を見つけるカギになったアイテムの鑑定も彼女がやったということだ。

　そんな女性が、ファントムの使っていた鉄球を――いや、待て。

「それは本当に、お前に渡した鉄球なのか？」

「厳密には成分比較でもしてみなきゃ分からんさ」

　篠崎は、グラスのスコッチをきれいに飲み干すと、もう一杯注文するために、ウェイトレスに向かって手を上げた。

「だが、それを一万個も発注するのは、控えめに言っても異常だろ」

「一万個⁉」

「ああ、そのミヨシさんは、そのくらいの数をオーダーしていたようだぞ。お前が言っていた武器に使うんでもなけりゃ、一体何に使うって言うんだ？」

　直径八センチの鉄球を一万個？　重さだって数トンでは済まない。体積だって……一体どこに仕舞ってあるんだ？

　とはいえ、三好梓とファントムが同一人物だというのは、どうにも無理がありそうだった。確かに君津二尉のレポートでは、ファントムが消えてから彼女が登場していたが、鋼から聞いていたのとは身長が違いすぎるし、君津二尉からは確かに男だったと聞いている。

　彼女の近くにいる男と言えば、あのパーティメンバーの男だが、あの男がファントムなんてことがあるだろうか？　確か記録上は、探索者になりたての初心者のはずだ。

「後は二・五センチの鉄球も、結構な数を注文していたみたいだったな」

「二・五センチ？」

「そうだ。投げるにしちゃ、小さすぎて扱いが難しいし、スリングショットの弾にしちゃ大きすぎる。一体何に使うんだろうな」

「ふーむ」

二・五センチの鉄球の使い道は謎だが、もしもこのミヨシがワイズマンだとしたら――そう考えない方がどうかしているわけだが――彼女は、ファントムの正体を知っている可能性が高い。

もちろん正体を隠して、必要なものだけを彼女の商業ライセンスを通して都合してもらっているという可能性もあるが……

「待てよ」

「なんだ？」

もしも連中が繋がっているとしたら、オークションのオーブを都合しているのは、ファントムって線もあるな。なんでも好きなオーブを作り出せる〈メイキング〉なんてスキルがあるという仮説よりも、むしろその方が自然だろう。

もっとも、〈異界言語理解〉取得のタイミングが都合良すぎる点や、オークションの期間が三日もあることは説明できないのだが。

「…………」

物思いに沈む寺沢を見て、こいつは考え事を始めると、時々どこかへ行っちまうんだよな、と篠崎は昔のことを思い出し、内心苦笑しながら、二杯目のグラスに口を付けた。

しばらくして寺沢が戻ってきたことを確認すると、彼は声を落として、二つ目の依頼の説明を始めた。

「人事教育局長の件は二冊目だ」

それを聞いた寺沢が、パワークリップで閉じられた、少し厚めの紙束を取り出した。

そこには、時系列に従って、人事教育局長に接触した人物の名前とその写真が、かなりの枚数添えられていた。

「そいつが、依頼されてから週末までに彼が会った人物のリストだ」

「凄いな」

「そりゃ、俺たちは優秀だからな」

「まったくだ。それで?」

「細かくという依頼だったから、かなり細かくやったぞ。さすがに料亭やレストランに別々に入って会われたりしたら、接触の特定は難しいが、入店と出店の時差がそれぞれ三十分以内だった客はフォローしておいた。そういう人物にはUCが付けてある」

「UC?」

「uncertainってね」

「『疑』って書いとけばいいだろ」

「画数が多すぎる」

まるで書くのが面倒くさいと言わんばかりに、篠崎はぶっきらぼうに言った。

「先日聞いたお前の目的に合致しそうな経歴を持ったやつには、エクスクラメーションマークを付けて、経歴の概要も添えてある。誰だか分からなかったやつは、クエスチョンマークだ」

「助かるよ」

篠崎は身を乗り出して、内ポケットから小さめの洋形の封筒を取り出した。

「そいつには人が必要だったから、カネがかかったぜぇ。機密費ってのは、大金が唸《うな》ってるんだろうな?」

寺沢に差し出されたその封筒の中身は、請求書だった。

第12章

首都消失？

It has been three years since the dungeon had been made.
I've decided to quit job and enjoy laid-back lifestyle
since I've ranked at number one in the world all of a sudden.

二〇一九年　二月二十六日（火）

SECTION：

代々木ダンジョン　YDカフェ

『これが、ご所望の〈マイニング〉です』

YDカフェの奥まった場所、ちょうど観葉植物の陰でラーテルとファシーラを前にして、ブローカーとだけ呼ばれている細面の男が取り出したのは、チタン製のケースだった。

『バースト』

後ろのテーブルに、三人と二人で座っていた五人の男の中で、大きなあくびをしている最中に、ファシーラに呼ばれた彼は、慌ててそれを引っ込めると、彼らのテーブルに移動して、そのケースを受け取った。

『へぇ、これが』

蓋を開けるとそこには〈マイニング〉のオーブが虹色に輝いていた。

相手がそれを確認したことを見届けると、細面の男はすぐに立ち上がり『では、私はこれで』と去って行った。

彼らの仕事に受け取りなどというものはない。証拠に残るような取引はしないところが、彼もその筋のプロだということを証明していた。

特に感慨もなく、そのスキルを習得したバーストの前に、ファシーラが一枚のWDAカードを置いた。

『資料は頭に入ってるか?』

カードを素早く受け取ったバーストは、それを胸のポケットに収めながら言った。

『もちろんです。任せてください』

『よし、早速潜るぞ』

『ええ!? 俺、昨日の朝エールフランスに飛び乗って来たんですよ』

早朝、エールフランスで日本に到着したばかりのバーストの体内時間は、そろそろ午前一時を回る頃だ。

『フライトの最中に寝ないやつが悪い』

『ひでぇ。突然ハウンドのやつに朝の九時過ぎの便に乗せられたんですよ! 寝られるわけないでしょ!』

『心配するな、アッシュの足は遅いらしいからな、今夜はちゃんと眠れるさ』

『見張りにたたき起こされなきゃね』

バーストはこれからデヴィッドの用意した、フランス製のポーター『アッシュ』を受け取って、一人で入ダンする予定になっていた。

実際にCOS(フランスの特殊作戦司令部)のCD(ダンジョン部隊)が行った調査では、一日の移動距離は、歩き続けて平均的に九層程度らしかった。

『隊長たちとの合流は、九層の出口付近ですか?』

『そうだ、シュートとスカウト、それにイークスは、それぞれバラバラで九層へ向かい、そこで合流する。ショーファーは予定日時に外部で待機』
ショーファーと呼ばれた男は、小さく頷《うなず》いて了解の意を示した。
運転の専門家である彼は、それまで都内のルートやカメラの位置を詳細に調べるのだ。
『装備の確認はそこで？』
スカウトが、開始前に装備の確認ができない状態を気にして言った。
『先日の感じじゃ、九層までなら、個人装備で問題ない』
『もしも装備に不備があったらどうするんです？』
『デヴィッドが死ぬだけさ』
そう言ってラーテルは不敵な笑みを浮かべた。

SECTION :

市ヶ谷 JDA本部 ダンジョン管理課

「課長、おかしな電話がかかってきてるんですけど」

「おかしな電話?」

目の前に、いまだに積み上がっている入札関係の確認書類を恨めしそうに見ると、斎賀は背もたれに体を預けながら顔を上げた。

「ダンジョン内で通達違反が起こるので、責任者に話がしたいとおっしゃってますが……」

「なんだって?」

こういうたれ込みめいた通報は年に数回発生するが、大抵は愉快犯というやつで、言ってみればガセだ。それでも万に一つの可能性があるため対処せざるを得ない。

本来なら警察の仕事だが、ダンジョンの中の事となるとそうもいかず、そこはよろず引き受けますのダンジョン管理課に回されて来るわけだ。

「しかも英語なんです」

「英語?」

英語でたれ込みは珍しい。今はちょうど外国語が堪能な職員が電話を取っていたため、問題なく回されてきたが、通常業務中なら、小さな混乱が起こるところだ。

「分かった、こちらでとるよ」

斎賀は小さくため息をつくと、受話器を上げて外線が保留されているボタンを押した。

『お電話代わりました、斎賀です』

『あなたが責任者？』

その少しこもったような声は、古いボイスチェンジャーを通したように聞こえた。

『そうですが、あなたは？』

声はその質問を無視して続けた。

『確かＪＤＡでは、〈マイニング〉所持者の鉱石未決定フロアでの活動を禁止していますよね』

『その通りです』

『先ほど、とある組織に雇われた者が、未決定フロアに向かいましたよ』

『ほう』

その声は、ネイティブというには、少したどたどしい気もした。

『おや、あまり驚いてはくれないようだ』

『いやいや、十分驚いていますよ。ちなみにどうやってそれを？』

『ははは、そこは企業秘密というやつでお願いしますよ。それより、何をドロップさせに向かったのか聞かなくていいんですか？』

ＷＤＡに提出されたレポートは、任意の鉱石をドロップさせられる可能性について述べたものだが、つまりこの電話の相手は、そういうレポートをチェックしている人間だということだ。

『そんなことまでご存じとは』

『彼らの目的は――』

彼ら？　つまりメンバーは複数ってことか。

『プルトニウムです』

『それは……』

Dパワーズが物理量方式を言い出したとき、彼女たちが心配していた問題だ。まさかこれほど早く現実になるとは。いたずらにしては、リアルすぎる。

『DAさんは、ダンジョンの中のことなら何でも決められる』

この電話を、威力業務妨害の疑いで警察に届ければ、発信元を突き止められるだろうか？

『だが、実効性には疑いが残りますな』

『それはどうも。耳が痛い』

『しかし、いきなりこんな話をされても信じられないでしょう』

『まあ、普通ならそうかもしれません』

『老婆心ながら、すぐに調べに行かれることをお勧めしますよ』

『ご忠告痛み入ります』

『ははは、なに、正義を愛する者として当然のことでしょう。それではまた』

電話が切れるとすぐに斎賀は、美晴を呼び出した。

二十四層まで行けて、〈マイニング〉を所有していながら、どこにも所属していない探索者は、ほとんどいない。それどころか、斎賀の知る限り、そんなパーティは一つしかなかった。

SECTION：

代々木公園

代々木公園の噴水池の畔《ほとり》で、足の付かない携帯を切った後、それを池に投げ込んだ男は、それが作る波紋を見ながら立ち上がった。

『悪く思うなよラーテル。結構な報酬を払ったんだ、私のために働いてくれてもいいだろう？　それに――』

デヴィッドは笑うように口元をゆがませた。

『――君たちに悪徳は、まだ少し早い』

SECTION :

四ツ谷　外濠公園

防衛省の正門を出て目の前の道路を直進すると、すぐに外濠《そとぼり》公園野球場がある。

道路からネット裏へと下りる、さほどの長さもない階段は、道路側が四谷で、下りた先は市ヶ谷という境界にある階段だ。

その階段の下に、コートのポケットに手を突っ込んでいる、がっしりとした男がいた。

男は、鍛えられた足取りで階段を下りてくる、精悍《せいかん》な顔つきの男に手を上げた。

「やあ、寺沢さん。ご足労ありがとうございます」

「斎賀さん。うちもあまり暇じゃないんだ」

「それはどうも。なに、先月お話しした、〈収納庫〉の詳細に興味があるかと思いましてね」

「使用したのか！」

その言葉に、斎賀は直接答えなかった。使用してはいないが使用者はいる。勘違いするのは相手の勝手だ。

「サイズには特に制限がなく、容量は質量で決まるそうです」

「質量――それで、どの程度の？」

「現在の所持者の場合、四十四トンと少し、だそうですよ」

四十四トンと言えば一〇式の全備重量と同じだ。つまり一〇式を持ち込むこともやろうと思えばできるということだ。

　道路を走ることを前提に作られている自衛隊の車両は二十五トン以下だし、ヘリはもっと軽い。空が開けていれば、アパッチもチヌークも持ち込み放題だ。

　それでどこまで行けるかは未知数だが、装甲車両の有無だけでも隊員の負担は大きく減るだろう。層を移動するたびに持ち込む必要があるし、スライムの出現にも気を付ける必要があるが――

「そうそう、生き物ですがスライムは入らないそうですよ」

「なんだって？」

　それはつまり、定期的に出し入れしていれば、スライムを除去できると言うことか？

「ダンジョンの攻略に力を貸してもらえるという話は――」

「ああ、そうでした。何かあった場合は、ご助力いただけるはずでしたな」(注25)

　それを聞いた寺沢は、露骨に顔をしかめて、はぁ、とため息をついた。

「本命はそっちか」

　そうして斎賀は、匿名の電話から始まった今回の騒動を説明した。

「斎賀さん。うちは捜査機関じゃないんだ」

「こんな話、警察に持って行っても相手にしてもらえるはずがない。そちらは、うちよりも高いところに繋《つな》がってるでしょう？」

「真偽も定かでない、言ってみれば単なる噂じゃ、どうにもならんよ。繋いだところで、相手にしてもらえるはずがない」

どこかの探索者が、代々木ダンジョンでプルトニウムをドロップさせるために活動しているなどと言われても、二十四層以降へ行くことも〈マイニング〉を所有することも、どちらも相当ハードルが高いのだ。スパイ映画を見過ぎた誰かが、お遊びで通報してきたと考える方が普通だろう。

「ま、こんな手の込んだことをしたんだ、あたりはついてるんだろ？」

「二十四層まで行ける探索者はそう多くはない。代々木の民間ならトップの一部だけだし、後は軍――おっと、自衛隊か――関係か、代々木以外の高位探索者たちだけだ」

「一応連絡があった二日前まで遡《さかのぼ》って入ダン者をチェック、現在も出ダンしていない者の中から、その線で洗ってみたところ――」

斎賀は小さく渋面を作った。

「該当者がいなかったんだ」

「いたずらの線が濃厚になったな」

寺沢は笑ったが、この男がわざわざこんな場所を指定して自分を呼び出したのだ。それだけで終わるはずがない。

「唯一浮かび上がったのが、丸山光雄《まるやまみつお》という探索者だ」

そう言って、斎賀は一枚の書類を取り出した。

（注25）　ご助力
五巻。一月八日参照。

「有名なのか？」

まったくその名前を聞いたことのなかった寺沢は、首を傾《かし》げながら訊《き》いた。

「いや、まったく」

「じゃあ、なぜ？」

「フランス製のポーターを連れていたらしい」

「アッシュ？　無名の探索者が？」

「そうだ」

現在、ポーターを所有している探索者は少ない。大抵は何かのコネで手に入れるしかルートがないからだ。

「ＪＤＡの倉庫には預かった記録がなかったから、おそらく今回初めて持ち込まれたはずだ」

「だが、単なる金持ちかもしれんだろ」

「まあな。だが、アッシュを連れて入ダンした男を職員の者が覚えていた」

「まだ珍しいからな」

「それもあるが、彼の見た目が完全にコーカソイドで、なかなかハンサムだったそうだ」

「丸山光雄の外見がコーカソイド？」

「帰化した一族って線もなくはないがね」

現在ダンジョン内にいるのなら当たり前だが、丸山光雄に連絡は取れなかった。

「残念ながら手がかりがなさ過ぎる。まだ何も起こっていないから。捜査当局へは話の持って行きようがないし、ハラスメント覚悟で調べてみるしかないんだ」

「ダンジョンゲートの監視カメラの映像があるだろう？」

「まだ何の被疑者でもない人間の映像を公開して、『これが丸山光雄ですか？』と、大声で訊いて回るのか？」

常識的に考えて、そんなことができるはずはない。

「分かったよ。丸山光雄についてはこちらで調べてみよう」

「自衛隊が？」

「いや……まあ友人みたいなものさ」

金には厳しいがねと、寺沢は携帯を取り出した。

§

「丸山光雄？　誰だそれ？」

事務所の椅子にだらしなく腰掛けていた篠崎は、寺沢からの電話をだるそうに受けていた。昼過ぎまで徹夜をして、仮眠していたところをこの電話で起こされたのだ。

「ごく普通の探索者だ」

「んだよ。あんたの娘さんが一緒に歩いているところを見たとか？」

「俺に娘はいないよ」

「ったく。こないだ五年ぶりに会ったかと思えば、人使いの荒いやつだな。理由は聞かないが、こいつを見つければいいのか？」

「いや、彼は公的には現在ダンジョンの中にいるはずだ」

「はぁ？　じゃ、何を調べるんだよ？」

「誰でもいい、知り合いに当たって、こいつの容姿が知りたい」

「容姿？」

それは奇妙な依頼だった。

なにしろその男は、逃げているわけでも隠れているわけでもないようだ。容姿が知りたければ、歩いているところを見ればいいだけだ。

「もっと言えば、ハーフや外国人に見えるような顔立ちかどうかだけ分かればいいよ」

篠崎は内心悪態をついた。

対象のことをある程度調べるだけなら、今や電話とネットでけりがつく。だが知り合いを探して、何かを訊くとなると実際に動く必要があった。

以前なら近場のレンタルビデオ店に取材して、会員ならそこからひもが付けられたが、今時そんな店はほとんどないし、利用者もいない。

「卒業した学校は分からないのか？」

それなら卒業アルバムやクラスメイトの連絡先からその程度の情報はどうとでもなるだろう。

「ＪＤＡに登録されているのは、氏名と年齢、あとは現住所と電話番号だけだ」

今時は性別すら登録は任意だ。ロッカーの予約履歴を見れば性別は分かることもあるが。

「登録時の身分証明は？」

「運転免許証だったらしい」

「なら免許申請時の写真が保存されてるだろ」

「ＪＤＡはプライベート情報を許可なく保存したりしないし、今のところは事件性がないから警察に問い合わせても門前払いされるんだ」

事件性がないのに、どうして調べるのか篠崎にはまったく分からなかったが、依頼は依頼だ。

「分かったよ。現場に出向いて、近所の連中に訊きゃいいんだな？」

「大至急で頼む。情報は携帯に送っておくよ」

「マジかよ……」

篠崎は電話を切ると、大きなあくびをして、事務所のシャワーを浴びに行った。

§

「これで丸山光雄が本人かどうかはすぐに分かるだろう。調査料――」

寺沢はふと言葉を止めた。斎賀がどうしたんだとばかりに眉を上げる。

「——の、代わりに三好梓の情報をくれるってのはどうかな？」

「ワイズマンを自衛隊で囲い込むつもりなら、そいつは無駄な努力だと言っておくよ」

「そうしたいのはやまやまだが、それよりも彼女のことを知りたいのさ。なにしろ彼女の周りはおかしなことばかりだ」

そう言って寺沢は、手にしていた鞄《かばん》から、重そうな鉄の球を取り出した。

「こいつは？」

「三十一層で、おかしな格好でマントを羽織った男が、うちの君津二尉に手渡したものだ。調べてみたが、ごく普通の鉄球だった」

「ほう。それで？」

「同じ物かどうかは確証がない。だが、少なくとも同じ規格の鉄球を一万個も発注したやつがいるんだ」

「捜査機関じゃなかったんじゃなかったっけ？」

「どうにもつまらないことが気になるたちでね」

「そりゃ、今回の仕事にぴったりだ。料金はうちに回してくれ。ま、お手柔らかに頼むよ」

「驚かないんだな」

「十分驚いているさ」

斎賀は、そう言うと、おどけるように肩をすくめた。

「だが連中に関わることで驚くのは慣れてるんでね」

「仕方ないな。後は実際の確認だが——こんな曖昧な情報で、うちのチームを出動させるのは無理だぞ。訓練名目にしたって唐突すぎる」

一週間後などと言うのならともかく、事態は今すぐを要求しているのだ。

「それはこちらでなんとかする。お願いしたいのは、本当にプルトニウムがドロップしたとき、その後のことなんだ」

「ダンジョン外へ持ち出された瞬間、そいつは公安の仕事だろう。ダンジョンが国内でないとすると、外事第四課か？」

日本の核テロ対策をどこがやっているのかは、非常に難しい問題だ。

警察庁や消防庁は当然のことながら、外務省や厚生労働省や経済産業省、果ては法務省までその対策めいたものを打ち出しているのだ。

だが実働となると公安だろう。

「ＪＤＡには暴力装置がない。禁止する権限はあっても、それを強要する方法がないんだ」

「おいおい、ＤＡ武装論なんて、物議を醸しそうな話はやめてくれよ」

「事がプルトニウムなんてことになると、ＪＤＡが持ち出しを禁止したとしても、勝手に持ち出そうとするやつは後を絶たない可能性が高い」

「そいつはＤＡの自治放棄と取られかねないぞ」

「なら、各国はＤＡの暴力装置所有を認めるって？」

寺沢は、なんて面倒なという顔で頭をボリボリとかいた。

「とにかく本当にドロップしたとしたら、後のことは田中氏にでも託すしかないだろう。俺たちは社会の歯車だからな。歯車が好き勝手に動き始めちゃまずいだろ」

「とりあえず、動きがあったら連絡する」

「分かった」

そうして彼らは、それがおかしな時間になる可能性を考えてプライベートな番号を交換した。

「こんな場所でおっさんとスマホの番号を交換するなんて最低だな」

「そいつは同感だ」

寺沢は苦笑しながら、四谷への階段を上っていった。

「ファントムの鉄球ね……」

斎賀は、堀を渡る冷たい風に、襟を立て直した。

「今はそれよりも、プルトニウムか」

いたずらで済むのならそれでいいが、もしそうでなかった場合、ＪＤＡはその拡散を押しとどめることができるのだろうか。

「人類に奉仕してくれるのはいいが、こういうのは勘弁してほしいよ……」

心なしか肩を落としながら、とりあえず線量計の準備だけはしておこうと、彼は本部へと歩き始めた。

SECTION：

代々木八幡　事務所

比較的暖かだった気温は急激に下がり、冷たく湿った風が雪を連れて来そうな様相を呈していたこの日の夜、誰も来る予定のなかった事務所の呼び鈴が鳴った。

「あれ？　鳴瀬さん？」

セーフエリアの入札に続いて、昨日は国立二次の前期日程だ。まだまだダンジョン管理課の忙しさは緩むことがなく彼女も多忙なはずだが、何か急用があったかなと俺は首をひねった。

コートを脱ぐ彼女は、いつになく真剣な様子だった。どうやら本当に何かあったらしい。

「夜分に失礼します」

そういえば代々木のステータス計測サービスは今日からか。

「いえ、それはいいんですが……計測デバイスに何かありました？」

「いえ、あちらは特に問題なく盛況だったようです。実は、そうではなくて、ですね」

「先輩、なんだかヤバそうな雰囲気ですよ」

「いや、なんだか冗談も言えなさそうな感じなんだが」

それを聞いた鳴瀬さんは、それでも小さく笑うと話を切り出した。

「実は――」

始まりは午前中にかかってきた一本の匿名の電話だった。

「その電話によると、とある探索者が、プルトニウムをドロップさせに二十四層へ向かったということでした」

話を聞いた俺たちの感想は「やはり出たか」だった。

「プルトニウムは安定同位体がありませんし、質量数も二二八から二四七まで数多くあります。何も考えずにドロップさせると、天然の存在比になるとして、天然にほとんど存在しないプルトニウムの場合、一体どうなるんでしょう？」

「可能性があるとしたら、使用済みウラン燃料のように、いろんな同位体が混じったものになるんじゃないか？」

「それなら簡単には兵器に使えませんから、少しは安心ですけど……」

「わざわざドロップさせに行くんだ、プルトニウム２３９をドロップさせるつもりなんだろう」

「やはり、物理量方式ですかね？」

「たぶんな」

任意の鉱物をドロップさせる可能性については、ＷＤＡに報告して公開されている。それ受けて先月の終わりにＪＤＡは〈マイニング〉所有者の鉱物未確定階への侵入を禁止した。

物理量方式については公開を避けてもらってはいたが、特殊なスキルが必要な場合はいざ知らず、俺たちが辿《たど》り着いた答えに、他の人間が辿り着けないなどということはあり得ない。

「だけど先輩、プルトニウムに限らず、任意の鉱物をドロップさせるためには、少なくとも二十四層まで行ける実力と、〈マイニング〉が必要ですよ」

「そこなんです」

いたずらの可能性も大きかったが、もし本当だった場合の影響が大きすぎたため、斎賀課長は二日前から入ダンして、まだ出ダンしていない探索者を調べさせたらしい。

なにしろ目的地は二十四層だ。

もしも民間だとしたら、代々木でもトップのチーム以外は到達が難しい層なのだ。

「それで？」

「結果は該当者なし、でした」

「なら、いたずらなんじゃ？　偽計業務妨害で訴えるレベルですよ」

「それが――」

その日の朝の早い時間。フランスのポーター、アッシュを連れた、丸山光雄という男が入ダンしたことが確認されたそうだ。

「丸山光雄？」

誰だそれとばかりに、俺は三好《みよし》と顔を見合わせた。

どうやら三好も聞いたことがないようで、ふるふると顔を振っていた。

「ポーターを連れているだけで犯人扱いはできないでしょう？」

「彼はハンサムなコーカソイド系の人物だったらしく、ＪＤＡの職員が覚えていたんですが――調べてみたところ、丸山光雄は、まったく普通の日本人で、コーカソイドっぽいところなど一つもないことが分かりました」

「そりゃ怪しい」

「本物の丸山光雄はどうしてるんです？」

「もしも入ダンしていないとしたら、行方不明です」

「警察は？」

鳴瀬さんは首を振った。

その職員が見た人間が丸山光雄とは限らないし、公式には入ダンしたままで、行方不明になったわけでもなんでもないのだ。仮に通報したところで、今はその人間が出ダンするのを待つ意外、何もできないだろう。

「状況はわかりました。それで、二十四層で本当にプルトニウムがドロップするかどうかを俺たちに確認してほしいと？」

「はい、まだ完全にいたずらではないと証明されたわけではありませんから確認は必要なのですが、現状二十四層に行けて〈マイニング〉を持っている探索者が他にいないんです」

鳴瀬さんは俺の正体を知っている。だから二十四層へ行けることも、当然疑ってはいない。

しかし二十四層に行ける探索者か。

十八層にいる各国のチームなら行けるだろう。

だが、国家の息が掛かっているチームがこんなことをするのは割が合わない。

そもそも核保有国ならこんなことをする意味はないし、そうなりたい国にしても、一発持っているだけでは話にならない。かといって十分な数を用意しようとすれば、必要数が多すぎて代々木から持ち出すことは困難だから、こんな手段でプルトニウムを手に入れるなら、自国のダンジョン開発に力を入れた方がましだろう。

　つまり――

「本当に実行されるとしたら、やはりテロリストですかね」

「可能性は高いな」

　核テロリストなら一発でも十分に用途はある。

「各国の首都にでも持ち込めれば、大抵の要求は通さざるを得ないからなぁ。時間間隔で発信する発信器でも付けて公海上に放り出せば、簡単に漁船で運び込めるだろうし」

「航空便でもプライベートジェットなら、荷物検査はザルだっていいますよ。昨年できた関西空港のプライベートジェット専用施設の玉響《たまゆら》なんて、大型のX線検査機の設備がないため、大型の荷物は素通りだって聞きました」

　搭乗者によるハイジャック等が起こりうる航空機の保安検査は厳しい。

　だがプライベートジェットでは、搭乗者によるそういった事件の可能性がほぼないことから、保安検査の実施の有無は運航する会社の判断に任せられているらしい。

　しかし、二十四層まで行けるテロリストかもしれない誰か、ね。なんとも厄介な話だが――

「こんな状況じゃ仕方がありません。大丈夫、お引き受けしますよ、鳴瀬さん」

「おお、先輩が無駄に凛々《りり》しい！」

「あほか。そんなものが、もしもダーティボムとして東京で使われてみろ。俺のスローライフ計画がおじゃんになるだろうが！」

「まあ、そういうことにしておいてあげますよ」

「くっ……とにかくだな、すぐに――」

「待ってください、先輩。もしもその丸山光雄が怪しいとしてですよ。アッシュを連れて、今朝入ダンしたんだとすると、今すぐ追いかけたりしたらどっかで追い越しちゃいますよ」

「そりゃそうか」

多少足が速くても、ポーターでは大した速度は出ないはずだ。

「最短経路で移動していればいいですが、もしもそうでなかったとしたら、確実にすれ違います。そして、もしそんなことになったら――」

「確かめようとした二十四層のドロップを、俺たちが決めてしまう可能性があるのか」

「しかもこの状況です。プルトニウムがドロップしたらどうするんですか」

「はっ、まさかたれ込みは、そうさせるための罠⁉」

「いや、それは考えすぎだと思いますけど」

「いきなり素になるなよ……」

「まずはいくつかの行動指針を立てておきましょう」

三好が人差し指を立てて言った。確かにまだ慌てるような時間じゃない。

「もしも途中で、アッシュを連れたコーカソイドの男に出会ったらどうします？」

「俺たちは、検察官でも検察事務官でも司法警察職員でもないからなぁ……逮捕権はないぞ」

もしも勝手に相手の自由を奪ったりしたら、むしろこちらが犯罪者だ。

「距離を置いて付いていくのが精一杯ってところだな」

「監視ってことですか？　それで二十四層で鉱物をドロップさせたら、現行犯？」

「実はそうもいかない」

なにしろ新規層のドロップを禁じたのはＪＤＡだ。だがＪＤＡ内に警察機構はない。大抵は日本の法律が適用されるが、非決定層で鉱物をドロップさせたらダメなんて法律はないのだ。

「ＪＤＡ発足時に、地方自治法の十四条第三項を、ＪＤＡにも適用しようという話はあったんですが……」

鳴瀬さんが残念そうに言った。

地方自治法の十四条第三項は、いわゆる条例を作ってもいいよという項目だ。もちろん罰則付きの条例も作ることができる。

だが、地方自治法は、あくまでも地方公共団体に関する法律だ。これをＪＤＡに適用してしまうと、ダンジョン内が地方自治体であることを認めたかのように見え、総務省の管轄になるのではないかとあちこちから物言いがついたらしい。

とにかく『現行犯人』に対して一般人が逮捕を行うためには、その人間が罪を犯していなければならないが、ＪＤＡの通達違反は、日本の法律上は犯罪ですらないのだ。

「じゃあ先に下りて二十四層で待ち伏せしてもダメじゃないですか」

「ダメなんだよなぁ、これが」

現時点で、法に則《のっと》ってドロップを防ぐ方法はない。そもそもこんな事案は想定されていないからだ。また、いかに丸山光雄が怪しいからと言っても、絶対はない。結局、誰かが何かをドロップさせるまで、そいつがＪＤＡの通達に違反しているかどうかは分からないってことだ。

正義の味方ってやつは窮屈なのだ。

「ドロップさせたとしても、ダンジョンから持ち出せないようにする方法があればな」

「うーん……」

腕を組んでうなっていた三好が、突然顔を上げた。

「犯人は〈マイニング〉を持ってるんですよね」

「そりゃな。そうじゃなきゃドロップさせることなんかできないし」

仮に保持者が四十九人を超えていたとしても、決定されていない鉱物を、非保持者がドロップさせることはできないのだ。

「なら、〈マイニング〉所有者を識別できれば、出ダンのときに職質できませんかね？」

「はぁ？」

「そんなことができるんですか！」

鳴瀬さんが思わず声と腰を上げた。俺だって驚きだ。

「そりゃＤカードを見せてもらえれば一発ですよ」

それを聞いた鳴瀬さんは、上げて落とされたかのごとく、がっくりとうなだれた。

「ＪＤＡにＤカードを閲覧する権利はありませんし、それに、通常の探索者はＤカードを持ち歩いていない人も多いんですよ」

入ダン等の管理に使われるのは、ＷＤＡカードだけだ。Ｄカードはスキルの確認に使われるだけだったから普段から持ち歩く人は少なかっただろう。

今は、パーティの結成があるから、少しは持ち歩いている人も増えているとは思うが、捜査権のないＪＤＡにＷＤＡカードはともかく、Ｄカードを開示させる手段はない。

ダンジョンの外なら、警察が任意処分で所持品検査の延長として確認することも、法の上では可能かもしれないが、その場で持ち歩いていない人の自宅まで付いていって確認しようなどとすると、相当数の人員が必要になるだろうし、いたずらかどうかも定かではない現時点では、とても現実的とは言いがたい。

「冗談ですって。先輩、ほら、以前作ったモデルの、あの突起のこと覚えてます？」

それは御劔《みつるぎ》さんや斎藤さんを計測して作成したモデルと、俺がそれにステータスを合わせて作成したモデルにあった差異の話だ。当時の推測では空間収納系のスキルによるものではないかという話だった。

「ああ」

「突起？」

首を傾《かし》げる鳴瀬さんに、俺は、ステータスデバイスの開発中に発見された、スキルの識別が可能かもしれないモデルについて説明した。

「じゃあ、それを使えば？」

「やってみなければ分かりませんけど、私たちのデータは豊富にストックされていますから、できそうな気はするんですよね」

「そうすれば、もし線量計が反応しなくても、〈マイニング〉所有を理由に職質したり所持品検査を行えるはずです」

　今回の電話がいたずらではなかった場合、当然警官が派遣されてくるだろうし、職質で所持品検査を行うための理由としては十分だろう。

「それでプルトニウムが見つかれば、放射線発散処罰法で逮捕できます。こいつは未遂でも罰せられる」

　そして所有が現行犯なら、警察でなくても身柄を拘束できるのだ。

「お願いします！」

「とりあえず鳴瀬さんは、容器を調達していただけますか」

「容器、ですか？」

　もしもプルトニウムがドロップしたとすると、証拠を持ち帰るためには容器が必要だ。

　本来なら輸送には様々な規制があるだろうが、プルトニウム２３９はα線源としての危険性はほとんどない。粉塵《ふんじん》は非常に危険だから単に密閉できる容器があれば大丈夫だろう。ダンジョンから持ち出した後は、専門家に任せればいいだろう。

「だけど先輩。もしも〈マイニング〉所有者が識別できるなら、二十四層へ下りてくる〈マイニング〉所有者を全員追い返せばいいんじゃ……」

「サーバーには接続できないぞ？」

「そこは開発者特権と言いますか」

そう言ってノートパソコンを取り出した。

いやお前、それで計算可能なら、あのアホみたいなコンピューターはなんだよ……

「じゃ、お前、見つかるまでずーっと二十四層に待機してるんだな？」

「ぐーｚｚｚ」

それに今回は、それが間に合うかどうか分からない。

「こうなったら出たとこ勝負でやれるだけやるしかないだろ」

「……最近ちょっと泥縄が多くないですか？」

三好がジト目でこっちを見てくるが、そいつは俺のせいじゃない。

「そりゃ、状況が泥縄なんだから仕方がないだろ」

横浜事件しかり、森の王事件しかり、そうして今度はプルトニウムドロップと来たもんだ。いずれも予測などできるはずもなく、容赦なくタイムリミットがやって来る。むしろ泥縄で対応できてる俺たちって凄くない？

だがそんな運がいつまでも続くはずがない。

「手の届く範囲って言い換えれば、泥縄っぽくないってやつですね！」

「あのな……とにかく準備ができたらお知らせしますから」

「分かりました。こちらも容器等の準備をしておきます」

「二十四層の結果は、例のアルスルズ便でご連絡します」

「なるべく人目に付かないところで待機しています」

そう言って鳴瀬さんは帰っていった。と言っても、もう一度市ヶ谷なんだろうな。

「専任管理監って大変ですね」

「お前が言うな、お前が。で、どうする？」

「ポーターの足なら二十四層まで三日ってところでしょう。追いかけるとしたら、リミットは明日中ってところですね」

「森の王事件のときみたいに全力で走ると目立つぞ」

あのときは、アルスルズにしがみついている二人に注目が集まっていたから、俺たちの方はそれほど騒がれなかったが……

「リミットですよリミット。早くできるに越したことはありません」

「もしかしたら、本当に二十四層で追い返せるかもしれないしな」

「あのときの突起みたいやつが、〈マイニング〉にもあるかな？」

「やってみる価値はありますよ。なにしろ、同一の先輩モデルで、ありなしの状態を計測できますし、今度は私のモデルも使えますから」

削除コマンドが見つかったのおかげで、俺たちは現在〈マイニング〉を持っていない。この状態で計測したデータと、〈マイニング〉を所有した状態で計測したデータを突き合わせてモデル化すれば――

「ほら、前回と違って、高速なコンピューターも手元にありますし」

三好が隣のベトナムから横取りしてきたアイテムを指差した。

「邪魔くさいとは思っていたが――怪我《けが》の功名ってやつだな」

「先輩。それ、言葉の使い方、間違ってません?」

三好はジト目で俺を睨《にら》むと、自分の席へと戻っていった。

「仕方ない、夜食でも仕込むか」

「あー、その前に計測をお願いしまーす」

「へいへい」

そうして俺たちは、久々――でもないか――のブラック体制に入っていった。

SECTION：

代々木ダンジョン　九層

　通常、遅い時間の九層出口付近に探索者はいない。一夜を明かす者たちは、オーガやコロニアルワームが現れる九層を避けて、九層へ下りる八層の出口に陣取るからだ。もちろん夜の十層から上がってくる者などいるはずがない。

　まれに閉じ込められた者たちは、九層と十層を繋ぐ階段の途中で、まんじりともせずに夜を明かす。そこが一番安全だと言われているからだ。

　そんな九層の出口に近い集合場所で、ラーテルたちは、アッシュを中心にして野営の準備と装備の点検をしていた。

『分隊支援にミニミの七・六二ミリ、十二・七ミリはヘカートⅡ、アサルトライフルはＨＫ４１７。どうやらフランス軍の横流しってところですね』

『しかし、発表されたばかりの「アッシュ」を用意するとは、悪徳とやらには、大層な金がかかるようで』

　ファシーラが嘲《あざけ》るようにそう言った。

　アッシュ（方船）はフランスが開発したポーターで、トーチカめいた強力な防御と大きめの積載量に特徴のある製品だ。

『だが、足がかなり遅いな』

『積載量と拠点機能を優先しているようです』

ざっとマニュアルを読みながらイークスが言った。

彼は情報戦の専門家で、名前もエレクトロニクスが短縮されたものだ。無論荒事もこなすが、得意というわけではなく、今回は主にポーターの操作のために参加していた。

『まあいい。いざとなったら破棄する』

『了解』

ファシーラと話をしながら、手早く装備の確認をしていたラーテルが、思わず手を止め、眉をしかめてポーターに積まれていた銃を手に取った。

『なんだ、これは?』

『ウェザビーのマークVでしょう』

『そりゃ分かる。だが、なんでこんな骨董品《こっとう》が? 象でも撃ちに行くつもりか?』

ウェザビー・マークVは一九五七年から作られている高性能ライフルだが基本的に狩猟用だ。

アフリカゾウもサイもカバも現在ではほとんどが保護動物だし、キュレナイカのバジリスクなどと呼ばれてはいても、トロフィー・ハンティングに興味などなかったラーテルは、使ったことがなかった。

彼がハントするのは、ほとんどが人間だが、人相手には威力がありすぎるし、装甲相手にはさほど役に立たない上、装弾数が少なすぎる。

『しかし隊長、行き先を考えれば、人を殺すことに最適化された軍の小銃よりも、ひょっとしたら、役に立つかもしれませんぜ』

マズルエネルギーで考えても、４６０ウェザビー・マグナムなら、一二・七ミリの半分以上、七・六二ミリの三倍近い威力がある。鯨漁に使われたくらいだから、七・六二ミリが通用しないモンスターにもある程度効果が期待できるだろう。

『ふむ』

二十四層から二十九層にいる大物は、トロルのようにさほど素早いとは言えない相手が多いようだが、ＨＫ４１７の効きが悪くなったとき、ヘカートではさすがに取り回しが悪すぎる。

『それっぽいと言えばそれっぽいですよ』

バーストがボルトハンドルを引いて、弾薬を詰め始めた。

『大物を狩ってヘミングウェイを気取るのも悪くありません。消えてしまうんじゃ、剝製にはできませんがね』

そんな軽口をたたいていたバーストだったが、弾倉に二発しか入らないことを確認すると、顔をしかめた。

『薬室まで入れても三発？　隊長、これ、十丁くらいぶら下げて歩くんですか？』

『三発で仕留めろ』

『えぇー？』

『消耗品の確認終わりました。たっぷり詰まってますぜ』

『じゃ、飯だ』

：

『了解』

弾丸などの消耗品はたっぷりと積まれていたし、目的を果たしたら、こいつはバーストに持たせて、ゆっくり出ダンさせればいいだろう。途中、拾ったアイテムを積んでおけば多少は目くらましになるはずだ。

ラーテルは、用意されていたフランス軍のコンバット・レーションにあったバスクチキンの缶詰を口にしながらそう考えていた。

二〇一九年　二月二十七日（水）

SECTION：
代々木八幡　事務所

夕べからずっとメインフレームはフル稼働し続け、防音室の向こうで、空調がうなりを上げているようだった。

いつしか時間は午後になり、そろそろタイムアップが見えてきた頃、ずっとモデルの修正をしながら、俺を計測したデータを睨んでいた三好が、落ちくぼみかけた目をキラキラさせながら、モニターを指差した。

「先輩、これ、凄くないですか……」

コンピューターモニターに描き出された図形をくるくると回しながら、三好が感動したように呟《つぶや》いた。

そこに描き出されているモデルは、例のクライン体を彷彿《ほうふつ》とさせるものから、さらに複雑な形状に変化していた。

「微分トポロジーで球を裏返している途中に出てくるモランサーフェースっぽいんですけど、モランサーフェースで言うところの、セクション3に例のひずみというか突起が現れるんです」

「その突起の位置で、スキルが同定できそうってことか？」

「少なくとも〈マイニング〉は、先輩と私で同じ位置ですし、〈水魔法〉と〈物理耐性〉と〈超回復〉も、あるなしで変化が現れた位置に変わりはありません。それに――」

新しいデータで描画された図形を合成すると、俺の図形とは違った位置に突起が現れた。

「ここ、結構近いですよね」

三好が新しく表れた突起を、俺の突起と比較して言った。

「それは？」

「ナタリーさんのデータです」

「おい……」

プレブートキャンプ時に使用したステータス計測デバイスは、製品に落とし込む前のリファレンス機だ。そこで得られる生データは、ここで俺たちを計測しているものと同じなのだ。ちなみにNYで使われてたものも同じだ。

一昨日《おととい》代々木に納品されたものは、製品として出荷されたタイプの最初のロットだから、これと同じことはできない可能性が高い。

「すぐに破棄するんじゃなかったっけ？」

「契約書に書かれているのは、『個人を識別できる形で保存しない』ですよ」

「してるじゃん！」

「ちっちっちっ、先輩。識別できるのと識別できちゃうのは別の話ですよ」

「同じに聞こえるぞ」

三好の弁によると、識別できるデータは誰が見ても識別可能なデータだが、識別できちゃうデータは、識別する人の個人の能力がなければ識別できないのだそうだ。

一度個人を認識しながら見たデータが、とても特殊だったり、数がわずかしかなかったりすれば、もう一度見たとき誰のものか分かっても仕方がないということらしい。

「かなりグレーくさい」

「第三者に見せて、誰のデータだか分からない状態ならセーフですよ、セーフ」

「まあいいか、それで？」

「ほら、先輩のこれと、かなり近い位置に突起があるじゃないですか」

「ふむ」

「これが、〈火魔法〉だと思うんですよね」

「俺のが、〈極炎魔法〉か」

「おそらく」

なるほど、つまり系統が似ている魔法は比較的近い距離に突起ができるというわけか。

「とは言え、まだまだ詰めは必要ですけど」

「〈水魔法〉も、〈物理耐性〉も、〈超回復〉まで無駄にしたかいはあったな」

一般の研究所なら、一夜で二百億円近い研究費を使ったことになる計算だが、うちなら裏で吠えているコンピューターの電気代くらいなものだ。

「だが、どうやって使わせる？」

ＰＲＯはＥＡＳＹと違って大がかりだ。まさか、出ダン者全員にＰＲＯのゲートをくぐらせるのはいかにも怪しい。

「必要な測定項目は、ＥＡＳＹのリファレンス機でも測定できますから、鳴瀬さんにはそれを使ってもらいましょう」

測定デバイスのＩＤが、その機器のものだった場合だけ〈マイニング〉を持っていたら、ステータス表示部分に＊を追加表示することにした。

「しかし緊急だから仕方がないとはいえ……」

「なんです？」

「ステータス計測デバイスでスキルがチェックできるなんてバレたらヤバくないか？」

しかもその情報は公開されていない。

つまり世間様からは、そういった情報を秘密裏に、合同会社Ｄパワーズが収集しているように見えるだろう。

「一応利用契約の定番は押さえてありますから、法的には大丈夫だと思うんですが……」

収集しているのはセンサーから得られた生データだけで、そのデータは個人を識別できない状態で、機器の改良にのみ使われる、とあるらしい。だが、人間の気持ちってのは利用契約で縛れないからなぁ……

「それに、市販機で得られる情報だと、完全には再現できませんし」

「しかし、いかにも管理側が利用したがりそうな内容だからな……」

「そこは、ほら、〈マイニング〉だけってことにしておきましょう！」

「〈マイニング〉でできて、他のスキルでできない理由ってなんだよ」

「それですよ！」

「どれ？」

「これって、あくまでも、所有者を計測をして、その情報を元に特徴を抽出しているということになっているわけじゃないですか」

「まあな」

そこは別に嘘じゃない。

「だから、所有していないスキルは分かりませんってことに――」

「なら〈収納庫〉は分かるんだなと突っ込まれたらどーすんだよ」

「おおう……」

それはかなりよろしくない。

「仕方がない」

「何かいいアイデアが？」

「とりあえず〈マイニング〉だけできた！　で押し通そう」

「雑っ」

「ほう。三好くんには、もっといいアイデアがあるってことだな？」

「押し通しましょう！」

徹夜ハイの俺たちじゃ、どうせ何も思いつかない。

「よし、一度寝たら、こいつを鳴瀬さんに預けて二十四層へ向かうぞ」

「まだ少し時間がありそうですし、二十一層で一泊して、三代さんたちができない補給もやっておきましょう」

「了解」

そうして俺たちは、二階に上がると、それぞれのベッドに倒れ込んだ。

二〇一九年　二月二十八日(木)

SECTION：
代々木ダンジョン　二十四層

『ようやく、二十四層か』

もう飽きたぜという顔で、ラーテルがコイーバのエスプレンディドスの煙を吐き出した。ゲバラは、虫対策にシガーを吸い始めたというが、このジャングルにそんなものはいない。単なる彼のお気に入りだ。人間相手なら匂いで不利になることもあるが、モンスター相手なら気にすることもないと、やりたい放題だった。

『いや、ダンジョンって、マジでファンタジー世界なんですね！』

対照的に、ここまで下りてくる過程で、バーストはダンジョンに魅了されていた。子供の頃に憧れたナルニア国や指輪の世界がそこにあったからだ。

二層で初めて魔物を倒した際にドロップしたDカードは大切にポケットの中に仕舞ってある。腕のいい爆発物の専門家とはいえ、彼はまだ若かったのだ。

『隊長。なんだか厄介そうなのがいます』

少し先行していたスカウトが、インカム越しに連絡をしてきた。

そこから少し行った先にいたのは、大きく醜いかぎ鼻と、左右に大きく間隔を空けた腫れぼったいまぶたを持った巨大な人型の何かだった。太い牙をのぞかせる口からは唾液が飛び散り、足や腕は、アフリカゾウめいた硬そうな皮に覆われている。

『トロル⁉』

それを見たバーストがそう呟くのと同時に、隊員たちはすぐに散開してアサルトライフルを構え、ラーテルの命令を待っていた。

トロルはラーテルたちに気付くと、ぎょろりと睨んで、こちらに体を向け、かかってこいとばかりに棍棒《こんぼう》を掲げて大声を上げた。

『ありゃ太陽の光を浴びても石になりそうにありませんね』

バーストが感動したようにそう言うと、ラーテルは眉をひそめて訊いた。

『何の話だ？』

『いえ。それじゃあ、オログ＝ハイ退治と行きますか！　左はお任せします！』

バーストはＨＫ４１７とウェザビーを持って駆け出した。

複数人で倒した場合のドロップがどうなるのかといった資料がなかったため、一人で倒すことが求められていたのだ。

ずいぶんと高揚している様子のバーストを見送っていると、ヘカートを肩に抱えてきたファシーラがストックを開いてそれを地面に置いた。

『ずいぶん舞い上がってますぜ。あいつやることを忘れてないでしょうね？』

『まあ、失敗したところでまだチャンスはある。あいつに死なれると作戦がパーだからな。とりあえず右の化け物に照準を合わせておいて、ヤバそうなら吹っ飛ばせ』

『了解です。左は？』

『ここから先、七・六二ミリの効果がどうなるのかを試すには良さそうな相手だ』

二十三層にいた、似たようなやつは、皮もこいつほど強固ではなさそうに思えた。実際、七・六二ミリで貫くことができたのだ。

『イークス、周囲の様子は？』

『動体反応はありません。あいつらだけですね』

拠点機能が盛り込まれたアッシュには、最新の対人レーダーめいた機能を始めとして、様々な機能が搭載されていて、十全に使いこなすには、やや専門性が必要とされていた。

『他の反応が出たら教えろ。テストはやめて、とどめを刺す』

『了解』

イークスは、十番ゲージのバックショットを装填《そうてん》したショットガンを肩に掛けると、モニターの監視に戻った。上層にいた小さな恐竜もどきは、なかなか素早く、反応があるとすぐに襲ってくるため面倒だったが、耐久力はそれほどでもなく、近距離なら十番ゲージのバックショットで十分対処できたのだ。

『スカウトは牽制《けんせい》、シュートは、今後のために色々と試しておけ』

『了解』

隊員たちが、それぞれ活動を開始すると、ラーテルは正面にいる二匹のトロルを睨んだ。

『あれと力比べをするのは骨が折れそうだな』

『隊長、冗談でもやめてくださいよ。本当に骨が折れますぜ』

『だが、探索者連中は、それをやるんだろう？』

『どうですかね。見たわけじゃありませんから、なんとも』

どうやらそれほど敏捷《びんしょう》というわけではなさそうで、スカウトの動きに翻弄《ほんろう》されているようだった。

だがあの攻撃が一度でも当たれば、人間などミンチになるに違いない。

とは言え、当たれば死ぬのは銃弾だって同じことだし、相手がなんだろうと戦場は戦場だ。特に普段と変わるところはなかった。

スカウトが作り出した隙を狙って、シュートが七・六二ミリの弾をトロルのあちこちに当てていた。トロルの皮は、斜めに当たると避弾経始よろしく、七・六二ミリでは貫通できないようだった。正面からまともに当ててもそれほど効果はなく、驚いたことに時間経過と共に、弾が押し出されてくるようだった。

『さすがは化け物、人間とはひと味違うな』

だが所詮《しょせん》は人型だ。体の構造が同じなら、後は頑丈かどうかの違いしかない。

トロルの懐をすり抜けるように、素早く後ろに回ったバーストは、左のアキレス腱《けん》に一発、ウェザビーマグナムを叩《たた》き込んだ。その瞬間大声を上げたトロルがバランスを崩したのを見て、二発目を膝の裏へと追加した。

バランスを崩して倒れ込んだトロルが、腕で体を支えて左後ろを振り向いた瞬間、その目を狙ってＨＫ４１７が火を噴いた。

その弾丸のいくつかは目を直撃したが、まぶたに遮られて脳までは到達しなかった。最後のウェザビーマグナムを頭へと叩き込もうとしたが、それは煩わしい弾丸を防ごうと振り上げられた左腕をえぐり取るだけに終わった。

トロルは反対の腕をむやみに振り回してバーストを牽制する。

『滅茶苦茶頑丈だな！』

その隙に、三発のウェザビーマグナムを装填しなおしたバーストは、それを構えてとどめを刺そうと右手が届かず見えないはずの左側に回り込もうとするが、どういうわけか左足を軸に体を回転させて太い棍棒が飛んできた。

『嘘だろ⁉』

完全に破壊したはずのアキレス腱と膝が、すでに修復されかかっている。

それをかろうじてダッキングで躱《かわ》したバーストは、振り切られた右腕越しに、頭にマグナムを叩き込んだ。もろにそれを食らったトロルは、大きくのけぞり体を揺らしもう一度左膝をついた。同じ場所に後一発撃ち込めば倒せそうだ。バーストは、右膝の上に飛び乗り体を駆け上がる。気分はアンドゥリルを掲げるアラゴルンだ。

『食らえ！』

そう言って、彼は、傷ついた頭にウェザビーマグナムを撃ち込むと、強烈な反動で後ろへと飛びすさりながら、もう一度ボルトを引いて最後の弾を薬室に送り込んだ。

着地と同時に、頭に照準を合わせると、その向こうで奥に向かって倒れ込むトロルが見えた。しかしその姿はまだ消えていない。

バーストは素早く駆け寄ると、倒れたトロルの胸の上に立って言った。

『いつかは俺も死ぬだろう。だが、今日ではない！』

そうして頭に向かって、すぐそばから引き金を引いた。

『なにやってんですかね、あいつ』

ヘカートを構えながら、ライフル銃を高らかに掲げるバーストを見ていたファシーラが、呆《あき》れたように言った。

『さあな。しかしウェザビーマグナムを六発も使うとはな』

もっとも最初の三発は足止めと左腕だ。最初から心臓があるはずの場所や頭を狙った場合、どうなるのかはまだ分からなかった。

『やはり七・六二ミリくらいじゃ歯が立たない連中がいるようですぜ』

シュートたちが相手にしているトロルは、色々な場所を撃たれていたが、いまだに弱る様子がなかった。

『ファシーラ』

『了解』

ファシーラがヘカートの位置を変更して、残ったトロルに照準を合わせ、スカウトが離れた瞬間を狙って引き金を引いた。同時に爆発するような音が轟《とどろ》き、トロルの頭がはじけ飛んだ。

『さすが十二・七ミリ』

『こいつならまだ通用しますね』

そんな話をしているところに、バーストが情けない顔をして戻ってきた。

『隊長……』

手には銀白色のインゴットを持っている。どうやら首尾よくプルトニウムを——

『すみません』

そう言って差し出された金属は、予想外のものだった。

SECTION：

代々木ダンジョン　二十五層

　二十四層で目的の鉱物をドロップさせ損ねたバーストは、しょんぼりと肩を落としながら二十五層へと下りた。

　それを若いなと内心面白がりながら、ラーテルが話しかけた。

『バースト』

『はい？』

『お前、指定されたピットの構造は、頭に叩き込んであるんだろうな？』

『もちろんです』

『なら、余計なことを考えず、それにはめ込むコアをドロップさせろ』

『は？』

『二十一層が「宝石の原石」で、二十二層が「貴金属」、二十四層に至ってはあれだぞ？』

　シガーをくわえ大股で歩きながら、ラーテルは面白そうに口元をゆがめた。

『そんなことができるのなら、わざわざ不安定なプルトニウムをドロップさせなくても、最初から使える形でドロップさせた方が合理的だ』

『いや、しかし……ドロップするのは鉱石ですよ？』

『常識に囚われるな』

ラーテルは年齢を感じさせない力強い言葉で、そう断言した。

『ダンジョンなんてもの自体が、これまでの常識の外にあるんだ』

『従来のルールなどクソ食らえってことですか』

『そうだ。俺たち向きだろ』

考えてみれば核兵器の中核、プルトニウムガリウム合金のボールは鉱物だ。

それに受け渡しに指定されている場所は都内にもかかわらず、必要な量の確認用だという名目で、作成する爆弾の設計図まで付いていた。

『まさか依頼者は、東京でこいつを作るつもりなんでしょうか?』

『それは俺たちの関知するところではない。だが、もしもそうだとしたら巻き込まれるのは御免だからな、さっさと離日するに越したことはない』

すでに前金の振り込みは確認した。一度も顔を見せないし声も聞かせないところから、ずいぶんと用心深い連中だとは思っていたが、どうやら金払いは悪くないようだ。

用心にしても、やっていることを考えれば当然と言えば当然だ。こいつが露呈したとしたら、世界中の国家がそれを止めに走るだろう。

バーストは不安を塗りつぶすように、もう一度設計図を眺めていた。

『いまさらですが、かなり小さいですね』

『その方がテロには向いている』

核テロリズムに、ＩＣＢＭに搭載されるような巨大な威力は必要ない。

最小の威力でも、それが核というだけで十分相手を震え上がらせ、要求を呑《の》ませることができるだろう。それがテロの本質だ。それなら持ち運びに便利な方がいいに決まっている。

ラーテルは、真剣な目つきで設計図を見つめる若者の肩を強く叩いて言った。

『心配するな、チャンスはまだ五度もある』

二〇一九年　三月一日（金）

SECTION：

代々木ダンジョン 二十四層

二十一層で消耗品を取り換えて一夜を明かした後、俺たちは急いで下を目指した。

今回〈マイニング〉を取得した状態になっているのは俺だけだ。三好はいざというときのために、未取得状態にしてある。

貴金属がドロップする二十二層では、どこかの国の連中が盛んに敵を倒しているようだった。

俺たちはそれと出会わないように、迂回《うかい》を繰り返しながら二十三層へと下りた。

物理量方式を試した層だが、当時はそれほど色々な場所に行ったわけではない。入り口の周辺でうろうろしていただけだ。

今回はマップに従って、最短距離で二十四層へと向かったが、朝早いこともあって、誰にも出会うことはなかった。入札が終わって一週間、区割りの結果がはっきりして、護衛に駆り出されるであろう自衛隊も、通信部隊を駐留させてはいなかった。

そうして下り立った二十四層。

そこは二十三層と、さほど変わらないジャングルだった。

「上でも思いましたけど、虫や鳥の声が聞こえないジャングルって、結構気味が悪いですよね」

それはまるですべてが死に絶えて、植物だけが生き残っている空間のようにも思えた。大きめの葉が風に揺れてこすれあう音が、不安を煽《あお》るようにざわついていた。

「まあな。とは言え、声が聞こえたら聞こえたで気味が悪いんだけどな」

深い緑に塗りつぶされたジャングルで、得体の知れない鳴き声がこだまする――うん、あまり積極的に行きたい場所じゃない。

「そういや俺たち、ここへ来るのって初めてか」

「三十一層まで行ったのに、行きも帰りも通っていないんですよ。凄くないですか？」

三好がおどけるように言った。

行きは横浜から、帰りは一層へ直接転送だ。冷静に考えてみれば異常にもほどがある。

「そう考えると、今後、階層を移動するゲートみたいなものが出てきてもおかしくないな」

「それどころか、転移魔法だってありえますよ」

この層にも周囲に人影らしいものはなかった。

「時間を考えれば、いくら足が遅かったとしてもここへは到達しているはずだが……」

ポーターを連れていることを考えると、最短距離を移動してすれ違っていたとすればそれと分かるはずだ。

「二十一層でイグルーへ行ったときか、二十二層で探索者に会わないよう迂回したときすれ違ったんでしょうか」

「可能性はあるな……」

もっともスタート時間は、はっきりしていない。

アッシュを連れた探索者がそれらしいと疑われてはいたが、その男はソロだったそうだ。

いずれにしても、すでに到達して目的を達成しているのだとしたら、俺たちがこれからドロップさせるのはプルトニウム239だ。いくら人気がないからといって、このまま入り口のそばで試すわけにはいかないだろう。

俺たちはルートを外れ、モンスターを避けながら移動すると、入り口から少し離れた場所で調査を開始した。

§

「ほんと、通販って何でも売ってるよなぁ」

三好が取り出したのは、タイベック製の防護服だ。この防護服は動きやすいが、放射線を遮る効果はない。

プルトニウム239の半減期は二万四千年以上だから、発生するα線はそれほど強くない。しかも、α線は空気中では数センチしか飛ばない上、紙一枚で遮ることもできる。仮に皮膚に当たったところで角質層を超えられないため、ほとんど影響はないだろう。

ただし、呼吸器系を通じて肺に定着してしまった場合は大きな問題を引き起こす。つまり粉塵を避ける装備があればいいのだ。

「まあ、大学や企業にも使いそうなところはありますしね」

「横浜の対スライムスーツを思い出すな」

そう言って、俺は、ＮＩＯＳＨ（呼吸器防護規格）のＮ１００マスクを身に付けた。

「これは相当息苦しいな」

「死ぬよりましですよ」

「そりゃまあそうか。さて、それじゃあ――」

「待ってください」

「なんだよ」

「ほら、先輩上でも言ってたじゃないですか。もしもその探索者が、まだ二十四層に来ていなかったりしたらって。こんな状態じゃ、私たちがプルトニウムをドロップさせちゃいますよ」

「うっ……」

そう言われれば、今考えていることはプルトニウムのことばかりだ。横浜のダイアモンドの二の舞は避けたい。

「なら、どうする？　鉄は嫌だぞ」

「そうですねぇ。備蓄されているようなレアメタルを対象にするなら、ニッケルあたりが当たり障りがなくてよくありません？」

「ニッケルか。探索者としちゃ、あまり旨《うま》みはなさそうだな」

「今ならキロ千五百円（注26）ちょっとってところですもんね。資源としては優秀ですが」

以前やったランタノイド方式で、ニッケルのことを考えていればいいわけか。

「えーっと……元素番号28だっけ」

「天然の存在比で一番多いのはニッケル58ですが、以前やったランタノイド方式を見る限り、同位体の存在確率は意識しなければ天然存在比になるように思えます」

「じゃあ陽子の数だけ意識すればいいのか？　そりゃ楽でいいな」

「一応基底状態の電子配置は、アルゴン核＋3d軌道に8個＋4s軌道に2個です」

「了解。いくぞ！」

少し先の草むらがガサガサと動き、そこから小さな恐竜が群れで飛び出してきた。

「ラプトルです！」

二十三層から登場するモンスターだが、二十三層じゃ、三好がショットガンみたいにばらまく、二・五インチ鉄球の餌食だった。

俺にはそんなことができないので、〈水魔法〉で――

「だー！　当たらねー!!」

素早くひょいひょいと左右に動くモンスターに一発を撃ったところで、何が悪いのかさっぱり分からないが、かすりもしない。

（注26）　千五百円ちょっと

この当時、一月は一気に円安が進み、三月頭には一ドル百十一円前後だった。ニッケルはこのあと急騰し、二〇二〇年には一万五千八百ドルを超える。それでもキロ二千円弱なので探索者が持ち帰るアイテムとしてはぱっとしない。

「ええ？　ちゃんと見えてるんだがなぁ……」

「練習不足ってやつですね」

仕方がないので、報いの剣を取り出した俺は、そのまま群れへと突撃した。なにしろドロップするのはプルトニウムの恐れがあるのだ、N100マスクは息をするのが大変だし、できれば激しい運動は避けたかったのだが……

「おお、さすが先輩。ステータスを考えても、物理ならこの辺じゃ無敵ですね」

スパスパと、すれ違いざまに四匹の首を落としてポーズを決める。

それを見た三好が、録画しながら肩をふるわせていた。しまった、三好との特訓のくせが。

「いや、お前。ファントムコスじゃないんだから、そんなの撮ってどうするんだよ」

「そりゃ鳴瀬さんへのお土産ですよ」

「あのな、もうちょっと緊張感というものを――」

そういったところで、周りに銀白色のインゴットが現れた。

「ああ！　そういえば金属プルトニウムもニッケルも凄くよく似てます！」

「おい……」

どうせ拾わなきゃならないのだが、いくら大丈夫だと知識で知っていても、プルトニウムかもしれない金属を直接触るのは少し抵抗がある。だが、ファインマン先生も素手で――

「三好？」

「……」

「おい、どうした？　大丈夫か？」

「せせせ、先輩」

「なんだよ」

「あ、あれ……」

彼女はドロップした金属を指差して、あわあわしていた。

そういやこいつには〈鑑定〉がある。触れるまでもなくそれが何かを知ったのだろう。

「プルトニウムか!?」

三好はそれに駆け寄るとあっさりと拾い上げ、ためつすがめつ、まじまじと見つめ始めた。え、もしかしてニッケルなの、それ？

「これ、ミスリル、だそうです」

「はぁあああ？」

俺は慌ててその金属に触れてみた。すると表記は『ファンタジー金属』だったのだ。

「なんだよそれは!?」

そりゃいつかは出てくるだろうと思っていたが、出てきたら出てきたでどんな合金なのか予想すらできない金属だ。それが現実にドロップした？　つまりこいつを分析すれば、ファンタジー金属の組成が分かるってことだぞ？　こんなときでもなければすぐに帰って調べたいところだが――

「先輩。この金属なんですが……」

「何か特殊なのか？」

「鑑定結果に、モンスターと同様、例の剰余表示があるんです」

「なんだと？」

鑑定結果には、相手のステータスを鑑定者のステータスで割った剰余が表示されるのだ。

「つまり、こいつは、ステータスを持った物質ってことか⁉」

金属にステータスがある？　確かにファンタジー金属っぽいと言えば、ぽいが……

「それにどんな意味が？」

「その金属を使った武器を使うと、実際のステータスに金属のステータスが上乗せされるとかですかね？」

そいつは実にありそうだ。

「剣ならそれでいいだろうが、それを銃弾や矢尻に使ったらどうなるんだ？」

弾丸の持つ基本的な破壊力は、結局のところ、弾頭の重さと射出速度によって決まる。弾丸の材質が変わってもその部分は変化しないはずだが、もしも威力が変わるのだとしたら、一体どういう理屈なのだろう。

「やってみないと分かりませんよ。他にも既存の金属と合金にしたらどうなるのかとか……」

「ステータスがあるものはダンジョンのものだ。もしも合金にしてステータスが引き継がれてみろ、どうなると思う？」

「スライムに捕捉されない物質が、地上で作れる……かも？」

「こいつは色々と……凄いな」

もしもそうなら、ウケモチ・システムの工学的領域の課題は、解決したも同然だ。

「もしかしたら経験値を得て成長する金属なんて線も！　興味は尽きません！」

ステータス計測デバイスで測れるかどうかは分からないが、〈鑑定〉があれば、ステータスの変化は知ることができる。くそ、滅茶苦茶面白そうだろ、これ。

「もしそうだとしたら、ダンジョン開発の救世主になるかもしれないな」

銃器が通用しなくなるのは、ステータスの成長に武器が付いていかないからだとされている。しかし武器自体が成長するなら話は別だ。成長するアサルトライフルなんて、実に厨二心がくすぐられる。

「しかし、誰がこんなものをドロップさせたんですかね？」

「そりゃ、プルトニウムをドロップさせに来た連中だろうが――何がどうなったらファンタジー金属がドロップすることになるんだ？」

確かにこの層にはトロルがいる。そういうのと初めて出会った探索者なら、有名なファンタジー作品のことを考えたりするかもしれない。だが、この層に来たやつは、物理量方式でプルトニウムをドロップさせに来たんじゃなかったのか？　何かそれと近しい元素なのか？

「実はいまだ作られていない超ウラン元素のどれかだとか」

「そんな物質が安定するとは思えない――」

それを聞いた三好が、慌てて〈収納庫〉から線量計を取り出した。もしも超ウラン元素だったりしたら、放射線がばりばり出ているだろうからだ。

「はー、どうやら大丈夫そうです」

「考えてみたら未知の物質なんだよな、これ」

「危うくキュリー夫人になるところでした」

キュリー夫人は、公には放射線被曝《ひばく》による健康被害について一度も認めなかったが、まだ危険性が知られていなかった放射能のせいで重度の放射線障害を煩っていたとされている。なにしろ、直筆の論文を直接読むためには放射線防護服が必要なくらいなのだ。

「ま、こいつらの正体はともかく――」

俺は密《ひそ》かに近づいてきていた、オオカミめいたモンスターに〈水魔法〉を打ち込んだ。ギャンという鳴き声と共に倒れたそれは、やがて黒い光に還元されると、黄色がかった金色のインゴットを後に残した。

「ダイアウルフですね」

それを拾い上げた三好がため息をついて言った。

「……オリハルコンだそうですよ」

プラトンが『クリティアス』で、アトランティスに存在した幻の金属だと書いたやつだ。

もっとも帝政ローマ期以降は、明確に真鍮《しんちゅう》のことを指しているとされているが、ダンジョン時代はどうなることやら……

「意味はまるで分からないが、とにかく二十四層でファンタジー金属がドロップすることは間違いなさそうだ」

おそらく、アダマンタイトやヒヒイロカネなどもドロップするのだろう。

「興味は尽きないが、そんな場合じゃない。とにかく二十五層に向かうぞ」

「後でもう一度来てみたいですね」

「平和になったらな」

現状、〈マイニング〉所持者の二十四層以降への立ち入りは禁止されている。これが一般に知られるのは、もう少し先になるだろう。

もちろんドロップさせたやつが発表しなければ、だが。

SECTION：

代々木ダンジョン 二十五層

二十五層も、上の二層と同様、ジャングルめいた場所だったが、入り口を出て少し行くと、木々が減り、底がやや乾燥している大きなすり鉢状の場所が姿を現した。

そのあちこちには、サーベルタイガーとトカゲを合成したような何かが闊歩《かっぽ》していた。

「なんだあれ？」

「資料によると、ゴルゴノプスだそうです」

「ダンジョンにとっちゃ、二億五千年前も現在も一緒くただな」

ゴルゴノプスは古生代にいたプレデターだ。

当時の食物連鎖の頂点近くにいたはずの生物で、それなりに素早く顎の力も強い。トカゲ類などと違って、温度を下げてもそれほど効果はないだろう。

だが、レッサーサラマンドラが十一層で、ゴルゴノプスが二十五層というのはどうなんだ。

もちろん、当時の能力のままここにいるかどうかは分からないが。

「フィクションもノンフィクションもごちゃまぜですからね」

「そりゃまあそうか」

あちこちを歩いているプレデターに、近づくのはちょっと嫌だった俺は、八センチの鉄球を取り出した。

「〈水魔法〉でも良くないですか？」

「あれな、あんまり距離があると威力や精度に不安があるんだよ」

なんというか、不完全なレーザー光が拡散する感じに近いように感じる。

「そういや、こいつを作ると一個一万二千円だって言ってたけど、砲丸投げ用の八・四センチ、二キロの練習球なら三千円くらいだったぞ」

「あれはちょっと強度が心配なんですよ」

「へー。鉄球じゃないんだ、あれ」

確かに比重を考えれば、鉄よりもずっと軽いことになる。何か調整されているのだろう。

俺は、小さく振りかぶると、一番近くにいるゴルゴノプスの頭をめがけてそれを投げた。

鉄球は、糸を引くように飛んで命中し、モンスターの頭がはぜた。

「二・一キロもある鉄球を投げて、肩を壊さないって凄いですよねー」

「砲丸投げの世界記録くらいなら簡単に出せそうだよな」

「野球投げは禁止ですよ、あれ」

三好がそう突っ込んだところで、目の前に金色の球体が現れた。

「え？　なんだこれ？」

一瞬またオリハルコンか？　とも思ったが、インゴットならともかくどうして球体なんだ？

「先輩！　それ、プルトニウムガリウム合金ですよ！」

な、なんだってー！　とかやってる場合じゃない。

「な、なんで金色なんだよ⁉」

「ご丁寧に金メッキされてるようですね」

「それって……もろ、プルトニウム型原爆のコアなんじゃ」

俺はそう言って、すばやく〈保管庫〉に格納した後、密閉する容器の中に取り出し、再び〈保管庫〉に格納した。〈保管庫〉内では時間の経過がないから、これで何があっても大丈夫だろう。

触れてはいないが、俺は手を洗って服を脱ぎ、それもまとめて〈保管庫〉に入れた。

「結局、たれ込み通りってことか」

すぐに録画して鳴瀬さんに連絡しなければと、三好を見ると、なんだか難しい顔をして考え込んでいた。

「どうした？」

「先輩。どこの誰だか知りませんが、連中はコアの形でドロップさせたんですよ」

「それが？」

「もしプルトニウムガリウム合金だけが必要なんだとしたら、インゴットの形でドロップさせた方が、持ち運びのことを考えても、ずっと便利です」

俺がドロップさせた金属類はすべてインゴット形式だった。それが普通の形で、取り扱いにも便利だと俺が考えていたからだろう。宝石の原石をドロップさせた六条さんは、自然な形が好きだからそうなったに違いない。

もしも球体でドロップさせるのが一番合理的な理由があるのだとしたら——

「まさか……すでに爆弾の外側は作られてる？」

「大きさが決まっている球体となると、他には思いつきませんね」

代々木から一度にこいつを大量に持ち出すのは無理だ。つまり、せいぜい一つか二つで良かったに違いない。だがもしもそうだとしたら——

「……それって、都内で爆弾が作られる可能性が高いってことだぞ？」

もしも国外に持ち出したいだけなら、やはりインゴットの形にした方が便利だ。いかにも邪魔な球体にする必要などないだろう。そうして国外で、爆弾のサイズに合わせて鋳造なりなんなりすればいいのだ。

今すぐに使いたい。

そうでなければ、球体などという形状でドロップさせるはずがない。

「球状プルトニウムの臨界量は十六キロくらいですから、サイズからいっても、タンパーが使用されるタイプでしょう」

タンパーを使用すると、爆弾のサイズを劇的に小さくできるが、製造は難しくなる。

「タンパーに使う劣化ウランはどうする？」

「千八百以上の企業や大学、それに個人がウランを所有している時代ですから。天然ウランや劣化ウランは、手に入れようと思えば、割と簡単に手に入ります」

なにしろヤフオク(注27)にウランが出品されちゃうくらいですからねと、三好は肩をすくめた。

ウランの所持や譲渡には原子炉等規制法に基づく許可が必要だが、天然ウランや劣化ウランは三百グラム以下なら、原子力規制委員会に年二回報告書を提出するだけで済むらしい。

「つまりガワだけなら、作ろうと思えば本当に作れるわけか」

　だが、一体、どこで？

「とにかく、このままダンジョンからコアを持ち出されたりしたら大事《おおごと》ですよ！」

「すぐに鳴瀬さんに連絡しておこうぜ」

　俺たちは、そこでビデオを回し、二十五層でドロップしたアイテムと、俺たちの予想を簡潔に説明すると、カヴァスにメモリカードを持たせて、アイスレムと入れ替えた。

「鳴瀬さんへの連絡も済んだし、これで依頼は完了だが……上も気になるし、急いで戻るか」

「先輩」

「なんだよ」

「まだ十時過ぎです。このままタイラー博士に会いに行きませんか」

「え？」

「今持ち出されようとしているプルトニウムは、私たちにはどうしようもありませんけど、これから持ち出されるかもしれないそれには、何らかの手当が必要じゃないですか？」

「言いたいことは分かるが……」

「ダンつくちゃんに連絡が付けば、もしかしたらドロップした鉱物をなかったことにしてもらえるかもしれませんよ」

「そんな都合のいいことができるか？」

「予想すらできない事柄は、やってみないと始まりませんって」

いや、それで取り返しのつかないことになったらどうするんだよ⁉

「なんという小並行」

「なんですそれ？」

「小学生並みの行動」

ただ、確かに彼は、すでにダンジョンの端末と言ってもいい存在だし、その上、人としての意識や思考も維持している。そこに賭けてみても、それほど分が悪いってこともないだろう。

「やることがないからって、ここでファンタジー金属をあさりに行く方がそれっぽいですよ！」

「仕方がない、コルヌコピアを授かった身として、多少は働きますかね」

利益はあるんだかないんだか分からないけれど。

「最速で館が出そうなのは、十層のスケルトンか。三好の鉄球で――」

「何言ってるんです。先輩が、シリウス・ノヴァを連発した方が早いに決まってます！」

「いや、あれ、他の探索者がいたらヤバいんじゃ……」

魔法が広がっていった先に探索者がいたら、大変なことになりそうな気がする。

「十層は、ルート以外に探索者なんかいるわけないですって」

（注27）　ヤフオクでウラン
二〇一七年十一月のこと。

いるわけないといないの間には、深くて広い川があるんだよ？

「それってリスク管理としては最低じゃね？」

俺は笑って、十層へと向かって走り始めた。

SECTION :

市ヶ谷 JDA本部 ダンジョン管理課

「課長！」

「なんだ、鳴瀬、そんなに慌てて」

「それどころじゃないんです！　例のいたずら電話ですが――」

「まさか……」

「本物でした」

美晴は、動画データを彼に渡しながら言った。

「今し方、二十五層から送られてきた連絡によると、ドロップしたのは、ソフトボールよりも小さい程度の、プルトニウムガリウム合金だそうです……」

「ソフトボール？　球体なのか？」

「どうやらそのようです。三好さんたちが出ダンすれば現物が見られると思いますが。その動画にも映っていました」

「球体か……こいつは、思ったよりも大事になりそうだが――」

斎賀はフロアで忙しそうに働いている部下の姿を見た。

「線量計は準備してあるが――うちのスタッフじゃどうにもならんな」

「マイニングチェッカーは、三好さんたちから預かっています」

「マイニングチェッカー？」

美晴は、昨日の朝早く、入ダンする前に預かった機器について斎賀に説明した。

それを聞いた斎賀は、内心頭を抱えていた。

「ステータス計測デバイスってのは、スキルの有無まで計測できるってわけか？」

「〈マイニング〉は特別だと伺いましたけど」

「〈マイニング〉の存在が検出できて、他のスキルが検出できない理由があるか？」

仮に現在検出できないのが本当だとしても、いずれは検出できるようになる可能性があるということだ。

「とにかくダンジョンゲートの内側に線量計とマイニングチェッカーを設置する。後は警察か」

ＪＤＡには逮捕権も捜査権もない。

線量計が大きな値を示せば、放射線発散処罰法で身柄の拘束も可能だろうが、〈マイニング〉を所持していると言うだけでは、警官なしで職質などできるはずがなかった。

だが普通に所轄へ連絡したところで、騒ぎになるだけでまともな対応が得られるかどうかは分からない。

ダンジョンから核爆弾のコアが持ち出される？　普通の警官がそれに対応できるだろうか？　おそらくは無理だ。だが、事ここに至っては、さすがに公安も動くだろう。

斎賀は、以前貰《もら》っていた、電話番号とメールアドレスだけが書かれた名刺を取り出すと、その番号を押し始めた。

「シリウス・ノヴァ！」

「おおー！」

地面に伏せている三好が、広がっていく光の輪を見ながら感嘆の声を上げた。

シリウス・ノヴァは、光のリングが広がって攻撃する関係上、ある程度リングの高さを設定できる。地上一メートルくらいの高さに設定してやれば、伏せている人間は安全なのだ。

誰もいない十層で、リングの到達距離を五十メートル程度に調整してやれば、討伐モンスター数は一瞬でそれなりの数値に跳ね上がる。とは言え何百体倒したところで、経験値的にはお察しください。

「だけど効率がいまいちですね」

最初はある程度モンスターがいるからましだが、一発撃ってしまえば、半径五十メートルにもう一度モンスターがたまるまでに結構な時間がかかる。

夜だから、周囲から集まってくると言えば集まってくるのだが、あいつらは足が遅い。殲滅《せんめつ》に時間がかかるなら、徐々に数も増えていくだろうが、一気に倒してしまえば、空白地帯がモンスターで埋まるまでにはそれなりの時間が必要だった。

単位時間あたりの経験値効率なら、ドリーの中からアルスルズ方式で一体ずつ倒す方がはるかにましだろう。

撃って、百メートル移動して、また撃ってを繰り返せれば、この方式も悪くはないのだが、ゾンビの中には最初から這《は》いずっているやつや、今まさに登場しかかっているようなやつがいて、意外とリングをすり抜けてくるから気が抜けない。

しかもスケルトンの数は、ゾンビに比べれば元々少なかった。

「これ、館が出るのが、日が変わる直前になったりしたらヤバいんじゃないか？」

なにしろ一度館を出したモンスターは、二度と館を出さなくなるのだ。もしここでそんなことが起こったら、もはや大量に湧くモンスターには心当たりがなくなってしまう。次に館を出現させるのは一日がかりの仕事になるだろう。

「今のペースなら、一時間くらいは余裕があると思いますけど……」

「物欲フラグが、スケルトンを出現させなくなるようなことがないといいな」

三百七十三体は、思っていたよりも大変だ。一時間に百体倒しても、四時間弱かかるのだ。

「ゾンビにしてもスライムにしても、今まではうじゃうじゃ湧いてるやつでしたからね」

三好は俺の周りに散らばるポーション（1）やスケルトンの骨や魔結晶を拾い集めながら、時折顔を出すアルスルズの口の中にそれを放り込んだりしていた。

きっと超過勤務手当ってやつだろう。

スキルオーブ取得の画面も何度か表示されたが、相手はゾンビとスケルトンだ。〈腐敗〉も〈感染〉も〈不死〉も使いようがないから、結果〈生命探知〉と〈魔法耐性（1）〉しか選びようがないのだが、〈生命探知〉のクールタイムは四時間四十八分で、〈魔法耐性（1）〉に至っては七日も先だ。要するに「もったいねぇ！」なのである。

　結局、ゾンビとスケルトンそれぞれの〈生命探知〉が一つずつと、魔法耐性（1）を一つしか得ることができなかった。

「そういや、以前ゾンビの選択ウィンドウが二つ開いたとき、両方で、同時に〈生命探知〉がゲットできたような気が……」

「クールタイムって、オーブの選択ウィンドウが開いたときに設定されるってことですか⁉」

「そんな気がする」

「じゃあ、選択ウィンドウを開きっぱなしにして、決定しなければ〈保管庫〉も取り放題？」

「いや、それじゃまるでバグだろ」

「フィックスされるまでは利用されるのがバグってものですよ」

　なんだそのマンチキンっぽい発想は。

「BANされるんじゃないの、それ」

　垢BANされて、二度とダンジョンに入れなくなったりしたら大事だ。

「だけど一度やったにもかかわらず、フィックスもされていなければ、BANもされていませんし、警告すら来てないんですから、それって仕様ってことなのでは？」

「そうかぁ？」

「どうせついでなんですから、実験してみましょう！」

　仕方なく俺は、次の選択ウィンドウが出たとき、選択せずに放置してみた。こんなことは今しかできないからだ。すると——


「ああ⁉」

「え？　なんです？　どうなりました？」

「三好くん。大変残念なお知らせがあります」

「ええ？」

「放置された選択ウィンドウは、しばらくすると消えるようです」

「ええー？」


　今までで最も長い時間放置したのは、おそらく初めてさまよえる館が出現したときの、アイボールだろう。選択どころじゃなくて逃げていたときだ。それでもすでに尖塔《せんとう》の鐘が鳴り始めていたから、選択までの時間は一分程度、長くても二分もかかっていないはずだ。

　二つの選択ウィンドウで選択したときは、戦っていた連中が山ほどモンスターを引きつけていた。その上シリウス・ノヴァを初めて使ったときだから、おそらく最大到達距離でぶっ放したはずだ。下一桁が、ほとんど九十九に近かったとすればありえなくもないだろう。

　つまりこの仕様？は、ほとんど二分弱の間に、百匹のモンスターを倒さなければ意味がないってことだ。つまり——


「利用するのは、まず無理だな」

「残念です」

三好がそういった瞬間、辺りにいたモンスターたちが消失した。

SECTION：

代々木ダンジョン　地上　ゲート内

『隊長！』

一層から地上へと上がるスロープの途中で、先行していたスカウトが戻ってきた。

『どうした？』

『ゲート前が、どうも嫌な感じです』

『嫌な感じだ？』

その曖昧な報告にラーテルは左の眉を上げたが、すぐにその状況を確認してきたイークスが、彼に詳細を告げた。

『どうやらあれは線量計ですね』

『なんだと？』

ダンジョンの出口に線量計？　いくら何でも手回しが良すぎる。しかもピンポイントだ。

しかもそろそろ真夜中だ。

人も少ない時間だというのに、数人の男たちが計測器を前に陣取っているようだった。

『バーストがコアをドロップさせたのは、大体三十三時間から三十四時間前ってところです。俺たちよりも先に、そのことを地上に伝えるのは普通なら不可能です』

そもそも〈マイニング〉保持者は、ＪＤＡの許可なく二十四層以降へ下りることはできない。

お行儀のいい連中がそれをちゃんと守っている以上、二十五層でコアがドロップすることなど、誰にも知りようがないはずだ。

仮になんらかの理由で知られたのだとしても、ダンジョン内から連絡する手段はない。

軍の通信部隊めいた連中も見かけなかったし、この状況で、自分たちよりも早く上がってくるなどということは、ほとんど不可能だ。

つまり、あらかじめ俺たちの行動を漏らしたやつがいるってことだ。

『今回のミッションの内容を知っているのは？』

ラーテルの言葉にファシーラが答えた。

『ここにいるメンバーを除けば、表にいるショーファーと、後から来るバースト、後は――』

『依頼者とデヴィッドか』

自分たちのメンバーを信じるなら、依頼者かデヴィッドから漏れたってことだ。だが、半分は前金で振り込まれている。俺たちをはめるためだけに高い金を払って依頼するというのもピンとこない。それなら成功報酬にすればいいし、それが普通の対応だ。

デヴィッドにしても、〈マイニング〉の手配から武器の調達まで結構な金を使っている。それにあいつのイカれた目的は、やつの弁を信じるなら悪徳をなすことだ。ここで俺たちをはめたところで、大して神の庭を穢《けが》すことにはならないだろう。

どちらかから漏れたにしても、リークする動機がよく分からない。

『隊長。誰かに恨まれるようなことをやったんですか？』

『心当たりがありすぎて分からんな。だがターゲットが俺とは限らんだろう？』

お前じゃないのとばかりに、ラーテルが言うと、ファシーラは笑って答えた。

『心当たりがありすぎて分かりませんね』

隊長と副隊長の馬鹿話を黙って聞いていたスカウトだったが、そろそろ指針を示してもらわなければ困る。

『ブッを一層に捨てるって手もありますが』

その言葉に、ラーテルは一瞬だけ腕を組んで考えるそぶりを見せたが、すぐにそれをほどくと、

『裏切ったのが誰だろうと、俺たちをコケにしたやつは許さん』と言った。

『ブツは？』

ラーテルは、一瞬目を細めたが、すぐににやりと笑みを浮かべた。

『目的地まで運ぶぞ』

『正気ですかい？』

ファシーラが、出口の警備を指して言った。

『なんとかしろ』

『勘弁してくださいよ……ここは中東とは違うんですぜ』

相変わらず滅茶苦茶だが、これがラーテルだ。

そしてその滅茶苦茶は、どういうわけか後になってみれば正しいやり方だったことが分かるのだ。

それがセンスというやつなのだろう。

それに、ブツを捨ててここを躲したところで、後から来るバーストが挙げられることは間違いない。突然の来日だったこともあって、あいつが使っているWDAカードは他人のもので、そいつはすでにこの世にいないのだ。発覚する頃にはとっくに異国の空の下のはずが、どういうわけかすでに手が回っているとは。

無理難題を押しつけられたファシーラは、急遽《きゅうきょ》一つの作戦を立案した。

『いいだろう。どうせヤバいなら、とことんまでやったところで同じだ』

ラーテルが、その危うい計画にGOを出すと、情けなさそうな声でスカウトが嘆いた。

『隊長ぉ、こんな極東の島国で死ぬのは勘弁してほしいんですが』

『確かにこの国は平和すぎて腐りそうですからね』

日系のシュートが、昔のことを思い出して顔をしかめながら感想を漏らすと、冗談だか本気だか分からない様子でイークスが応えた。

『死んじまったら放っておいても腐るだろうから心配するな』

自分のチームのいつもの様子に、ラーテルは満足げにして、ファシーラに尋ねた。

『コアのシールは?』

『そこは問題ないはずです』

『なら行くか。堂々としてろ』

『了解』

彼らは、規則通り武器を預けると、ゲートに向かって歩き始めた。

§

その日、内調の連絡を受けて、公安部の外事第四課から派遣されてきた若手の二人は、ダンジョンの出口で線量計と、よく分からないスピードガンのようなアイテムを前に座ってノートPCを覗き込んでいるJDAの職員と共に、出ダンしてくる探索者たちを見張っていた。

「外国人の一行か。線量は？」

二人のうち、樺島《かばしま》と呼ばれていた男がJDAの職員に尋ねた。

「線量は正常、〈マイニング〉の反応もありません」

「ふむ」

被疑者はコーカソイドだと聞いた。だが一言でコーカソイドと言っても、その範囲は広い。外国人だからという理由で職質をすると差別だと騒ぐ輩《やから》も多いが、問題の内容からそんなことを気にしている場合ではなかった。

外事第四課は、国際テロリズムの専門家で、主にイランのスパイに関する捜査・情報収集を行う部署だが。国際テロリストとしての活動がなかったラーテルたちの顔を、若手の二人は不幸にも知らなかった。

樺島は通り過ぎようとするファシーラを遮って言った。

『失礼』

『何かご用ですか?』

『いえ、少し持ち物を拝見させていただきたくて』

そう言って樺島は身分証明書を見せた。

『警察の方? どうしてです?』

ちらりとラーテルの方を見ると、もう一人の男の検査をおとなしく受けていた。

『少し事件がありまして、捜査にご協力をお願いします』

そう言われたファシーラは、樺島に顔を寄せて耳打ちするように囁《ささや》いた。

『協力するのは構わないが、確認は別室でお願いしたい』

『なぜです?』

『ここだけの話ですが――実はスキルオーブを持っています』

『え?』

『ご内密に』

スキルオーブの高価さは、いまさら語ることもなく広く知られている。しかもDカードを所有していれば誰でも触るだけでそれを使用することができるのだ。

ここにいる者は全員がDカードを取得しているはずだし、いかに深夜で人が少ないと言っても、公衆の面前でそれをさらすということは、不正使用される可能性や、後々奪われる可能性など、色々な危険性を秘めていた。

『あー……承知しました。正田《しょうだ》、ここは任せる』

『了解』

正田と呼ばれた男はチラリと樺島を見ただけで、もくもくとラーテルたちの持ち物検査を行っていた。

§

『ここならいいでしょう？』

ステータス計測サービスが始まってまだ五日、ゲート内の建屋には、夜遅いにもかかわらず、何人かの探索者たちがたむろしていた。

そういった連中を避けて、二階へと上がった二人は、待機室に指定されていた、無人の小さな部屋へと入ると部屋の電灯のスイッチを入れた。

『もちろんです』

そう言ってファシーラは所持品を並べ始めた。

それを手早く確認していた樺島だったが、ソフトボールが入りそうな二つの箱を見つけると『これが？』と訊いた。

『はい』

『二つもあるんですか？』

『片方は空ですよ』とファシーラが笑った。

『中を確認しても』

『どうしても？』

『申し訳ありませんが』

『分かりました。ですが、絶対に触れないでくださいね』

『それはもう』

樺島がそう確約すると、ファシーラがそれを持って樺島の隣に立ち、彼の前に箱を置いた。樺島は、手元にその箱を引き寄せて、それを開け、目を見開いた瞬間——

ゴキリと何かが折れる音がして、彼の視界が暗転した。

『あまりしつこいと、長生きできませんぜ』

後ろから樺島の頭と顎を押さえてひねり、頸骨を砕いたファシーラは、素早く所持品を集めると、樺島の死体をロッカーに押し込んだ。

そうして、ロッカーの内側に設置されていた鏡で軽く身だしなみを整えると、静かにその扉を閉めて、明かりを消した。

§

一人で戻ってきたファシーラを見て、正田は少し眉をひそめた。

『一緒に行った男はどうしました？』

『ああ、ちょっとトイレに行ってくるとか言ってましたからすぐに戻ってくるのでは』

『しょうがないやつだな』

『行っても？』

ファシーラが表を指差して言った。

同行していた男たちの持ち物には問題がなかったし、非常に協力的でもあったため、彼はすぐに頷《うなず》いた。

『え？　ああ、ご協力ありがとうございました』

『いえいえ、ご苦労さまでした』

§

足早にエントランスを抜けて代々木ダンジョンの敷地を出ると、そこにはすでにラーテルたちが乗り込んだ大型のミニバンが横付けされていた。

『よう、どうだった？』

『くくく、日本は平和ですなぁ』

　ファシーラは、ラーテルの隣に滑り込むと、自分の首を両手でひねるようなポーズをしながらそう言った。

『まったくだな。だがあまり時間はなさそうだ』

　そうして彼らを乗せたミニバンは、なめらかに走り出した。

SECTION：
代々木ダンジョン　十層　さまよえる館

「さすがに三度目ともなれば、多少は慣れるか」

俺たちは、いつもと同じ様子で突然現れた館に向かい、いつもと同じ鉄の門を押して、いつもと同じキィーという効果音を聞いていた。

「今度油さしといてやるか」

「余裕ですね」

「責任が大きすぎて、ちびりそうなんだよ」

外から見上げたその館は、スタンダードなマナーハウスのようだった。

当時のマナーハウスは上に行くほど、下っ端の従業員の部屋になっているはずだから、書斎はせいぜい二階だろう。

もっとも二階建てに見える家なので、一階かもしれないが、前回覗いた限りでは、一階にそんな部屋はなさそうだった。

「実はあの本棚がびっしりあった正面玄関のロビーが書斎を兼ねてたりしません？」

「そんなマナーハウスがあるかよ。それじゃマニアハウスだろ」

碑文の代わりに、ウィーンとせり上がってくるタイラー博士。うーん、それはそれでアリかもしれない。

初回はムニンとガーゴイルとモノアイがお出迎えしてくれたが、二回目は、ふらふらと歩き回る使用人たちだった。モノアイたちは、なんと使用人の体の中にいた。

今回は——

「二回目と一回目の合わせ技か？」

修理は終わったと言わんばかりに、屋根の上のガーゴイルはこちらを見ているし、軒下のモノアイたちも健在のようだ。ムニンかどうかは分からないが、カラス然とした鳥も、かなり離れた位置にある葉のない木の上で群れていて、時折数羽が飛び立ったり戻って来たりしていた。

そして館のあちこちでは、使用人と思しきゴーストたちが、ふらふらと歩いている。

「十全十美というか、満漢全席というか」

「どっちも間違ってるだろ……」

「で、正面玄関から？」

「いや、二回目と同じルートで勝手口からいこう。後は——頼んだぞ、ロザリオ」

そう言うと、バックパックの中から、ピルルルと小さな声が聞こえた。

§

屋敷の勝手口を開けて館内に入った俺たちは、ロザリオの案内で歩いていた。

どう見ても直線の廊下なのだから、二階へ上がって、まっすぐ進めばいいようなものだが、ロザリオがとったルートは、あちこちの階段を上がったり下りたりする奇妙なものだった。

しかも――

「先輩。さっき、上がって上がって上がって、さらにもう一度上がりませんでした？」

「気にするな。気にしたら負けだ」

何と勝負をしているんだと言われそうだが、精神の安定のために、それは必要なことなのだ。

「ルートそのものが、何らかの呪術的な文様になってるなんてありがちだろ」

「そのほかのルートじゃ辿り着けないってことですか？」

「たぶんな」

二階は二階でも、同じ二階とは限らないってことだろう。量子ビットさながら、いくつかの二階が重なって存在していて、どの二階が有効になるのかはルートに依存している。マクロの世界でそんなことが起こったら、世界の秩序が崩壊しそうだが、ここは異界だ。うん、だから何でもありなのだ。

「だけど、それと、四回階段を上がるのは別の話のような……」

「気にするな。気にしたら負けだ」

俺たちは額に嫌な汗を浮かべながら、ロザリオの後ろを足早に付いていった。

そうしてついに、彼女は一枚のドアの前に舞い降りると、こつこつとくちばしで床を小さく二回叩いた。

「あれも、なにかのお呪《まじな》いですか?」

「いや、さすがにそれは……」

だがヨーロッパには、お呪いに木を叩く風習がある。あながちないとも言えないだろう。

ともあれここが終点らしい。

「時間は?」

「まだ大丈夫です」

ノックをするべきかどうか迷ったが、正面に立っただけで、扉は俺たちを迎え入れるように内側に向かって開いた。

「正面玄関といい、ここといい、サービス精神にあふれた館だよな」

俺は内心ビビりながら、それを冗談でごまかした。

室内に入ると、そこは確かに書斎のようだった。

左の壁には書棚が、そして右の壁には大きな絵が一枚かかっていて、その絵の左上には文字がフランス語で書かれていた。

D'où Venons Nous
Que Sommes Nous
Où Allons Nous
「我々はどこから来たのか　我々は何者か　我々はどこへ行くのか、か」

それはあまりにも有名なゴーギャンの代表作だった。

「我々って、人類ですかね？　それともダンつくちゃんたち？」

「それはなんとも難しい問題だな」

ゴーギャンが思い描いていたのは、自分を含めた人類のことだろうが、この絵がここに掛けられた瞬間、その意味は曖昧になっていく。

「しかしよくできた複製だな……」

俺がそう言って振り返ると、三好は真面目な顔つきで、真剣に絵を見つめていた。

「どした？」

「先輩……これ、本物ですよ」

「本物!?　お前、本物を見たことがあるのか？」

「中二のゴールデンウィークに、名古屋ボストン美術館に連れて行ってもらいました」

名古屋ボストン美術館は、ボストン美術館の姉妹館で、展示品はすべてボストン美術館のものらしい。残念ながら去年の十月に閉館するまで行ったことはなかったが。

「日本に来たことがあったのか。いや、それにしたって素人が――〈鑑定〉か？」

三好は小さく頷いた。

「……〈鑑定〉って、美術品の真贋《しんがん》まで分かるのか？」

「いえ、ダンジョンに関連する物以外は、もっと分析的なはずなんですが……」

つまり、使われている絵の具の年代のような、現代でも分析機器を使用して分かるような内容は、意識すれば分かることがあるが、総体としての真贋は表示されないということらしい。

「だが、こいつが本物だとすると、ボストン美術館のやつは——」

「いや、もちろんそちらが真作だよ」

入り口の正面から掛けられた声に振り向くと、いつのまにか、使い込まれて飴色《あめいろ》になった机の向こう側の重厚な椅子に腰かけて何かを読んでいたタイラー博士が、顔を上げてこちらを見ていた。入室したとき、そこには誰もいなかったような……

「そいつはよくできた複製さ。ただし、素粒子レベルで本物と同じだがね」

つまりダンジョン的には本物ってことか。

人はシングルトンで作成するくせに物の複製がＯＫなのは、精神的な活動がないからだろうか。作者の魂が絵に宿っていたとしても、それは物理的な絵画に閉じ込められている静的な何かだ。

「量子的な揺らぎがどうなっているのかは分からないが——」

そう言って、パタンと本を閉じて立ち上がった博士は、部屋のまんなかに据えられているソファセットに座るように、右の掌でそれを指した。

「ようこそ、書斎へ」

言われた通りに腰かけると、彼は、ワゴンに用意されていたティーセットから紅茶を注いで、それを俺たちの前に置いてから、自分も向かいの席に腰かけた。

カップから、フルーティで甘い香りが立ち上る。

俺は、揺れ動きながら光を反射させている紅茶の表面をしばらく見つめた後、それを指さし、冗談めかして三好に言った。

「これを飲んだら、元の世界に帰れなくなるなんてオチはないよな？」

それを聞いた博士は笑いながら、自分のカップに口をつけた。

いや、あなたはここの住人でしょう。何の証明にもならないから。

「ここはカムイコタンじゃないし、ペルセポネもイザナミも残念ながら訪れたことはないよ。来ればきっと、ゴパルダラの茶葉が気に入ると思うんだがね」

「ゴパルダラ？」

「ダージリン地方でも高地にある農園です。色合いと時期からしてオータムナルですね」

ついでに三好が小声で教えてくれたところによると、その意味は「ゴパルの泉の水」で、ついでにゴパルってのは神様の子供らしい。

「入れたてはフルーティで甘い香りが立ち上がるが、しばらくすると、花の香りが現れるよ」

「タイラー博士って、紅茶通なんですか？」

三好の問いに、彼は笑って、「私は研究以外はどうでもいいという、いかにもなタイプだと思うね」と答えた。

どうやら紅茶は、この館の持ち主だった彼の祖母の趣味らしかった。記憶と体験からの再現ってことだろう。

しかし、神の子供の泉の水ね。

黄泉戸喫《よもつへぐい》の危険性は穏便に避けておきたいし、それにいかにもなタイプならこれだろう。

俺は自分の〈保管庫〉から、三本の赤い缶を取り出してテーブルの上に置いた。

こいつとピザの誘惑に勝てるアメリカの研究者はいない（偏見）

「ほう」

博士はその缶を見て、一言だけそう漏らした。

俺はそれを彼の前へと差し出した。

「瓶であればさらにいいんだが」

そう言いながらプルタブを引っ張った博士は、キンキンに冷えたそれを喉に流し込んだ。

コカ・コーラ。

それは彼らのソウルフードなのだ（偏見）

「それで、わざわざここまで来たからには、なにか用があるんだろう？」

ひとしきりそれを楽しんで、小さなげっぷを出した博士は、そう切り出してきた。

俺は、今までの経緯を彼に説明した。もっとも彼がそれを知っていた可能性は高いが。

「そいつは無理な相談だね。一度設定されたルールは、簡単には変えられない」

「ルール？」

一体どこのどいつが、そんなルールを設定してるんだ？

「じゃあ、二十五層の鉱物ドロップは、今後もプルトニウムガリウム合金であり続ける？」

タイラー博士は、仕方ないねとばかりに肩をすくめて見せた。

「そんな……」

少しは期待していただけに、俺たちの落胆は大きかった。

それに、こんなことが大っぴらになったら、世界中の核テロリストたちが、代々木にわんさと押しかけてくることは間違いない。

「先輩……」

三好が難しそうな顔を作って、俺に声を掛けた。

「な、なんだよ」

俺はこの顔をよく知っている。

大抵それは、とんでもないことを言い出す前兆だ。非常に、ひっじょーに危険な香りがする。むしろ諦めて肩を落とす方がずっとましなくらいだ。

「こうなったらもう、別のルールを設定するしかありませんよ」

「別のルールだ？」

現在のルールが覆せないのなら、そのルールに抵触しないように新しいルールを作って対応するというのは分かる。徴税に関わる人間の得意技だ。

だが、プルトニウムのドロップを止められない前提で、一体どんなルールを追加するつもりなんだ、こいつ。

さらに膨らんでいく嫌な予感にさいなまれながら、俺は仕方なく訊いた。

「どんな？」

「いいですか、先輩。最大の問題はドロップしちゃいけないものがドロップすることです」

「まあな」

「なら、プルトニウムそのものをなくしちゃえば解決ですよ！」

それを聞いて俺はがっくりと膝をついた。何を言い出すんだこいつ。

そもそもそんなこと、できるはずが……いや、スライムはどんな物でも分解する。つまりはそういった技術はすでにあるということか。

それに、横浜で自分たちの身に起きたことを考えれば、もっとフレキシブルなことも、もっと大規模なこともできるのかもしれない。とは言え――

「特定の元素を、地球から消去する権利なんて、俺たちにあるはずないだろ！」

「うーん。でも元々存在していないような元素ですし」

確かに、プルトニウムは自然界にはほとんど存在していない。それどころかないも同然だ。しかし、問題はそこじゃないのだ。

「アホか！　原子核物理学が滅茶苦茶になるだろうが！」

なにしろプルトニウムよりも後ろの原子番号を持った超ウラン元素は、プルトニウム２３９に中性子捕獲させることで質量数を増加させ、それがβ崩壊することで作られるアメリシウムが最初のとっかかりになることが多い。

同様にアメリシウムからキュリウムが作られ、それらがそれ以降の超ウラン元素や超アクチノイド元素のベースになっている。

「どうせ最後は、質量数２０６から２０８の鉛か、タリウム２０５になっちゃうんですから、それに置き換えちゃえば良くないですか？」

「いいわけないだろ……」

そうなるまでに本来何年かかると思ってるんだ。ビスマス209の半分がタリウム205になるのにかかる時間は千九百京年前後、宇宙の年齢よりもはるかに長いんだぞ……しかも途中で生成される放射性同位体は、医療の現場で使われていたりするのだ。

「でもでも先輩。全人類相手にアンケートしたら、プルトニウム239だとか、ウラン235なんてなくなっちまえって思ってる人って結構いそうじゃないですか」

ダンジョンは全人類アンケートみたいなものだってか。確かにそういう一面もないとは言えないが……それにしても――

「いくらなんでも短絡的すぎる」

「むー」

「だが、消してしまうという方向か……」

「じゃあ、いっそのこと、二十五層でドロップするプルトニウムガリウム合金だけを対象にするのはどうです？　それで代々木の問題は解決です」

「そりゃそうかもしれんが……そんなの区別できるんですか？」

そんなことができるのかどうか俺たちには分からないが、少なくともここにはタイラー博士がいるのだ。分からないことは訊けばいい。

「ダンジョン内にあるものという前提条件ならともかく、一度持ち出されてしまえば、それがダンジョン内で生成された物質かどうかを識別するのは困難だね」

スライムが外から持ち込まれた物質だけを分解している以上、ダンジョン内の物質と外部から持ち込まれたそれは区別されているはずだ。そして、物質そのもので判断できない場合は、それがダンジョンに管理されているかどうかで判断されているということだろう。

つまり、オレンジや麦もリポップさせてしまえば、採取されたものは、スライムの捕食対象になるということだ。

「なら、例の鉄なんかも、ダンジョンの管理から外れた時点で、ダンジョン内アイテムとしての性質が失われる可能性が高いな」

それが、ドロップした時点なのか、持ち出された時点かは分からないが、グレン・ランバージャックの看板を見る限り、おそらくは後者だろう。

「ダンジョン内工場か、ファンタジー金属の合金に賭けるしかありませんね」

ダンジョンから産出した鉄を、ダンジョン内で釘に加工した場合、その釘がダンジョン内アイテムとみなされるかどうかは未知数だが、ファンタジー金属ならば、ステータスがあるという一点で、ダンジョン内のアイテムであることは明白だからだ。

「なら、もう一つ教えてください。物質を指定して——例えば、プルトニウムガリウム合金を分解してしまうなんてことができるんですか？」

タイラー博士はしばらく何かを考えた後、静かに言った。

「可能と言えば、可能だ」

「ええ⁉」

「何ですか先輩、訊いておいてそれは。ちょっと微妙な言い回しですけど可能なんですよ？」

「いやお前、考えても見ろよ。もしもそんなことができるのなら、地球から鉄をなくしちゃうことだってできるってことだろうが……」

「それは文明が崩壊しちゃいますね」

「文明どころか、地球が崩壊するだろ！」

文明以前に、地球の核は、ほとんどが鉄からできているとされている。もしもこれが消失したりしたら、地上もただではすまないだろう。人類の絶滅待ったなしだ。

「面白い発想だが――」

「面白くありませんよ！」

「地球質量の、約三割が鉄だと言われているからね、概算でも一・八×十の二十一乗トン弱だ。現時点で、そんな量の物質を分解できるほど、Ｄファクターは存在しないよ」

「現時点って……」

「とにかくプルトニウムガリウム合金の消去は可能なんですよ、先輩」

鉄に比べれば、プルトニウムガリウム合金の量など微々たるものだからだろう。

代々木ダンジョン内において、プルトニウムガリウム合金の存在を消去してしまえば、二十五層でドロップしたところで、それを持ち帰ることはできない。すでに持ち出されたものはどうにもならないが、それはドロップを禁止したところで同じことだ。

「仮にそれで何とかなったとしても、ダンジョンは世界中にあるんだぞ？　今後も同じことが繰り返されない保証はないどころか、絶対に繰り返すやつが出てくるだろ」

二十層以降までクリアされているダンジョンがどのくらいあるのか知らないが、仮に代々木で失敗したとしても、別のダンジョンで同じことが繰り返されることは間違いない。

「訪れる可能性がある未来は、いずれ必ず訪れますからね」

つまりこれを防ぐには、訪れる可能性がなくなればいいわけだ。

「今後、ウラン以上の質量数を持った物質はドロップしないようにできればなぁ……」

「ではそうしようか？」

「は？　今なんて？」

「そうしようかと言ったんだが」

「そうって……」

「ルールはまだ作られていない。君たちと人類がそれを望むなら、ね」

俺と三好は思わず顔を見合わせた。ルールはまだ作られていない？

「自然科学ってのは、世界の神秘を解き明かす魔法じゃなかったっけ？」

「いつから世界の神秘を作り出す魔法になったんですかね？」

「それがパイオニアに与えられた特権と言えば特権だ。君たち探索者が形作ってきたフロアも数多くあるだろう？」

まさか、最初にそこに下り立ったものがフロアを収束させるのってマジだったのかよ……

「なるほど、ケニア山ができるわけです」

「誰だよ、十層を収束させたやつは」

　俺は壁に掛かっている大きな絵を見ながら呟いた。

「Où Allons Nous（我々はどこへ行くのか）か……」

　それは人類自身が決めることだ。

　実際にどういうルールが追加されるのか、どういうルールなら追加できるのか、細かいことは分からない。だが、俺たちの希望は伝えたのだ、これ以上できることはないだろう。

「今後のことはそれでいいとしても、だ」

「問題は今回ですよ」

　連中がコアの形でドロップさせた以上、三好も俺もそれがすぐに使われる可能性があると考えている。つまりはこの東京でだ。

「東京とか、日本国内とか、範囲を指定して消去すればどうです？　それなら世界の安全保障には大きな影響を与えなくても済むんじゃないですか？　建前上国内に核兵器はありませんし」

　確かに俺もそれは考えた。

　消去を代々木ダンジョン内に限定できるなら、森の王の力の及ぶ範囲が森に限定されるなら、何らかの範囲内だけに影響を与えることもできるのではないか？　仮にそれが国境だとしても。

　だが――

「いいか、三好。もしも本当に世界からプルトニウムガリウム合金を消去できるとしたら、現在存在しているプルトニウム型の核兵器は、世の中から完全になくなるってことだ」

もちろんそうなったとき、現在の核保有国は、インジウムやタリウムを始めとする金属を使って、もう一度それをゼロから作りだそうとするかもしれないが。

「そうですね」

「それが世界で一斉に起こらず、日本でだけ起こったらどうなると思う？」

世界は旧世界の常識で動いていて、日本だけがパラダイムシフトを起こすのだ。

「うーん……日本だけ永遠に核兵器を持てなくなる？」

「そうだな。それだけなら、それが憲法によるか物理現象によるかの違いだけで、今と大して変わらないように思えるかもしれないが……実はそれは、日本にだけ旧来の兵器が通用しなくなることを意味してるのさ」

「へ？　あ、そうか！」

日本の領内ではプルトニウムガリウム合金が物理的に消失する。

たとえ飛んでくるミサイルにそれが搭載されていたとしてもだ。

すべての核兵器は、日本国内だと思われる場所に入った途端、突然不発になるのだ。多弾頭だろうが極超音速だろうが、そんな技術にはなんの関係もなく、すべての核兵器が無効になる国。

「もしも日本が完璧なミサイルディフェンス網を構築して、それを実戦配備したとしたら、世界はどうするかな？」

機能するかどうかも定かでないＴＨＡＡＤ(注28)を配備しようとしただけで、敏感に反応して強硬な態度をとる国すらあるのだ。それが突然完璧なミサイルディフェンス網を持つ？　そういう国にとっては、まさに悪夢と言っていいだろう。

「こいつを日本国内に限定すると、結果としてそれと同じことが起こるんだ」

「一方的に核攻撃ができる国の誕生ですね」

「可能性の上ではな」

だが世界の安全保障は、常に可能性を気にしている。もしくは可能性を盾に要求を呑ませようとしているのだ。疑えば疑える。それがとても都合がいい領域があるわけだ。

「なら一度だけ日本国内のそれを消去して、あとは今まで通りってのは——」

「それはルールとは言わないよ」

タイラー博士が苦笑しながらそう言った。まあ、そんなことが許されるなら、ルールをひっくり返すことも簡単だろうからな。

「むー……確かに、世界が一斉にそうなった方がましな気がしてきました」

「だろ。だけど、それを俺たちが決める？」

いや、無理だろ。

「第一先輩、もしそんなことになったら世界の安全保障がひっくり返りますよ」

「分かってる」

現代の核兵器は、ほぼすべてがプルトニウム型だ。少なくともアメリカはすべてがそうだということになっている。だが、世の中には、ごくわずかだとはいえ、ウラン２３５を利用した核兵器が存在するのだ。

アメリカがすべての核兵器を失った瞬間、高濃縮ウランを利用した核兵器が、今とは違った意味を持つことは間違いない。

「そのトリガーを、お前、引けるか？」

「もうベッドで頭から布団をかぶって何もしたくない気分です」

現代の情勢や倫理観なら、たとえアメリカがすべての核兵器を失う瞬間があったとしても、それを理由にアメリカに戦争を仕掛けるような国はないと信じたい。だが、長期に亘ってそれを利用しないなどということはあり得ないだろう。

「それを避けようとしたら、高濃縮ウランも対象にするしかないぞ……」

「一般的な軽水炉の燃料に含まれるウラン２３５は、三パーセントから五パーセントですから、十パーセント以上を分解しても、原発への影響はないはずですけど」

プルトニウムガリウム合金と違って、物質の濃度なんか対象にできるのだろうか。仮にできたとして、それを浅い知識しかない俺たちが勝手に決めてもいいのだろうか。

「きーめーらーれーるーわーけーーーーないだろ!!」

「先輩が、切れた！」

（注28）THAAD
Terminal High Altitude Area Defense missile.
終末高高度防衛ミサイルのこと。

「いいか！　俺たちは永世世界大統領でもなければ、地球の独裁者でもないんだ！　そこらを歩いている人たちと同じ、ただの一般人！　東京の命運も、日本の命運も、世界の命運も関係ない、運命に翻弄される小舟のような一般人なの‼」

「で、どうします？」

はぁはぁと肩で息をしている俺に、三好が冷静にツッコミを入れてきた。くそっ。

「どうもこうもあるか。この場で決められるようなことじゃないだろ」

「政府に任せたりしたら、おそらく取り返しがつかなくなるまで決められませんよ」

横浜のときもそうだったらしい。

「分かってる」

こんな決定が下せるのは、しがらみも知識もない浅薄な一般人だけだろう。しかも自分の命が懸かっているならなおさらだ。分かってるよ！

「ギリギリまで状況を見極めたいってことですか？」

三好が何かを考えるように、そう言った。

「？　まあ、そうできるならそうしたいよ」

先送りは、それで人生が豊かになったりはしないが、今の苦境から逃れるだけなら、それなりにいい選択だ。もしかしたら選択する必要がない未来だってあり得るのだ。遅延評価万歳。

「それで、どうするね？」

俺たちの様子を、クスクスと笑いながら見ていた博士が、そう尋ねた。いい性格してるよ、まったく。

三好は、博士の質問に答えず、〈収納庫〉に用意していたクラムシェル型のノートPCを取り出した。

「それは？」

「たぶんダンつくちゃんが、今、一番欲しいもの、だと思いますよ」

そう言ってノートPCを机の上に置いた。

「なかなか言うじゃないか」

そうして博士は、その蓋を開いた。

すぐにスリープから復帰したノートPCの画面には、『ダンつくちゃん質問箱』という掲示板が、オフラインで表示されていた。

「普通の人たちと、話をしてみたくありませんか？」

「そいつは悪魔の囁きだな」

博士は小さく驚いたように言った。

「おそらく、彼女は最初困惑したと思います」

そう切り出した三好は、ゴーギャンの絵の方を向いて目を閉じると、名探偵の謎解きよろしく人差し指を立てて語り始めた。

「なにしろ地球には、統一政府がないどころか、文化もルールもてんでバラバラな国家なんてものが二百近くもあったんです。どこに話をすればいいのかすら分からなかったでしょうね」

もちろん彼女は、タイラー博士たち最初の二十七書を読むことで、国連なんてものがあることも知っただろうが、それが現実には、ほとんど役に立っていないことも理解したはずだ。

三好はそうでしょうとばかりに、博士を振り返って断言した。

「そうして苦し紛れにダンジョンなんてものを作り出したに違いありません」

「だから、普通の人々の話を直接聞いてみたいと？」

「未知の、自分たちよりもはるかに進んでいる文明に触れたとき、民衆と国家の間には、まるで違う考えが生まれると思いますよ」

彼女が奉仕したいと言ったのは、国家じゃない。――人類だ。

「なかなか面白い見解だが、ここには何も書かれていないように見えるね」

そりゃそうだ。こんなものを準備していたこと自体、俺も知らなかった。

だが、三好の考えていることは分かる。こいつを餌に、ダンジョン内から外への連絡経路を作りあげ、ギリギリでどうするのかを伝えることができるようにするつもりだろう。

いまだにどの国家も接触すらしていない相手と、いきなり第五種接近遭遇させることの是非はあるだろう。だが、探索者たちはすでに三年も、それとは知らなくてもダンジョンを通して相手と会話を交わし続けているのだ。そう考えるなら、それが明示的になることよりも、今そこにある危機の方がずっと大きな問題だ。

「だが――」

博士は三好の話を聞いて、口元に笑みを浮かべながら続けた。

「――どうやら、彼女の興味を引くことには成功したようだよ」

博士の視線を追いかけると、茶色を基調とした古びてはいるが上品で高価そうなカーペットの上に、ぺたんと女の子座りで座り込んでノートPCを覗き込んでいる彼女がいた。

ノートPCだって？

慌てて博士の方を振り返れば、同じものに見えるノートPCが、確かにそこにあった。

「ゴーギャンを見て分かってましたけど、どうやら電子機器のコピーも簡単なようですね」

「そりゃまあ、人間を再構成するよりは簡単かもな……」

素粒子レベルで合成しているというのなら、体積が小さい方が楽に決まっている。

「MAC[注29]アドレスやIPってどうなるんだ、あれ？」

彼女は楽しそうに何かを入力していた。

操作に迷いがないのは、やはり博士たちが混じっているからだろうか。

「普通に操作してますね」

「どこかのSFよろしく、情報を一瞬で読んだり書いたりするのかと思ってたな」

そうして、入力し終わった後、送信ボタンを押して――首を傾げた。

（先輩、ここですよ、ここっ！）

（分かってる）

だが、たぶん念話は筒抜けだぞ。思考も同じかもしれないが。

三好が押しつけてきた紙には、いくつかの周波数が書かれているようだった。

「それは、そのままじゃ送れないんだ」

俺はその紙を見て、いくつかの周波数を読み上げた。

「ダンジョンの外と各階層間で、その電波の中継をしてくれれば、繋がる――書き込めるようになるよ」

俺がそう言った瞬間、彼女のＰＣがうちのメインフレームと繋がった効果音が鳴った。

「先輩！」

その声に振り返ると、三好が突き出すようにこちらに向けたスマホのアンテナが、きれいにフルマークで立っていた。

こうして実にあっけなく、ダンジョン内通信時代が幕を開けた。

「どうやら君たちは目的を達成したようだ」

博士は、からかうようにそう言うと、片目をつぶった。やっぱバレてるよな。

「博士」

三好が真剣な顔で身を乗り出した。

「そのＰＣには、私からしか送れないアラートを表示するソフトが入っています」

「ほう？」

「もしもそれが起動したら――」

「分かった」

彼は何もかも分かっていると言わんばかりに頷いた。

「博士はアメリカ人ですよね。抵抗はないんですか？」

「科学者なら誰でも、あんなものは作るべきじゃなかったと思ってるさ。マンハッタンプロジェクトに参加した者も参加していない者もね」

彼が本当にそれをやってくれるかどうかは分からない。だが信用する以外に道はないのだ。

「そうだ。もうしばらくは来られないと思いますが――」

俺は机の上のPCを指差した。

「あれのバッテリーは、どうしましょう？」

「それはこちらでなんとかしよう」

「よろしくお願いします」

俺たちは二人に別れを告げると、その場を後にした。

ドアを出る前に床に座ったダンつくちゃんをチラリと見ると、彼女は笑って、手を振っているように見えた。

「さて、先輩。どうします？」

「そりゃ、キッチン側の階段を下りて勝手口から逃げ出すさ。頼んだぞ、ロザリオ」

俺の頭の上で、ロザリオが小さく鳴いた。

帰りのルートも呪術的な文様になっていたりしたら、俺たちじゃ正しい扉に辿り着くのに時間がかかりすぎる。

「だがこれでネットの存在をダンつくちゃんに教えちゃったな」

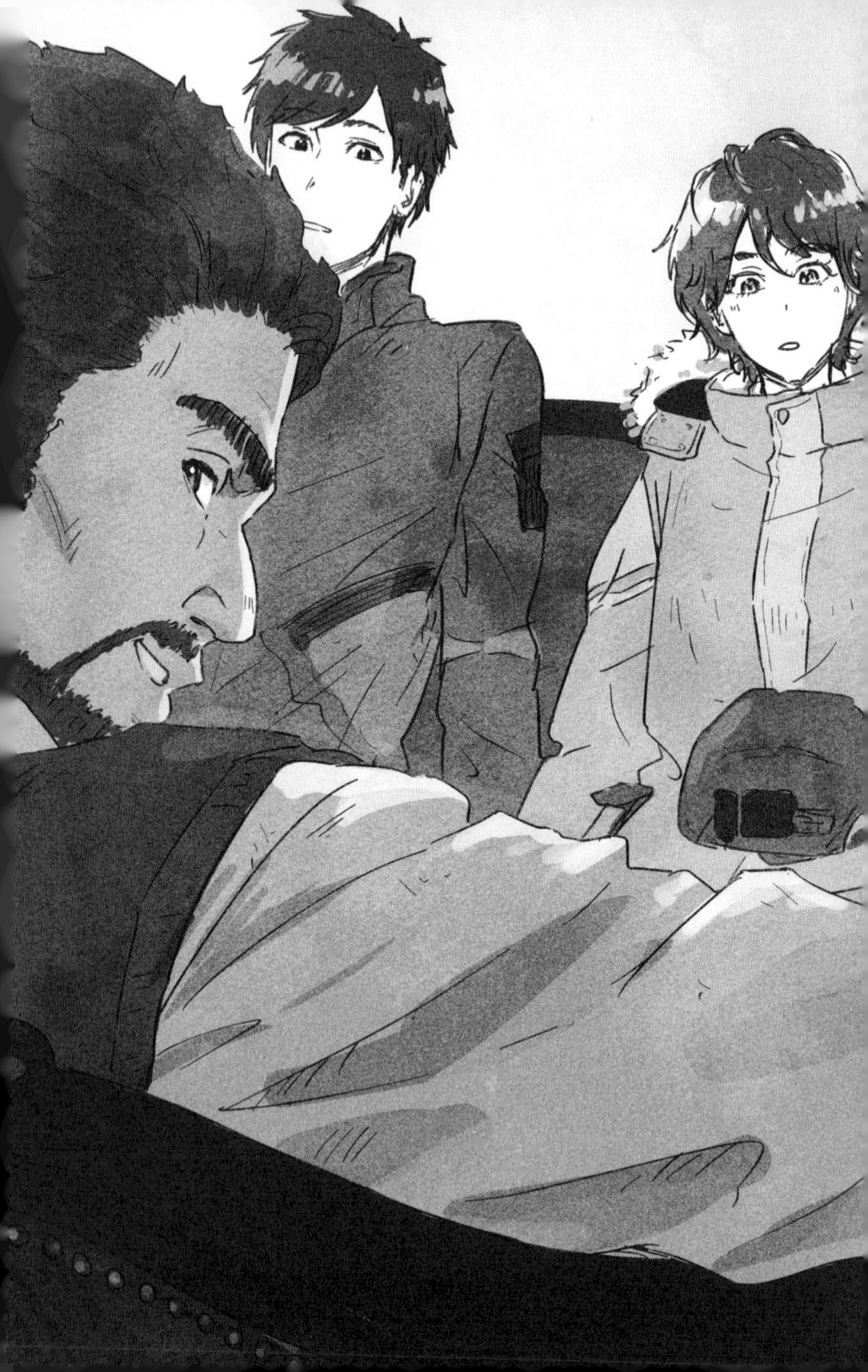

「そんなのとっくに知られてますって」

三好が視線でロザリオを追いかけながらそう言った。

「先輩、あのノートのコピーを見たでしょう？　ネットに接続して何かするつもりなら、とっくの昔にやってますよ。だって、コピー元なら、その辺にうじゃうじゃありますし」

「うじゃうじゃ？」

そう言うと三好が、自分のスマホを振って見せた。

なるほど。確かに、ダンジョンにスマホを持ち込んでいるやつは大勢いるだろう。通信はできなくてもそれ以外の機能は使えるからだ。

その気になれば、そのハードだってソフトだってコピーし放題ってわけか。

「もしも――もしもですよ？　一般人が、SNS上で、ダンつくちゃんの書き込みを見たらどうすると思います？　しかも内容がトンデモだったりしたら？」

「大抵は『乙』で終了だろうな。普通なら相手にしてもらえないだろ」

「でしょ？」

「まさか――」

彼女が求めているのはコミュニケーションで、人類のインフラを破壊することじゃない。

だからネットのどこへでも自由に潜り込める能力が、仮にあったとしても、そんなことに興味はなかったはずだ。少なくとも今のところは。

「とっくの昔に試したことがありそうな気がしませんか？」

確かに各層は別空間で電波が届いていなかったが、地上にだってダンジョンエリアはあるのだ。そこから勝手にアクセスしていたとしてもおかしくはない。

「――可能性はあるかもな」

実際にそういった書き込みがあったのかを、世界中のSNS、三年分のログから調べることができるかもしれないが、俺たちには難しいだろう。だから検証は不可能だ。

しかし、そういう経験があったからこそ、あのサイトを見て喜んだのかもしれない。もちろんこれも検証は不可能だが。

「ま、こんな疑問を覚えたり心配したりした時点で、彼女には筒抜けなのかもしれないけどな」

「サトリとの駆け引きは難しいですねー」

俺は自分のスマホを取り出してみた。

そこでは電波状態を示すアイコンが、すべてきれいに点灯していた。

人類はダンツクちゃんとコミュニケーションをとる危険を冒して、ダンジョン内で通信できる環境を手に入れた。

どちらが得をしたのかは――まだ、誰にも分からなかった。

（注29）　MACアドレスやIP

MACアドレスは、その機器を識別するためのID。通常は重複しない。

IPアドレスは、インターネットプロトコル（IP）で、通信相手を識別するためのID。

二〇一九年　三月二日（土）

SECTION：
市ヶ谷　ＪＤＡ本部　ダンジョン管理課

「分かりました。もちろん協力は惜しみませんよ」

斎賀は身を乗り出すようにしてそう言った。電話の相手は、内調の田中だ。

本日未明、公安から派遣された二人のうち一人が探索者の持ち物の確認をした後、トイレに行くと言っていなくなったらしい。あまりに長い間戻ってこなかったため、ＪＤＡの職員が確認に行ったところ、どこにも姿が見えなかった。しかしゲートから出ていないことは、出ダン記録から明らかだ。

数人で探したところ、休憩室に使われていた部屋のロッカーから、頸骨《けいこつ》を粉砕された死体が転がり出てきた。最重要の被疑者は、一緒に荷物検査に行った外国人の男だという。

とりあえず、斎賀は、その男たちの情報とダンジョンゲートの監視カメラ映像を転送した。

「感謝します」

「他にこちらにできることは？」

「後はこちらの仕事です。その男がプルトニウムガリウム合金を持ち出したことは確実だと思いますが、出ダン者の監視自体は、丸山光雄が出てくるまで行います」

丸山光雄は、脱出した男たちの仲間の可能性が高い。尋問すれば何かが分かる可能性もある。

「分かりました」

そう言って斎賀が電話を切ると、美晴が不安そうに言った。

「課長……」

「どうやら事態は、我々がどうこうできる領域を超えたようだ」

殺されたのが警視庁公安部外事四課の課員だった上、捜査対象が核テロリズムに繋がりかねないため、はっきりとしたことが分かるまで詳細は発表されないだろう。

幸い閉鎖は、建屋の二階部分だけで済むようだから、一階で行われている計測やキャンプに大きな影響はないようだった。だが捜査官の出入りは増えるだろうから、何かが起こっている慌ただしさを感じる探索者も多いだろう。

「私たちはどうすれば？」

「どうもこうもない。こっから先は警察の仕事だ。我々は協力を要請されたとき、それに対応するのが精一杯だよ」

「分かりました」

そのとき、美晴のスマホが振動した。

「あ、ちょっと失礼します」

彼女はかかってきた相手を確認すると、驚いたように目を見開いてその電話を取った。

「はい、鳴瀬です」

「あ、鳴瀬さんですか、芳村です」

「え、もう戻ってこられたんですか？」

Dパワーズからアルスルズ経由で連絡があったのはつい昨日のことだ。すでに出ダンしたとしたら、二十五層から一日で戻ってきたことになる。

「いえ、今、代々木の八層にいるんですが――」

「え？」

今しがた聞こえてきた言葉の意味が理解できなかった美晴は、そう聞き返した。

「もしもし？　鳴瀬さん？」

「あ、すみません。今、代々木の八層にいるって聞こえたんですが」

美晴が斎賀との話し中に自分の携帯の電話を取ったということは、単なるプライベートな連絡ではないということだ。黙って彼女のやりとりを聞いていた斎賀だったが、その言葉に思わず腰を浮かせた。

「八層から、電話？」

その事実だけでも驚きだったが、それは、営業部が全力を投入しているように見える、代々木開発計画試案第六号をぶち壊しかねない現実だ。社会にとっての結果は同じかもしれないが、そこから利益を得ようとしていたものにとっては悪夢だろう。

しかも、これではまるで、ダンジョン管理課がそれが無駄になることを知りながらプロジェクトを譲ったように見えかねない。

「まいったな……」

斎賀は内心頭を抱えながら、椅子に腰掛け直した。

「ええ。今、代々木の八層にいます。ちゃんと繋がるんですね」

「つ、繋がるんですねって、一体どうなってるんです⁉」

「実は――」

そこから美晴が慌ててメモを取りながら聞いた話は、どれもが、とても現実だとは思えない話ばかりだった。

「それで、そちらはどうなっています？」

「それが――」

美晴がちらりと斎賀を見ると、彼はこくりと頷いた。

「職質しようとした、外事第四課の課員の方が、ゲート内で亡くなりました」

「――そう、ですか」

芳村はしばらく沈黙した後、これから帰る旨を告げた。

「あ、最後に一つお願いがあるんですが」

「お願い、ですか？」

「ＵＲＬを送っておきますから、それを代々ダン情報局あたりで公開してください。約束しちゃったんで」

「はい？　約束？」

「じゃ、お願いしますね！　それ本物なので」

「え？　え？　何をですか⁉　本物ってなんなんですか！」

いきなりお願いされて困惑した美晴だったが、送られてきたＵＲＬを開いた瞬間、目が点になったことは言うまでもなかった。

§

「それじゃ何か？　今後は〈マイニング〉を使用しても、ウラン以上の質量数を持った元素は、ドロップしないいってことか？」

「そうおっしゃってましたけど……」

「冗談……じゃないんだよな、やっぱり」

「でも課長。これは報告しなくても問題なくないですか？　むしろお願いしたからそうなったなんて話の方が……」

お願いって誰に？　ダンジョンの向こうの誰かだとすると、すでにそんなところまで付き合いがあるのか？　どこから突っ込めばいいのか、斎賀には見当も付かなかった。

「確かにそうかもしれんが、どうせ通信ができるようになった件で追及されるぞ」

「そこはほら、『理由は分からないけれど、できるようになりました、便利になって良かったですね！』で押し通すとか」

「鳴瀬。少し前から気になっていたんだが、お前、あいつらに毒されてないか？」

「あの人たちの非常識に対抗しようと思ったら、これくらいしないとついて行けないんです！」

斎賀はその答えに苦笑しながら、美晴のメモを指差した。

「で、次はファンタジー金属だと？　なんだそれは？」

「ミスリルやオリハルコン……のことらしいんですけど」

「それは分かる。分かるが、そんなものが現実に？」

可能性としては合金だろうが、一体どんな合金が――

「三好さんの〈鑑定〉によると、その金属にはステータスがあるそうです」

「ステータス？　って、あのＳＭＤで計測する？」

美晴が小さく頷くのを見て、斎賀は目を点にした。生物以外にステータスがあるなどという話はフィクションの世界でも聞いたことがなかったからだ。

ステータスのある金属。それが何を意味するのか、彼には想像もできなかった。

「興味深いが、まずは現物を確認してからだな」

斎賀はため息をつきながら、最後に知らされたＵＲＬが表示されているモニターを見た。

「で、これか？」

そこには『ダンつくちゃん質問箱』などというふざけたタイトルのＢＢＳが表示されていた。

どうやら代々木ダンジョン情報局の reddit形式の掲示板に、サブレの形で挿入することを前提に作られているようなサイトだったが、サブミの一つ一つに、公開・制限付き・非公開を設定できるようだった。

問題は、最初に登録されているサブミが『ダンつくちゃんです。よろしくね！』という、いわゆるＡＭＡだったのだ。

ＡＭＡとは、Ask Me Anything.のことで、「なんでも聞いてね！」という意味だ。つまりここにコメントを書き込めば、ダンつくちゃんが直接答えてくれるということだ。

そして、もしもそれが本物なら――それは第五種接近遭遇を意味していた。

「これ、本物なのか？」

「そうおっしゃってました」

「そんなものをＪＤＡが公開していいのか？」

「分かりません。分かりませんけど、約束だからそうしてくれと」

「誰との約束なんだよ!?」

「分かりませんけど……あの、課長」

「なんだ？」

「私、思うんですけど、誰もこれを本物だと思わないんじゃないでしょうか」

「そりゃまあなぁ……」

ダンジョンの向こう側にいる何かが、ダンジョン協会の公式サイトで、ＡＭＡを立ち上げた？

確かにこれを信じるやつはいないだろう。新しいエンターテインメントの一種だと思うに違いない。それが証明されるような事実が書き込まれるまでは。

「念話みたいな例があるからな……」

ヒブンリークスはそれで信憑性《しんぴょうせい》を高めたのだ。このサイトにそれがないとは言い切れない。言い切れないが――

「広報の桜井に言って、組み込んでもらえ」

「課長⁉」

「ただし、直接組み込むな、向こうのサイトに転送する形で実装して、転送をモデレートできるように調整してくれ」

何が書かれるか分からないのだ。

これが本物ならそんなことは望まないだろうが、あまりに誤解を招きそうな情報は恣意的《しいてき》にカットする必要がある。もっとも相手が直接ＪＤＡのサイトに書き込めばそれで終わりだが。今は細い糸にでもすがりつかなければならないときだ。

「分かりました。でも誰が管理するんですか？」

「そりゃ、鳴瀬だろ」

「ええ⁉」

「いや、だって頼まれたのは鳴瀬だし。そうでなくてもこんなもの、専門家というだけの部外者に任せられるわけないだろ……」

「それはそうかもしれませんが……」

「ま、しばらくはよろしく頼むよ」

「ええー……」

そうして人類初の第五種接近遭遇は、無事行われることになった。もちろん、利用者でそれを信じているものは一人もいなかったが。

「まあ、ここまではダンジョン協会でどうにかなるだろうが――」

美晴の言う通り、今すぐ報告しなくても問題ないものばかりだし、理由だって不思議ですねで押し通そうと思えばできないことはない。だが、最後に押しつけられたこれは……

斎賀はメモの最後の項目を見て腕を組んだ。

「世界から、核兵器が消滅する可能性だ？」

そんな話を一体どうしろというのか、斎賀は目眩《めまい》を感じていた。

代々木ダンジョン 三層

それは三層へと上がって、しばらくしたときのことだった。

「ん？　どうしたロザリオ？」

ロザリオがバックパックから顔を出すと、ルートから少し外れた林に向かって飛び立った。

「なんだ？」

「ロザリオですからね。何か見つけたんですよ、きっと」

「見つけたって……三層だぞ？　一体何を？」

「追いかけてみれば分かりますって」

「いや、俺たちって急いでなかったっけ？」

「そうは言っても置いていくわけにはいかないでしょう？」

そう言って三好はロザリオの後を追いかけて、林の中へと入っていった。

しばらく進むとすぐに、かすかな機械の動作音が聞こえてきた。

「おい、あれ……」

そこにはポーターを連れた金髪の男が歩いていた。

三層のマップを見る限り、その場所は、入り口と出口を直線で結んだ経路の上のようだった。

現在、単にルートと呼ばれている、層の入り口と出口の間の経路は、地形などを考慮して、最も低コストで移動できそうなものが経験的に選ばれていた。

アマチュア層に旨《うま》みはないから、下へ向かう連中はなるべく早く移動したい。当然最初は直線で移動していただろう。

つまり視線の先を歩いている男は、代々木の初心者で、探索者間の繋がりもなく、ついでに急いでいる男の可能性が高い。そうでなくてもあの容姿は――

「もしかして、丸山光雄くんか？」

「どうします？」

「いや、どうするって……」

彼が悠長に歩いているところを見ると、上の騒動には、まだ気が付いていないということだ。

もっとも電話が繋がるようになったのは昨日だし、まさかそんなことができるとは誰も思っていないから連絡も試してはいないだろうが。

「入ダンのときの記録じゃ、アッシュには武器がてんこ盛りだったそうですよ。あのまま何も知らずにゲートまで行って止められたりしたら、撃ち合いになって犠牲者が大量に出ますよ」

一二・七ミリなんか使われたら、障害物などないも同然だろう。横浜のとき、ファルコンは二〇ミリのテストまでやっていたと言うから、もしそんなものが積まれていたら、壁だって豆腐みたいなものだ。

「そうは言っても、ここで俺たちが彼を襲ったら、今度はこっちが犯罪者だぞ？」

「うーん……ここは緊急避難か正当防衛でいくしかありませんね」

「……武器がてんこ盛りとか言ってなかったか？」

正当防衛ってのは、先に相手が攻撃してくるんだぞ。

「どうせ先輩には当たらないでしょ？」

「いや、まあ……」

確かにただの人間が構えた銃の射線を外すことくらいはできるだろうが……

「仕方ない。これも任意ドロップを発表しちゃった俺たちの義務みたいなものか」

ブルーマンデイ、楽しかった週末は終わり再び仕事が始まる。次に人に戻れるのは五日も先だ。しかも今朝は小雨まで降ってやがる。と、月曜朝の気分で俺は男に向かって歩速を早めた。

もっとも以前は週末がなく、今も別の意味で週末がない。なんとも極端な話だな。

（そうそう、証拠の動画を撮ってますから、偶然よけられた感じにしてくださいよ）

（おまっ……そういうことは先に言えよ！）

動画にするんじゃフレーム数から時間は明らかだし、素早く動くのはNGってことか。

（もうファントム様の方が良かったんじゃないの？）

（証拠の画像は、私が録画するんですから……）

（あー）

いくらなんでも犯罪がらみだしな。オーブみたいに偶然で押し通すのは苦しいか。

（いいですか先輩。フランクに話しかけたらいきなり攻撃されたけれど、慌ててつまずいたドジな先輩は偶然初撃を躱しちゃうんです）

（ドジは余計なんじゃないの、それ）

（映像はそこまでで、どういうわけか相手は捕らえられるんです）

（なんだよその雑なストーリーは……）

（某田中さんに引き渡せば大丈夫ですって。ほら、いつものことですから）

（もしかして、俺ってアルスルズのためのおとり？　普通、逆じゃない？）

（先輩が、かっこよく相手を倒したいって言うのなら止めませんけど）

（……すみません、よろしくお願いします）

（彼の本名は、ルネ＝ランベール。ＳＴＲとＶＩＴははっきりしませんが、それだけをバカみたいに上げる方法がない以上、ほとんど優秀な超初心者ですね）

つまりＳＴＲとＶＩＴは三好以上だが、他の値は三好未満だからその数値から考えると、ＳＴＲもＶＩＴも十台だろうってことだ。〈鑑定〉って、ほんと反則だな。

（了解。じゃ、行くぞ）

『やあ、元気？』

そう言ったとたん、三好が念話で吹き出した。いや、他にどう話しかけろって言うんだよ……

いきなり話しかけられて驚いたのか、彼は銃に手を掛け素早く後ろを振り返ったが、そこにいた男の無防備な様子と、少し離れた位置にいる女の姿に、すぐには銃口を向けてこなかった。

相手が何者なのか分からない以上、トラブルは少ないに越したことはないのだろう。

『なんだあんたら？　どっかで会ったかな』

『いや初めてさ。だけど、君は結構有名なんだよ——丸山くん』

そう言った途端、彼は横っ飛びに飛んで、正確に俺の体の中心に向かって引き金を二度引いた。

俺は、彼が横っ飛びした瞬間、後退《あとずさ》るようにして足をもつらせてみせたが、そのまま彼が三好に向かって発砲するのを見て一瞬焦《あせ》った。

「三好！」

だが三好に放たれたはずの弾は、彼女の正面にできた黒い穴に吸い込まれ、彼女は何事もなかったように手を振った。

「焦らせんなよ……」

俺が尻をはたいて立ち上がると、丸山くんはすでにシャドウバインドに捕らわれて気を失っているようだった。

「なかなか堂に入ってましたよ」

「情けなくよろけるところが？」

「リアルでした！」

「大きなお世話だ」

残されたアッシュは三好が〈収納庫〉に収納した。

「ほら先輩、お願いします」

そう言って彼女は親指と小指を立てて、電話をかけるポーズをした。

「そういや、こっからかけられるんだっけ」

SECTION：

代々木公園

土曜日とはいえ、桜の季節にはまだ早い寒空の下、代々木公園の噴水地脇のベンチ付近は閑散としていた。

寺沢は指定された南側にある舞台然とした場所に足を踏み入れると、左側の角のベンチに、くたびれたコートをはおった男が左手を上げているのに気が付いた。

足早にそこへと歩み寄ると、彼と並んで腰を下ろした。

一緒に来ていた田中は、辺りを軽く見回すと、背もたれのないベンチに、寺沢とは逆の方向を向いて座った。

「外濠公園の次は代々木公園とはね。ＪＤＡと公安は大変なことになっていると聞いていたが、こんなスパイ映画めいたことをしている時間なんてあるのか？」

「まあまあ、寺沢さん。ここは代々木公園でも比較的視界が開けた場所でね。近くには人が隠れられるような木もない。ぶらっと立ち話をするには、なかなかいいところでしょう？」

田中は何も言わずに二人の話を聞いているだけだったが、視線は足元に向かっていた。

確かに池の中から足元に忍び込まれる可能性はないとは言えないが、突然決まった場所だ。いくら数が少ないとはいえ、都民の視線だらけの中で、池の中に入るのは容易ではないだろう。

ちらりとその視線を追いかけた斎賀は、一つ息を吐くと、率直に話し始めた。

「大変と言われても、我々にはなすすべがないですからね。気だけ揉《も》んでも始まりませんし——それに、いくつかお話ししておかなければならないことができまして」

そう言って斎賀は、膝に肘を乗せ目の前で手を組んだ。

「実は、代々木ダンジョンで通信が可能になりましてね」

寺沢は、少し前から話題に上がっていたプロジェクトが始動したのだろうかと考えた。思っていたよりも早いのは確かだが、それがこの緊急事態にわざわざ呼び出してする話だろうか？

「……試案第六号は、まだ計画段階だと聞いていたが」

「あのプロジェクトのことを？」

「お宅の常務理事——お年を召された方だ——が、あちこちで、まあなんというか……話題にしていて、ダンジョン攻略群にも根回しめいたものがね」

「それはそれは」

「しかし、それが前倒しで始まったのだとしても、まずは一層からだろう？　そんな話をしに、わざわざここへ？」

斎賀はそれに直接答えず、腕時計を見ると、「そろそろかな」と呟いた。

寺沢が、「何が？」と聞こうとした瞬間、彼のスマホが振動した。

それを見た斎賀は真面目な顔で、「どうぞ」と促した。

そう言われた寺沢は、内ポケットからスマホを取り出すと、そこに表示されているありえない名前に目を見開いた。

「君津二尉……だって？」

今頃彼女は、三十二層にいるはずだ。つまり何かトラブルが——

「二佐ですか？　君津です」

慌てて通話を開始すると、スマホの向こうから、聞き覚えのある若い女の弾むような声が聞こえてきた。特に何かが起こっているような様子はなかったが、後ろからは、「本当に繫がったぞ」と驚きの声が漏れていた。

「すまん、二尉。今どこにいるんだ？」

「代々木の三十二層です。ＪＤＡの方から、連絡をしてみてくださいと言われたのですが、まさか本当に繫がるとは。驚きました」

「そんなばかな……」

今回は本格的な護衛を前にした訓練を兼ねた入ダンのはずだ、通信を可能にするような大規模な部隊は投入されていない。それにこいつは軍用の無線じゃなく、ただの携帯電話だ。

思わず口を突いて出た言葉は、幸い向こうへは聞こえなかったようだった。

「それで、ご用件は？」

「いや、接続の確認だ。ご苦労だった、任務に戻ってくれ」

「了解しました。任務に戻ります」

そう言って彼女が電話を切った後も、寺沢はしばらく黙ってスマホを見つめていた。

「いかがです？」

「いかがもなにも……一体どんな魔法を使ったんだ？」

斎賀は、言いにくそうな態度でそれに答えた。

「実は――お願いしたんだそうで」

「お願い？　誰に？」

「ダンジョンの向こうにいる、何かだそうですよ」

その話を聞いた寺沢は、目を点にした。

沈着冷静を絵にかいたような男のこういう表情は珍しい。その向こうにいる田中の表情は、ほとんど変わらなかったが、一瞬だけ目の下がピクリと動いたのを斎賀は見逃さなかった。

「頼んだ？」

「そうです」

「ダンジョンの向こう側にいる何かに？」

「おそらく」

「そんな話は聞いていない……」

「そりゃあ、今初めて話していますから」

「……君はＪＤＡの職員じゃないのか？」

「真面目な職員ですよ。ただ、上司の前に、お二人にお伝えしておかなければと思いまして」

「茶番はそれくらいでいいでしょう」

それまでだまって話を聞いていた田中が、きれいだとはお世辞にも言えない噴水池の水のむこうに立っている五本ケヤキを遠くに見ながら、奇妙に通る静かな声で言った。

斎賀は若い頃出ていた柔道の大きな大会で、達人を前にしたときとよく似た圧力を感じて、内心額に汗を浮かべていた。

「怖いねぇ。それが本性ってやつ？」

「日本は平和ですが、闇がないと思っているなら、幸せな人生を歩んできた証拠ですよ」

「そういうことは、一生知りたくないな」

「それは少々手遅れかもしれません。それで、震源は三好梓？」

少し離れた噴水の先で、なにかの運動をしている団体が準備体操を始めた声が聞こえてきた。それまで、二人の話を呆然《ぼうぜん》と聞いていた寺沢が、思わず我に返った。

「待ってくれ。つまり今回の通話が可能になったのは、三好梓が、ダンジョンの向こうにいる何かに、そうしてほしいと頼んだからだってことか？」

「誰が頼んだかは、この際どうでもいいことでしょう。お話しておきたかったのは――」

田中は、斎賀のセリフを遮るように後を継いだ。

「ダンジョンの向こう側にいる何者かとコンタクトしたという事実をどうするか、ですか？」

「しかし、そんな話、証拠がなければ誰も信じないだろう」

寺沢が難しい顔をして腕を組んだ。

確かに、代々木で通信ができるようになったことは驚きだ。だが、それがダンジョンの向こう側にいる何かとコンタクトした証拠だと言われても、それだけでは証拠にならない。ダンジョンができたのだって、誰かがダンジョンの向こう側にいる何かとコンタクトしたからではないのだ。

「いや」

斎賀は、寒空を見上げるようにして体を起こし、白い息を吐き出すと、両手でコートの襟をかき寄せた。

「もちろんそれも重大事には違いないんですがね、今回の問題はその先なんだ」

「先？」

「もしそれが起これば、どんなに懐疑的なやつだろうと、信じざるを得ないことになるぜ」

「何を？」

「我々が、ダンジョンの向こうにいる何かとコンタクトしたってことを、かな」

「相手がやって来て、政府に挨拶でもするのか？」

「その程度なら、まだ救いがある」

諸外国や国連も、せいぜいが自分たちもかませろと騒ぐ程度だろう。

「その程度？」

「今回提供されるのは、言ってみれば『奇跡』なんだよ。今のうちに諸外国にどう言い訳をするのか、そうでなきゃ知らん顔をして黙っておくのかを相談しておいてほしくて呼んだのさ」

なにしろ常識では考えられない話だ。場合によっては、ダンジョンの向こう側からの攻撃だと考える国もあるだろう。

「奇跡？　斎賀さん……あんた、どこかの宗教団体に入信でもしたのか？」

「本当に救ってくれると言うのなら、すぐにでもそうしたいね」

「一体何があったんだ？」

すさんだ斎賀の様子に、寺沢が真顔で訊いた。

斎賀は肩をすくめると、まるでそれが冗談だというように軽い調子で言った。

「実はさ、世界中の核兵器が消失するかもしれないんだと」

「は？」

あまりの内容に、寺沢は驚きを通り越して混乱していた。

「ちょ、ちょっと待ってくれ、そんなことが――」

可能なのかと言おうとして、寺沢は口をつぐんだ。

横浜で消失したチームIが代々木で見つかったことを始めとして、そもそもダンジョンには常識が通用しない。それにあそこでは米軍が核を持ち込んだという話まであった。

もしかしたら――そう考えてもおかしくはない。

「どうしてそんなことに？」

田中はやや懐疑的にそう訊いた。

「今回、公安が追っている連中は、ダンジョンでプルトニウムガリウム合金を、まさにピットの中央に置かれるコアの形でドロップさせたらしい」

「それは昨日伺いましたよ」

田中がそう言った。

　おかげで夕べから警視庁公安部外事四課は大騒ぎだ。最初は懐疑的だった連中も、今では本腰を入れていた。なにしろ殉職者まで出たのだ。ＪＤＡから提出された監視カメラの映像をあちこちへ照会した結果、相手が名うての傭兵だということも特定されていた。

「こいつは、それの尻拭いだそうだ」

「意味が分からんよ。どうしてそれが核兵器の廃絶に繋がる？」

「いいかい、寺沢さん。今回ドロップしたプルトニウムガリウム合金は球状で、核兵器のピットにそのまま利用できる形状をしていたんだ。こんな持ち運びにくい形でドロップさせたからには、すぐに使う予定があるんじゃないかと考えた誰かは、プルトニウムガリウム合金を消去することを思いついた」

「いや、思いついたって……滅茶苦茶だな。そんなことが可能なのか？」

「まあ、そこは可能だという前提で話を聞いてくれ」

「ああ」

「で、まずはダンジョン内のそれを消去することを考えたわけだ」

「ドロップしても、すぐに消えてしまえば問題ないから？」

「まあ、そういうことだろう」

「だが、もしもすでに外へ持ち出された後だとしたら、それではダメだ。相手はおそらく都内、または近隣でそれを核爆弾に加工するに違いない。そう考えたとき次に何を願う？」

「同じ発想なら、都内近隣、いや、いっそのこと日本全体でそれを消し去る？」

「そうだ。だがそれには大きな問題があったんだ」

建前上、日本国内に核兵器は持ち込まれていない。だから寄港している米軍のそれが消失したからと言って、大きな問題になることはないはずだ。表面上は。

「米軍が秘密裏に持ち込んでいるものが失われても、表向き文句は出ないだろう?」

「もしもそれが実現すると、日本は完璧なミサイルディフェンス網を持ったのと同じことになるんだよ」

なにしろコアが消えてしまうのだ。どんな技術を使った核ミサイルでも、日本を攻撃することはできなくなる。

「しかも日本は、潜在的な核保有国だという意見も多い」

プルトニウムの備蓄があり、技術も予算も足りている。

「いずも型護衛艦あたりに設備を積み込んで、公海上でそれを作ったりしてみろ。相手の核攻撃をすべて無効にし、一方的に核攻撃ができる国家の出来上がりだ」

「いや、そんな馬鹿なことをやるはずが――」

「できるって可能性が問題なのは、あんたの立場なら分かるだろ?」

斎賀の言葉に、寺沢は何も言えなくなった。

田中は黙って聞いていたが、その目には諦観と言うには熱く、怒りと言うには静かな、奇妙な光が宿っていた。

「それで、そのお願いをしようとした誰かさんは、そんなに面倒なことになるくらいなら、すべての国が完璧なミサイルディフェンス網を持った時代を先取りした方がましだと考えたのさ。そういう未来は、どうせいずれ訪れるってね」

「馬鹿な……」

「建前とは言え、世界は緩やかに核廃絶の方向に向かっています。各国が疑心暗鬼で核をなくせない現状、誰かが無理矢理すべてを消去してしまえるのだとしたら、それは真の平和への大きな一歩と言えるでしょう」

　田中が、皮肉な笑みを浮かべながら言った。

「ノーベル平和賞は確実ですね」

　斎賀はそれに同意するように笑ったが、すぐに表情を引き締めて続けた。

「そうは言っても、こいつは確かに大事だ。今あんたらが、あり得ないと考える程度にはね」

　斎賀は仕方なさそうに肩をすくめた。

「だから、お願いをした連中は、ギリギリまでその実行を先送りすることにしたそうだ」

「先送り？」

「つまり、現在どこにあるか分からないコアをうまく回収できたなら、その奇跡は執行されないということですか？」

「そうだ。そしてそれをリアルタイムに相手に伝える必要があったせいで、通信が有効になったってわけらしい」

　あまりの話の展開に、寺沢も田中も言葉を失っていた。

「あの連中が持ち出したコアを回収できなかった場合、世界中の核兵器が消失する？　そして回収できた場合は今のまま……」

「もしかしたら、捜査をやめた方が世界のためになるのかもしれませんね」

寺沢の立場では、その是非を口にできなかったが、田中は苦笑しながらそう言った。

だが、弔い合戦を標榜《ひょうぼう》している四課にそんな提案ができるはずはないし、法的にも倫理的にもそんな判断は論外だ。

「仮に自国の核兵器のすべてが、一夜にして使えなくなったとしても、保有国がそれを公開するはずがない」

寺沢がそれが起こったときのことを想像しながら言った。

内部では大騒ぎになるだろうが、他の国も同様であるということが分からない限り、そんな弱みを世界にさらすはずがないのだ。

「だから、知らない振りをしておくのも一つの方法だとは思うが——世界にはウラン型の核兵器も少数だが現存しているぞ」

プルトニウム型がなくなったとき、ウラン型の時代遅れな核兵器が非常に大きな意味を持つことは間違いない。

それは世界の安全保障を根底からひっくり返すくらいのインパクトがあるだろう。

「それなんだが、どうやら高濃縮ウランも対象にするつもりらしい」

斎賀がそう言うと、寺沢はあからさまに難しい顔をした。

「そりゃ、まずいな……」

「原発に影響はないはずだろ？」

原発燃料に含まれるウラン235の濃度は数パーセントだ。今回の消去には含まれていない。

「原子力潜水艦や原子力空母に積まれている原子炉の燃料は、高濃縮ウランなんだよ」

ペレットを交換する手間がかかりすぎるため、高濃縮ウランにすることで、船体の寿命よりも原子炉の寿命の方を長くしているものが数多くあるらしい。

もし通知を行わなければ、そういった艦船の燃料がいきなり尽きることになる。

海上艦船は動力がなくなっても漂うだけだが、潜水艦はそうはいかないだろう。

「いきなり原子炉が止まったらどうなるんだ？」

「原潜の駆動方式は主に二つ。そのうち主流とは言えないターボ・エレクトリック方式の場合は、原子炉が止まってもしばらくは電池で動けるだろう。問題は、タービンを直接駆動する方式だが、その場合はゆっくりとスクリューが止まる。だが、エマージェンシー・ブロー・システムが正常なら、沈没はしないはずだ」

エマージェンシー・ブロー・システムは、圧縮空気だけで動作するシステムで、潜水艦の他の部分からは完全に独立している。動作は手動で行われ、メインバラストタンクに圧縮空気を強制的に送り込んで浮き上がる。油圧も電気も、そのほかの潜水艦のシステムも不要だ。

「どうせ核兵器がなくなるのなら、戦略原潜の意味もなくなる。いまさら浮上させられて場所がバレたところで、最初はともかくいずれは誰も気にしないさ」

「浮上すればいいがな」

「沈むに任せる連中がいるかもってことか?」

居場所を明かしてはならない戦略原潜が、事故で浮上せざるを得なくなったとき、それが本来いてはならない場所だったりしたら――

「軍人にはいるんだ、そういうやつが」

「原潜を保有している六か国には通達が必要か……」

あらかじめ伝えておけば、その場合は浮上しろという命令が出せるだろう。

斎賀が田中を見ながらそう言うと、彼は「私には判断できませんね」と首を振った後、「伝えるべき部署に伝えることだけはやりますよ」と言った。

「しかし、これではまるでダンジョンの向こう側にツテでもあるようですね」

「さあな。それは俺には分からんよ」

「そんなことができる個人というのは危険かもしれません」

「ほう。国家のためなら個人の排除は検討に値するってのはもっと危険な思想に思えるが?」

田中はそれに答えなかったが、斎賀もそれ以上は追及しなかった。

「ツテはともかく、事が事だ。どんな結果になろうと、関係者の審問は避けられないぞ」

寺沢の言葉に、凄みを引っ込めた斎賀は首を振りながら忠告した。

「田中さんはよくご存じだと思いますが――」

それを聞いて田中が顔を上げた。

「――あなたの想像している連中は、基本的に倫理的で善人ですが、高飛車な権威だの政治家だのに、不当な態度を取られたらへそを曲げますよ」

田中は困ったような顔をして、それに続けた。

「そうして、へそを曲げたら最後、何をしでかすか分からない」

「さすがによくご存じで。私はつい最近、独裁者をうらやましく思ったばかりですからね。念のためにご忠告を」

田中の口の端が微《かす》かにゆがんだのは、きっと笑ったに違いない。

「能力のある自由人は、組織じゃ使いにくい代表格だからな」

寺沢が苦笑気味にそう言った。

「自衛隊にもそういう人間が？」

「残念ながら、とびぬけて能力の高いやつは、ほぼ全員にそういう傾向がある」

彼は、仕方がないとばかりに肩をすくめるが、それでも上意下達の意識が徹底している軍ならば、まだ多少はましだろう。

あいつらは良くも悪くもフリーダムだ。

日本が嫌になったら、いつでも他の国に平気で亡命できるメンタリティを持っていそうだ。しかも、どの国だろうと諸手《もろて》を挙げて受け入れるだろう。障害なんてないも同然だ。

「ともかく話は分かりました。ダンジョンの向こう側の――長いな」

「こっちじゃ、デミウルゴスだとか、ダンつくちゃんだとか呼んでいますよ」

「デミウルゴスとはうまく言ったものだ。だが、ダンつくちゃんの方が人気が出そうですね」

「たぶんね」

「ともかく、そのダンつくちゃんと、何らかの手段でコミュニケーションが取れると考えてよろしいですか？」

「現在検証中ですが、おそらく」

「検証中？」

「まあ、なんといいますか——特殊な手段が提案されたところでして」

それがまさか、直接向こうと話せるBBSだなんて誰が思う？

相手が本物かどうかを知るすべはない。全部があいつらのいたずら——さすがにそんなことはしないだろうが——かもしれないのだ。

とは言え、魂っぽいアイテムを手に入れて、魂の器にそれを入れることで隠された庭に招待されるかもなんて話をしても意味はない。それだって検証不可能だということに変わりはないのだ。

「特殊な手段とはまた……ＪＤＡは秘密主義が過ぎるんじゃないですか」

「そんなんじゃ、ＪＤＡが間に入って暗躍していると取られるかもしれないぞ？」

田中と寺沢が突っ込んでくるが、他に言い様はないのだ。

「事実じゃないので、別に構いませんよ」

「火のないところに煙を立てる専門家も大勢いる」

「ご忠告痛み入ります」

のれんに腕押しの対応に、田中は小さく一つため息をついた。

「分かりました、核兵器の件も含めて、内閣方面は私が引き受けましょう」

「ありがたい。念のために言っておきますが、いきなり外務省を通して、ダンジョンの向こうところで国交を結ぶなんてところへは持って行かない方がいいですよ」

「なぜです？」

「相手にその気がないかもしれない」

「では、何を？」

「彼らが求めているのは、奉仕する対象、だそうです」

「以前貰ったレポートに書いてあったのは、本当のことだったのか⁉」

「もちろんです。ＪＤＡは嘘を報告したりはしません」

言わないことは多そうだがなと、寺沢は内心毒づいた。

「奉仕する対象……というのは、いまひとつ意味が分かりませんが……ダンつくちゃんへの見返りは、なんなんです？」

「さあ」

その点は、本当に分からない。

人類が、他の惑星へ入植するとしたならば、見返りに期待するものは、その星の資源だろう。

しかし今のところ相手は、あらゆるものを無から作り出しているように見える。鳴瀬たちの言っていることが本当なら、それは人間すら再現しているのだ。

そんな連中に必要なものなどあるのだろうか。

「ひょっとしたら、人類そのものかもしれません」

斎賀はなんとなくそう呟いたが、二人は何も言わなかった。

冷たい風が噴水池を渡り、会談が終わりに近づいたとき、田中のスマホが振動した。ちらりとそれを見た田中は、珍しく顔をしかめると、「話題のフリーダムな片割れからのようですよ」と言って、その電話を取った。

「はい」

「あ、田中さんですか？　実は――」

「は？」

受話器の向こうからの声は聞こえなかったが、田中の顔が、その内容が普通じゃないことを示していた。

しばらくやりとりした後、田中はその電話を切った。

「何かあったんですか？」

「いえ。なんでも、丸山光雄を捕縛したそうです。もっとも本当の名前はルネ＝ランベールだということですが」

「捕縛？　Ｄパワーズが？」

「三層で偶然会ったんだとか。正当防衛を強調していましたね」

「正当防衛？　どうしてそんなことに？　それに、どうして本当の名前を知っているんです？」

どうしてそんなことになっているのかは斎賀にも分からなかったが、名前の件は知り合いなんかじゃなく、〈鑑定〉の力だろう。連中の前じゃカバーも偽名も役に立たない。

「とにかく受け取りに代々木へ行ってきます」

「私も行こう」

寺沢がそう言って立ち上がった。

「寺沢さんのところが出張ってくるような事態になったら、もはや戦争じゃないですか」

「十分に存立危機事態だろう。現場を見ておくに越したことはないさ」

それでもダンジョン攻略群は関係なさそうだが、ここまで首を突っ込んだら最後まで見届けたいと言うことだろう。

斎賀は黙って立ち上がると、二人と並んで南への道を歩き始めた。

伝えるべきことは伝えた。

後は二人が、それぞれの機関で適切な場所へと情報を導いてくれるだろう。その先のことは、もはや自分の手の届かない領域だ。

それよりも、今回のことをどう橘に報告するべきか、彼は頭を悩ませていた。

SECTION :

代々木ダンジョン　地上　ゲート内

「じゃ、後のことはよろしくお願いします」

俺たちは代々木のゲート内の目立たない場所で、アッシュとルネを某田中さんに引き渡した。

どういうわけか、ダンジョン管理課の課長と、以前オーブの取引で会った、たぶん自衛隊の人が一緒に来ていて驚いた。

「ところで、田中さん。捜査の状況はどうなってるんです？」

「……それを訊いてどうしようと言うんです？」

「うーん……そうですね、東京で核爆発が起こりそうなら、今のうちに逃げ出そうかなと」

「親戚一同も一緒に連れて行った方がいいですよ」

「ええ？　マジですか⁉」

冗談で逃げ出す話をしたら、真顔で返されたが、どこまで本気なのだろうか。

「ま、そうならないように全力を尽くしてはいますが……」

「先輩。この様子だと、まだ足取りを摑んでいませんね」

「駅の監視カメラ映像を顔認証システムに突っ込んでも見つからないってことは、電車を使ってはいないってことです。タクシー会社の映像記録も調べているはずですから、それも未使用。そうなると車でしょうけど、Nシステムにも Tシステムにもオービスにも引っかかっていないとなると、後はもう、周囲の民間監視カメラの映像をしらみつぶしに調べて、移動した方向を探るしかありません。でも、それには膨大なリソースが必要で、有り体に言えば時間が足りないってところでしょうね」

三好の話を某田中さんが興味深げに聞いていた。

「どうやら捜査機関は、逃げた男の行方ばかりを捜しているようですけど、この事件には他の視点もあると思いませんか」

「他の視点？」

「ほら、あのコアは最終的に核爆弾に組み込まれるわけですけど、フィクションじゃないんですから、プルトニウム型のピットは誰にでも作れたりしませんよ」

「核兵器が作られている場所を探せと言うことか？」

「爆縮レンズの設計は、最新の多次元の理論はもちろんですけど、ＺＮＤ理論にしたって、ちょっとＰＣで計算して実際に作成するなんてことは難しいですし、もし実物を設計したとしても、爆破実験ができない以上、シミュレーションはやっていると思うんですよね」

「まあ……そういう環境にいればな」

「そういう環境にいない人に、そんなものが作れるわけありませんよ」

確かに中学の理科の教師が、手作り(注30)でプルトニウム型の原爆を作るなんてことは現実的とは言いがたい。そんなことができるのは城戸誠だけだろう。

「今時そんなシミュレーションをやってるところは限られ(注31)そうですし、畑が違うところなら余計に目立つでしょう。こういう研究者なら最先端に敏感ですから、今ならAMReX(注32)あたりを使ってデトネーションのシミュレーションをやっているはずです」

「各大学や研究所の計算機センターの利用ログか！」

実行されたプログラムのリストをログ出力しているところはそれなりにある。とっかかりくらいにはなるだろう。それで見つかれば儲《もう》けものだ。

三好の話を聞きながら、何かをメモしていた田中さんだったが、すぐに携帯を取り出すとどこかへ連絡していた。

「興味深い話のお礼に、相手の正体だけ教えておきましょう」

「え？　分かったんですか？」

「ええ、こいつらのことは、外務省の中東第一課の方たちが知っていました」

「外務省？」

「一緒に写っていた男が、ラーテルという名うての傭兵でした。リビア内戦ではそうとう恐れられた有名人のようでしたよ。マル被は彼の副官で、ファシーラだそうです」

「傭兵？　民族や宗教がらみじゃなく？」

「ええ。ですから、なんらかの取引ができるんじゃないかと。四課の方々には悪いのですが」

もしもそうなら、大事になる前に超法規的な取引でなんとかなるかもしれない。それは一つの希望だった。

（注30）**城戸誠**
沢田研二演じる、『太陽を盗んだ男』（1976年）の主人公。中学校の理科の教師でプルトニウム型の原爆を作りあげる人。突っ込みどころも多い映画だが、今でもちゃんと面白い邦画だ。

（注31）**限られそう**
調べてみたら、実は結構あったことは内緒だ。

（注32）**AMReX**
DOE（米国エネルギー省）のエクサスケール・コンピューティング・プロジェクト（ECP）の一環として開発された適合格子細分化法（AMR）のライブラリ。いわゆるBSDライセンスで使用できる。

SECTION :

葛飾区 新宿

複雑な一方通行の細い道をくぐり抜け、中川を渡ると、その先に見えてきたのは、葛飾にある、東都理科大学の先端融合分野を研究しているキャンパスだ。

ここに限った話ではないが、大学内へのアクセスは緩い。

一応、正門に詰め所のようなものが申し訳程度に付いていることはあるが、そのほかの場所からキャンパスへ入るだけなら、よっぽど奇矯な格好をしていない限り目立つこともなく、止められることもないだろう。研究室へのアクセスも、一部を除いてほとんど誰にも見とがめられることはないし、非常階段側からアクセスするならなおさらだ。

「なんだ？　あんたたち」

ノックの音に、貧相な体格の男がドアを開けると、そこには飄々《ひょうひょう》とした、どこかで見た覚えのある男が立っていた。

『悪いが、日本語は話せない』

フランス語でそう言ったファシーラの言葉が理解できなかったのか、それでも日本語が通じてなさそうだと感じた男は、英語で『なんだって？』と答えた。

『あんたが、メーカーか？』

今度は英語で、そう言われた男は、びくりと身をすくませると、キョロキョロと左右の廊下を見回した。

土曜日の夜とはいえ、休日も研究している勤勉な誰かが、通りかかるかもしれなかった。

『どうでもいいが、目立っても構わんのか？』

夜遅く研究室へ、胡散臭げな二人の外国人が訪れる。

人の目に触れれば、確かに怪しい以外の言葉は出てこないだろう。そうして実際に怪しげなことをやっているのだ。注目されるのは困る。

男は小さく舌打ちすると、二人を部屋へと迎え入れた。

『それで？』

男の言葉に、ファシーラがテーブルの上に一つのケースを置いた。

『俺たちは運び屋だ』

訝《いぶか》しげな顔でケースを受け取ったメーカーは、それを開くと固まった。

『どうした？　指定のサイズ通りのはずだが』

中にはプルトニウムガリウム合金を金メッキしたコアが収まっていた。それは、自らを本物だと主張するようなオーラを放っているようにすら見えた。

『い、いや……こんなもの、どこから？』

『それはお前には関係のない話だ』

メーカーは本当にそれが完成することに驚きと焦りを感じていた。

確かに、自分をないがしろにしてきた連中への意趣返しや、有能さをアピールしたくてそいつの制作を引き受けはしたが、本当に完成するとは思っていなかったのだ。

現代日本でプルトニウム239を手に入れる？　あまつさえそれをプルトニウムガリウム合金にしてコアに加工するなど、通常は不可能だ。

可能性があるとしたら国外からの持ち込みだが、それくらいなら国外で爆弾にした方が早い。東京で爆発させる意図がない限りは。

『確認したら、受け取りの連絡をいれろ。それで俺たちの関係は終わりだ』

『いま確認する……だが、まさか東京で？』

『お前は余計なことを考えず、黙ってそいつを完成させればいいんだ』

『あ、ああ……』

そのときメーカーは、目の前のひょうひょうとした男をどこで見たのかを思い出した。それは、ついさっき見た、ニュースサイトで報道されていた顔だったのだ。

確か、代々木で警官が殺害された事件の容疑者だったはずだ……

逆らうとヤバそうだと感じたメーカーは、男の迫力に押されるように後退《あとずさ》ると、部屋の奥のカーテンを開けて、掛かっていた布のカバーを取った。そこには金属で作られた二つの球体が置かれていた。

震えた手が、それを開こうとして外したネジを落とした。

『どうした？』

『い、いや、ちょっと――』

『なんだ？　いまさら後悔の念に囚われたところで救いはないぞ』

『いや、そうじゃなくてだな――』

彼は男のことを思い出したことを隠すように、饒舌《じょうぜつ》になった。

『ほら、こいつを作るのは結構大変だったんだ』

そうして、小型化された核兵器における、爆縮レンズの設計や実装の難しさを蕩々《とうとう》と語った。

『報酬の交渉なら依頼者としろ。俺たちはただの運び屋だ』

それを聞いたメーカーは、仕方なさそうなそぶりで作業に戻った。

『どうやらあの男、何かを感づいたようだな』

ラーテルがファシーラにフランス語で話しかけた。どうやらメーカーはフランス語を理解できないようだったからだ。

『ま、これでしょうね』

そう言って彼が取り出したスマホには、ファシーラが殺害した警官の事件がトップに掲載されているニュースサイトが表示されていた。

『ほう。ずいぶん有名になったじゃないか』

『勘弁してくださいよ……』

『向こうに戻ったら顔を変えてしばらく休業してろ』

『そうさせてもらいます。で、依頼されたプルトニウムの運搬はこれで終わりですが、この後はどうします？』

『そうだな――』

そう言ったとき、ラーテルのスマホが振動して金が振り込まれたことを告げた。

『素早い連中だ。だが、暗号通貨か。こんなものがカネってのは、どうにもだまされているような気分になるが――俺たちには都合のいい時代になったのかもな』

この日、ビットコインは三千八百ドルほどで取引されていた。ボラティリティが大きいため、信用度が高いとは言えないが、取引の匿名性は疑似的とはいえそれなりにある。素早く始末すれば追いかけることは難しいだろう。

ラーテルはすぐにそれをメンバーに分配した。

スカウトたち四人は、あらかじめ手配しておいた身分とチケットで、バラバラの目的地に向かう空の上だろう。後は勝手にやってくれ。

『まずは、お前を何とかしなきゃな』

『俺ですかい?』

『さっきのニュースを見ただろ。お前、大人気のようじゃないか』

プルトニウムの持ち出しは臆測だろうが、警官殺しの方は弁解の余地がほとんどない。しらを切るのは難しそうだし、あれほど有名になってしまえば、用意してある身分に変装して高飛びするのも難しそうだ。

『ああ、なるほど。で?』

ここで始末して切り離すということもありえるが、ラーテルはそういうタイプではなかった。

『バーストが出てくるのは予定じゃ今日だが、この調子じゃこっちもヤバそうだ』

ラーテルは、研究室に置かれていた安物のパイプ椅子にどかりと腰を下ろすと、エスプレンディドスをフラットカットしてトーチライターで火を付けた。

それを口にくわえたまま、『いざとなったら、あれを使う』と、メーカーが奥で組み立てている球体をシガーで指した。

『やれやれ、探索者の次は核テロリストですか？　傭兵の仕事を懐かしむ日が来るとはね』

日本は核アレルギーの国だ。あいつで脅しつけてやれば、すぐに折れるだろう。

『しかし、ここであれをスティールしたら、依頼者にまで狙われませんか？』

『その心配はない』

『なぜです？』

『考えてもみろ。あの屋敷じゃ携帯を撃ち抜かせて見せたが、端末はイークス特製のもので、おかしなアプリが入り込む余地はない。常にエンドツーエンドで暗号化されているから、仮にやつが用意したＳＩＭカードに仕掛けがあっても、傍受できるのは暗号化されたデータだけだ』

『つまり？』

『俺たちの中に裏切り者がいない限り、あの時点で内容を知っているのは依頼者だけ。つまり、こいつの依頼者はデヴィッドなんだよ』

それを聞いたファシーラは憮然《ぶぜん》として腕を組んだ。

『それが分かっていて、どうして無理にあいつを持ち出したんです？　そんなことなら、一層に捨ても良かったでしょう?』

『あの場はそれでいいかもしれんが、それだとバーストを助けるのに骨が折れる』

後から出てくるバーストのWDAカードは他人のもので、その男はすでに死んでいる。予定では、発覚する前にゲートを抜けられるはずだったが、事ここに至っては、バーストが無傷であのゲートを抜けることは不可能だ。捕まったバーストを取り戻すには、ここで作られるはずのアイテムが必要だったのだ。

『分かりました。しかし結構な金を使ってますよ。どうしてデヴィッドは、わざわざこんな面倒なことを?』

傭兵を雇って、こんなシチュエーションを演出するくらいなら、最初から東京に対して、直接的な破壊工作を命じればいいのだ。

『あいつは俺たちを追い詰めて、そいつを使わせたいんだろうぜ。それくらいやれば神の庭とやらを踏みにじったことになるのかもな』

『そんなバカな……そんな自殺みたいなことを俺たちがするはずありませんよ。それにデヴィッドだって東京にいるんですぜ? ただじゃ済まない』

『イカれているやつの考えなんか分かるかよ。だが、いずれにしても――』

ラーテルは、シガーを机の上に押しつけてもみ消すと、椅子から立ち上がった。

『俺たちを当局に差したのもやつだってことだ』

JDAの対応が早すぎたおかげで、ファシーラは危険を冒すはめになり、後から出てくるバーストもヤバそうだ。デヴィッドの思惑通り、こいつを使うのは論外だが、この落とし前は付けなければならない。

『しかし、この状況で、やつをあちこち探して回るのは……』

ファシーラが苦しそうに言った。

東京は、移動するだけでもショーファーが四苦八苦していた程度には、監視カメラが設置されている街だ。

『問題ない。やつにはハウンドを付けてある』

『そいつは……』

ハウンドは『猟犬』の二つ名を持つ傭兵だ。

ファシーラは、バーストを飛行機に乗せた後のことは聞いていなかったが、どうやら一緒に来日していたらしかった。やつにとっては、ポインターの役割などお茶の子だろう。

ラーテルはスマホを操作すると、楽しそうに言った。

『どうやらやつは、帝国ホテルにお泊まりのようだぜ』

そのとき奥のスペースから、メーカーが、タオルで手を拭きながら現れた。

『どうした？』

『完成だ』

『起爆装置は？』

『こいつがリモコンだ。タイマー設定にも対応させてある。当然ＰＡＬ（起爆作動システム）などは搭載されていないから、誰でも起爆させることができる。気を付けろよ』

男はファシーラにリモコンを渡した。

『衝撃や熱は？』

『常識的な範囲なら問題ないが、ビルの屋上から落下させるなどの過大な衝撃を与えると壊れるかもな。ただしその程度じゃ爆発はしない』

『上等だ』

『あれは？』

奥にあったもう一つの球を指差しながらファシーラが訊いた。

『あれは予備だ。コアがあるなら、あれも完成させるか？』

『いや、結構』

話を聞いて満足したのか、ファシーラがその球をバッグに詰め始めた。

『な、なあ』

作業をしているファシーラを見ていたラーテルに、メーカーが恐る恐る話しかけた。

『なんだ？』

『そいつをどこで使うつもりなんだ？　教えてくれよ。俺はまだ死にたくないんだ』

『そうか、巻き込まれて死ぬのは嫌か』

『ああ』

『じゃ、先に逝って待ってな』

そう言ってラーテルは、荷物の中からサプレッサー付きの銃を取り出すと、メーカーが驚いた声を上げる前に、彼の頭に向けて引き金を引いた。その音は、静かな土曜日の夜の研究棟に思ったよりも大きな音を響かせた。

『隊長ー……』

何をやってるんですかと言った体で、ファシーラが情けない声を上げた。

『いかにも根性のなさそうなやつだからな。こいつから当局へ漏れたら面倒だ』

頭を吹き飛ばされたメーカーをチラリと見たファシーラは、それに興味をなくしたように奥の球へと目をやった。

『予備の方はどうします？』

『目立つ場所に置いておけ。どうせここはすぐにバレる。それを見れば要求がはったりじゃないってことが分かるだろう』

『了解』

『それじゃ、やつに鉛の弾をぶち込みに行くか』

§

翌日の朝早く、東都理科大の先端工学研から東工大のＴＳＵＢＡＭＥ計算サービスを利用してデ

トネーションのシミュレーションが繰り返し行われていたことが突き止められ、現地へ捜査官が向かったところ、そこで頭を吹き飛ばされて死体になっていた研究者と、コアをはめ込むことで完成する状態になっていた核爆弾が見つかった。日曜日で、誰も研究室に来なかったことが発見を遅らせたが、死亡推定時刻は夕べのことだった。

当初は、研究者がピットの組み込みを拒否して殺されたのかと思われ、関係者を安心させかかったが、購入履歴から、二つ分の原爆が作成されていることが分かり、残されていたものは予備だと考えられるようになる。

つまり完成した核爆弾は、すでにそこから持ち出されている可能性が高かった。

二〇一九年　三月三日（日）

SECTION：

代々木八幡　事務所

「で、先輩。結局行くんですか？」

ダイニングのテーブルの上に、地図を開き、ロザリオが何度かつついた場所を確認していた俺に、三好が心配そうに言った。

「今なら、コルヌコピアをダンジョンに返して、新幹線に飛び乗ることもできますよ」

スキルの消去コマンドが見つかったということは〈メイキング〉も消去できるということだ。

それに今すべてを放り出したとしても、一生食うに困ることはないだろう。後のことは専門家に任せればいいのだ。だが――

「ただ生きるってのは、死んでるのと同じだって気もするしな」

「先輩にスローライフは五十年たっても無理そうですね」

「うるさいわ。だけど、御劔さんももうすぐパリから帰ってくるし、翠さんたちはすでに戻ってきたんだろ？　斎藤さんも鳴瀬さんも東京にいるし。俺たちが逃げた後で何かが起こったりしたら、一生後悔しそうじゃないか」

見つけてしまえば、相手は探索者としては超初心者で、鍛え上げられていると言ったところで、ただの人間だ。アルスルズのシャドウピットやシャドウバインドもあるし、なんとでもなりそうな気はする。

「北谷の連中だってそうだろ。いくら榎木《えのき》でも、死んでしまっちゃ夢見も悪い」

「もういっそのこと、今すぐダンつくちゃんにサインを送っちゃいます？」

「それもなぁ……」

世界への影響が計り知れない。どのくらい計り知れないのか、俺たちには、まったく分からないくらい計り知れない。きっと偉い人に任せたら、計り知れなさすぎて最後まで何も決められないに違いないくらい計り知れないのだ。

結局世界は、最悪を経験するまで優柔不断のままだろう。俺たちも含めて。

「連中は傭兵だって言ってたじゃないか。無駄に自決したりしないし、核よりも命と金だろ」

ロザリオがつついていたのは、日比谷公園の隣、日比谷芝浦線とみゆき通りの交差点だった。

「無理を通さなきゃ、うまくいくさ」

俺は、地図をたたみながらそう言った。

「お前はどうする？　新幹線に飛び乗るか？」

「一緒に行きますよ！　私には先輩の黒歴史を撮影する義務がありますからね」

「おい……」

「考えてもみてください、先輩が、ファントム様の格好で宝塚ビルの上に立ち、日生劇場の上にいる犯人と対峙《たいじ》する？　どんだけですか」

「この状況で、その感想もなかなかだな」

「まるで戦隊もののクライマックスのようですよ！」

「こっちは一人だぞ?」

「だから付いて行くんです」

しょうがないやつだな。

「私が行けば、ロザリオも入れて三人です。平成以降、三人戦隊は結構ありますからね」

「分かった、分かった。なら、ダンつくちゃんへの合図は任せたぞ」

僕たちもいるよとばかりに、アルスルズたちが顔を出していたが、君たちはペットか、そうでなきゃ精霊枠だろ。

SECTION：

渋谷区　渋谷三丁目　渋谷警察署

昨日、バーストを渋谷警察署へ留置した田中は、そのまま渋谷署に設置されていた捜査本部へと留め置かれた。高度な判断が要求されることと、この件への深い関わりもあって、彼は村北内閣情報官の代理として、その場の権限を押しつけられたのだ。

「田中さん」

捜査官の一人が、どうするべきか分からない様子で彼に声を掛けた。

「妙な連絡が入っています。今回の犯人だと言っていますが……」

代々木ダンジョンゲート内の殺人事件については、すでに報道されているが、プルトニウムの件は伏せられていた。そのため、一殺人事件にもかかわらず、都内の警察官を動員した大規模な捜査が行われていることに、マスコミは「報復捜査か？」などと、無責任な臆測で面白おかしく報道していた。この手の事件に犯人とは無関係な人物の自首めいた連絡は多い。だが――

「持ち出したものに興味はないか、だそうです」

それを聞いた田中は、すぐに発信場所を特定して周囲にＳＡＴ[注33]（警視庁特殊部隊）を配置するよう言いつけ、何人かのスタッフがヘッドホンを耳に押し当て、録音を始めたことを確認すると、受話器を上げた。

『お電話代わりました』

『あんたが責任者か？』

『残念なことに、貧乏くじを引かされまして』

そう言うと相手は喉の奥をならして笑った。

『あなたたちも困ってるでしょう？　よろしければ引き取りますよ、あれ』

『そうだな、考えてもいいぞ』

ルネ＝ランベールを照会した結果、こちらも思想犯などではなく、ラーテルの部下だということが明らかになっていた。つまりは損得で動く人間だ。そういう人間とは取引ができるのだ。

重要なことは、核を爆発させないこと。逮捕など考えず、速やかに脱出してもらって、核を処理できればそれでいい。それが最も重要なことだ。

『それは非常に助かります』

『しかし、俺たちもそれなりに苦労した。タダ、というわけにはいかないな』

『仕方がありません。いかほどで？』

『話が早くて助かるぜ。後から出てきたやつを預かってもらっているらしいな』

『ルネ＝ランベールさんならお元気ですよ』

（注33）SAT
日本の警察組織における特殊部隊のこと。Special Assault Teamの頭文字を取ったもの。正式には所属する都道府県の警察名を付けるため、ここでは警視庁特殊部隊となっている。

『……日本の警察の捜査能力は、なかなか優秀なようだ』

『恐れ入ります』

『ルネを返して、俺たちを国外へ脱出させてくれるなら渡してやってもいい。ついでに足代をいくらか包んでおいてくれると助かるな』

『そりゃいいですが、あなたたちが国外へ出た瞬間に、東京が吹き飛ばない保証は？』

『俺たちが乗ったジェットやヘリが落ちないって保証は？』

『どうやら私たちの間には、お互いを信じる心ってやつがありそうだ』

『そいつはいい。せいぜい長生きしようぜ』

『それで？』

『二時間後にルネをつれて、ヘリで迎えに来い。場所は――もう分かってるだろ』

それを聞いていたオペレーターがすぐに情報を検索した。

「近くで下りられそうな場所というと、ペニンシュラ東京のヘリポートか、日比谷公園の第二花壇くらいしかありません。後はすべて緊急救助用スペースです」

緊急救助用スペースには、ヘリは下りることができない。ホバリングして乗り込むことになるが、それは認めてもらえないだろう。

『ヘリだと、一区画北にあるペニンシュラ東京の屋上か、隣の公園ですね。どちらへ？』

『なら公園だ』

『足代は？』

『そうだな、日本円なら五億ほど積んでおいてくれれば十分だ』

『そいつはすぐには用意――』

『おいおい、こいつは誘拐なんかじゃないし、俺は駆け引きってやつが嫌いでね。今すぐ手が滑るかもしれん。眠くなる前に頼むよ。日本の政府には官房機密費ってのがあるって聞いたぜ？』

『――分かりました』

『余計なことはしない方がお互いのためだ。じゃあ二時間後に』

そう言って相手は電話を切った。

「発信場所は、有楽町一－一－一。日本生命日比谷ビルです」

「核兵器が作られたのは葛飾だ。どうして危険を冒してまでそんな場所へ？」

東都理科大葛飾キャンパスから日生劇場までは、ほぼ国道六号で一本だとはいえ、十六キロ以上ある。普通に歩けば4時間だ。ヘリを呼ぶだけなら、江戸川の河川敷でも中川沿いの空き地でも問題はなかったはずだ。

「移動することで、爆弾を隠した場所を特定できないようにしたのかもしれません」

都心まで十五キロ。確かにどこで爆発させても、東京の北東部は壊滅だろう。しかし――

田中はどうにも腑《ふ》に落ちなかったが、それを考えている時間はなかった。

「時間がない。警視庁航空隊に連絡してヘリを借り出せ。こっちは村北さんに連絡して五億を用意してもらう。ランベールは、首相官邸に護送、官邸のヘリポートですべてを積み込んだら、そのまま日比谷へ向かわせろ」

田中は、今にも駆け出していきそうな捜査官たちに念を押した。

「いいか、決して相手を刺激するな。目的は逮捕じゃない、核を確保することだ」

そうしてそれは、不可能ではないのだ。おとなしく頭を下げ続けていれば。

SECTION:

千代田区 有楽町

代々木公園駅から千代田線で十四分。俺たちは日比谷で降りてA12出口から地上へ上がると、すでにロザリオは駅の出口の先にある消火栓の上に止まっていた。

「どこだ、ロザリオ？」

ロザリオはその声に反応するように、ぱっと飛び立つと、日生劇場の屋上へと飛んでいった。

「上？」

「先輩、これ！」

三好が収納庫から取り出したのは、小型のドローンだった。

日比谷公園は都立公園だ。首相官邸にドローンを落としたやつのせいで、東京都は、「都立公園でドローンを飛ばしたら、ただちに警察に連絡する」という方針を打ち出した。

「東京の空はすべてが人口集中地区だぞ。無許可のドローンは――」

「地方航空局長の承認なんか取ってる暇ありませんよ！　緊急避難ですよ緊急避難！」

自己又は他人の生命、身体、自由又は財産に対する現在の危難を避けるため、やむを得ずにした行為は、緊急避難として罰せられることはないのだ。

「仕方ない、それで押し通すか」

「いきます！」

三好の手元のコントローラーに付いているモニターに、ドローンからの映像が映し出された。

ドローンは、一旦日比谷公園側に離れると振り返り、日生劇場のファサードを舐《な》めるように映し出して屋上へと抜けた。

「いました！」

屋上に仁王立ちしている男の隣で、もう一人の男がライフルを取り出そうとしている。どうやらそちらが手配されている男のようだった。

「どっちがラーテルだ？」

「隊長らしいですから、たぶん偉そうにしている方ですよ」

「じゃ、あの仁王立ちしているやつがラーテルで、銃を出そうとしているやつがファシーラか。荷物は？」

「あれが入りそうなバッグは、大柄な男が背負っているバックパックと――銃を取り出した男の足元にもスポーツバッグぽいものがありますね」

「足元のスポーツバッグはともかく、背負っているバックパックを、アルスルズに盗ませるのは無理か」

「それにあそこにあるとは限りません。別の場所に置かれていたりしたら大ピンチですよ」

「〈鑑定〉で分かんないか？」

「先輩、〈鑑定〉は、対象があるから鑑定できるんですよ。見えない袋の中身が分かったりしたら、〈鑑定〉じゃなくて〈透視〉になっちゃいますよ」

「そりゃそうか」

「しかし、この状況で一体何を撃つつもりなんでしょう？」

「分からんが——あれ、邪魔しなくていいのか？」

「もしもあれを露骨に妨害したら、不意打ちはできなくなりますよ」

しかし、一体何を狙っているのかは分からないが、この状況で撃とうとしているものが、この事件に関わっていないはずはないだろう。

「とにかく上だ。日生劇場から屋上へは——」

「上はビジネスフロアですから、社員証でもなければ無理です」

「じゃあ、あいつらはどうやって？」

「おそらくミッドタウン日比谷の空中庭園からじゃないでしょうか。ビルの間には隙間もほとんどありませんし、少し高い塀を跳び越えれば屋上に出られます」

「よし、俺たちもそこから行くぞ」

アルスルズに運んでもらうにしても、ここからじゃ細かいことが分からない。とにかく上に行けさえすればいいというなら、見えなくても問題ないだろうが、それでもし、連中の目の前に出たりしたら終わりだ。詳細な位置の指示には、詳細なイメージが必要だが、行ったこともない場所にそんなものを持てるはずがない。とにかく視認する必要があるのだ。

「アイスレムは、あいつの狙撃を分からないように邪魔してくれ」

いつもなら弾丸をまるごと消してしまうわけだが、それだとすぐに異常に気付かれる。

「俺たちが上に行くまで、何とかしてくれよ」

そう言うと、三好の影から尻尾の先が少し覗いて、それが振られた。

「行くぞ」

「六階ですよ！」

「了解！」

俺たちは隣の商業ビルに向かって走り始めた。

SECTION :

千代田区　内幸町

帝国ホテルの本館十四階にあるジュニアスイートでは、デスクの前の椅子に座っているデヴィッドが、ラーテルからかかってきた電話を受けたところだった。

部屋の反対側にある二人がけのソファでは、イザベラが不機嫌そうに足を組んでいた。

『よう、デヴィッド。今回は色々と世話になったな』

デヴィッドは、椅子から立ち上がると、デスクを回って窓の前まで移動した。目の前にはみゆき通りを挟んで日生劇場が見える。その屋上には、仁王立ちで携帯を持っているラーテルと、ニーリングでＨＫ４１７を構えているファシーラがいた。

ＨＫ４１７の射撃性能はそこそこだ。狙撃銃としては少し足りないが、この距離なら外れることはほとんどないだろう。

『ははは、そんなに気にしないでくれ。楽しんでもらえたかな？』

『ああ、なかなか刺激的だったぜ。だが少し貰いすぎたな。だからあんたにもお裾分けをしようと思ってね』

『そんなに気を使ってくれなくてもいいさ』

『いや、せめておつりくらいは受け取ってくれよ。それに――』

ラーテルはデヴィッドがいるホテルを上空から見た資料を思い出しながら言った。

『——あんたの贖罪《しょくざい》には、ふさわしい場所だろ』(注34)

§

ニーリングの姿勢で、スコープ越しに覗くデヴィッドの姿に、ファシーラはどうにも落ち着かない気持ちにさせられていた。

『隊長、やつはこっちが見えているのに、どうして窓際《まどぎわ》に立ったままなんです？』

『死にたいんだろ』

『なるほど』

滅茶苦茶な意見だが、確かにそうとしか思えなかった。

距離はわずかに六十メートル。少し訓練した兵士なら外すはずがない。ファシーラは不安を追い払うように、ゆっくりと右手の人差し指で引き金を絞った。

ＨＫ４１７がビルの間に軽快な発砲音を響かせた。

ファシーラの撃った弾は、糸を引くように帝国ホテルの窓の向こうにあるデヴィッドの顔をめがけて飛んでいき、鋭い音とともに窓に穴を開け——

『は？』

——笑みを浮かべているデヴィッドの一メートル以上左に着弾した。

『六十メートルを外すとは、なかなかいい腕だな』

『いや、そんなはずは……』

スコープの調整がずれていたのだとしても、百メートルでゼロインしていたものが、わずか六十メートルで一メートルも左にずれるなんてあり得ない。一体何メートルのビル風が吹いていればそうなるというのだろう。

ファシーラは、気を取り直して、右に一メートル分狙いを補正すると、もう一度引き金を絞った。

だが、今度はそのまま右へとそれていった。

『ばかな……』

§

『ねぇ、デヴィッド。あなた死にたいわけ？』

部屋の隅にある二人がけのソファのクッションにもたれかかりながら、イザベラが美しい足を組み替えた。

（注34） ふさわしい場所
帝国ホテルの本館は、上から見ると十字架の形をしている。

『あなたの自殺に巻き込まれるのは迷惑なんだけど』

『死ぬ？　私が？』

デヴィッドは、窓に開いた二つの穴をチラリと見ると、再びイザベラを見て頭を振った。

『劇が終わらないうちに、幕が下りたりはしないよ』

イザベラは頭痛をこらえるように、目を閉じて頭に手をやると、眉間にしわを寄せた。

『付き合いきれない。で、私にあなたが撃たれるところを見せたかったわけ？』

『いや、東京が滅びることがあるとしたら、それを特等席で見てもらおうと思ってね』

『はあ？』

『君も十分に悪徳を積み上げた。神の奇跡を目の当たりにする資格はある』

『勘弁してよ……』

イザベラには、彼が何を言っているのかみじんも理解できなかったが、それが異常だということだけは肌で感じられた。

『過ぎ去った時代につじつまを合わせようとして、どんなに理屈をこね回したところで、ミレニアムはとうに過ぎ去り、獣たちは野に放たれて久しい』

『あなた、黙示録の獣を気取ってるわけ？』

『なら、あんたはその上に座るバビロンだな。大淫婦《いんぷ》、まさにあんたにふさわしい』

『もう帰ってもいいかしら？』

そう言ってはみたが、部屋の出口はデヴィッドの側で、そこに辿り着くまでには、大きな二枚の窓を横切らなければならなかった。

彼がどんなにイカれていようと、窓に開いた穴は現実だ。通りの向こうには、銃を構えたやつがいて、こちらを狙っているのだ。下手に動いて巻き込まれるくらいなら、このまま柱の角にいた方が安全だろう。

彼女はそう考えて柱の側に身を寄せた。

§

パークビューガーデンは開放的な空中庭園だが、日生劇場側のどん詰まりは、レストランの陰になっていて、庭園の縁に出ている人たちからしか見えない場所だった。しかも、ここにいる客は、ほとんどが日比谷公園の方を向いている。

「チャンスです、先輩！」

「よし、頼むぞドゥルトウィン。あの建屋の上だ！」

影から尻尾が出てきて、それが振られた次の瞬間、俺たちは目的の場所に来ていた。氷室の件で、できるとは思っていたけれど、本当にダンジョンの外でもこれができるのか……

「ここは……」

そこは、空調の室外機が音を立て、それに繋がる管がごちゃごちゃと引かれている歩きにくい場所だった。

「少しくらいの音なら、この音でごまかせそうだな」

「先輩、あのへんの隙間から窺《うかが》えそう――」

そのとき一発の銃声が辺りに響いた。

俺たちは慌てて、帝国ホテルの側へと進み、隙間から下を覗いた。

するともう一度同じ音が聞こえた。いくら日本人が銃声を聞き慣れていないといっても、こいつは通報する人がいてもおかしくないレベルだ。

「帝国ホテルの窓って、もしかして防弾なのか？」

「賓客用のスイートルームはそうだって聞いたことがあります」

各国の首脳級が泊まるような部屋ってことか。

「だけど、あの辺は、インペリアルフロアでも、ジュニアスイートですよ」

三好が、単眼鏡を取り出して覗いている。

「窓に弾痕があります……って、あれは――」

「どうした」

「窓の向こうに立っている人ですけど、どっかで見たことあるような気が……」

「インペリアルフロアにいるんだから、ＶＩＰだろ？」

「あの辺の部屋なら先輩だって泊まれますよ」

いや、『だって』は酷《ひど》くない？

「ともかく、窓の向こうの人間は生きてるんだな？」

なら、アイスレムはちゃんと目的を果たしたってことだ。

「それどころか笑ってますよ」

「笑ってる？」

防弾でもない部屋で、向かいのビルから狙撃されたにもかかわらず、窓際で笑ってるって、一体どういうメンタリティだ？

「それよりも、先輩、忘れないでくださいよ。私たちの目的は爆発の阻止ですからね」

「分かってる。もう、いっそのこと、ここから二人をシャドウバインドで捕まえちゃえば、すべて解決じゃないか？」

「それなんですが……あのがっちりした方の人の左手を見てください」

俺は三好から単眼鏡を受け取ると、それを覗いてピントを合わせようとした。

「あれ？」

「どうしました？」

「いや、あのがっちりした男、以前十層で会った男じゃないか？」

「十層？　もしかして、『シリウス・ノヴァ！』のときの？」

三好が上半身だけでくるりとポーズを取って見せた。

「いいかげんそれは忘れろ」

俺は、三好の頭にぺしりとチョップを落とした。

「あいつがラーテルだったのか……あのときの映像って残ってるか？」

「一応。でも先輩が活躍してますし、その場にいなかった私が提出するってのはちょっとまずいですよ。それに、テンコーさんたちが持ってる映像の方が近くてきれいでしょうし」

「そういや撮影してたっけ」

「なにしろTV素材でしょうから」

「あのときは確か、七人だったはずだ」

最初に向かってきたのは六人だったが、後から一人、階段に残っていたやつもやって来た。

「傭兵仲間ですかね？」

「そいつらがまだ東京にいるんだとしたら、自爆の危険は少しだけ減るかもな」

そう言って、俺はラーテルの左手にピントを合わせた。

「なんだあれ？」

彼は左手でずっと何かを握っているようだった。それはちょうど病院のナースコールのようなデザインに見えた。

「何かのボタンを押さえているように見えるな」

「もしもあれが爆弾のスイッチだとしたら、意識を飛ばされた途端に爆発させるタイプですね。死なば諸共《もろとも》ってやつですよ」

「ピンの抜けた手榴弾《しゅりゅうだん》を握っているようなものか」

仮にシャドウバインドで縛ったとしても、その瞬間あの指が離れない保証はない。普通の手榴弾ならどうということはないが、あれで爆発するのは核爆弾なのだ。

「まるごとピットに落としたらどうだ？　別空間だから電波は届かないだろ」

ケーブルが伸びている様子はないから、おそらくは無線型だ。

「あのボタンの仕組みが分からないと危険です。もしも離すと信号が途切れて、それが爆破のサインになっているようなタイプだったとしたら、シャドウピットに落ちて入り口が閉じた途端に爆発しますよ」

ただボタンのようなものを握っているだけで、執れる手段がなくなるとは。取り返しが付かないことは、可能性がありさえすればいいってのは本当だな。

「先輩が全力であのボタンを奪うってのはどうです？」

「いや、いくらなんでも距離がありすぎるだろ。それなら、爆弾の方をシャドウピットに落とすのはどうだ？」

「仮にうまくいったとしても電波が途切れますから、アルスルズ空間で爆発するかもしれません。どんな影響が出るのかは、まったく分かりませんね。もっとも、それ以前に、どこに爆弾があるのか分かりませんし」

「そのシステムなら隠してあるのは近場だろ。もう一度、ロザリオに探してもらうか？」

「仮に見つけたとして、どうするんです？」

「そうだよなぁ……」

もしも破壊に失敗すれば、一瞬で数百万人の命が失われるのだ。もちろんその中には自分たちの命も含まれている。

「ここまで来たはいいが、おなかが痛くなってきたぞ」

「やっぱ正解は新幹線でしたかね……」

§

『どういうマジックだ？』

窓ガラスの向こうで手を振るデヴィッドを、苦々しげに睨みながら、ラーテルが訝しげな様子で顔をしかめた。

『分かりません……が、ガラスは防弾ってわけじゃなさそうです、もうフルオートでかましてやりましょうか』

『マガジンは？』

『あと三本ってところですね』

迎えが来るまで三十分もないだろう。いまさら弾がなくなったところで困りはしないか。後は銃など使わなくても、日本という国がエスコートしてくれることになっている。もしもそれが叶《かな》わなければ、数百万人の命が、三人の命と引き換えになるだけだ。

それに、俺たちを虚仮《こけ》にしたデヴィッドだけは生かしておけない。

『やれ』

『イエッサー!』

そう言って立ち上がったファシーラは、セレクターをフルオートに切り替えると、スタンディングの構えで発砲した。

マガジンの中の十八発は連続する轟音《ごうおん》とともに吐き出され、キンキンという排莢《はいきょう》された薬莢が床に落ちる音がリズムを刻む。ホテルの大きな窓は完全に壊れ、ガラスの欠片《かけら》が美しく光りながら眼下へと散っていった。後には――

『嘘だろ』

壊れた窓から吹き込む風に煽られて、髪を乱したデヴィッドが手を振っていた。

『まさか、あの男……なにか特殊なスキル所有者か?』

その言葉が聞こえたかのように、デヴィッドは笑みを深めた。

§

「滅茶苦茶だな……」

「撃った方ですか? 生きてる方ですか?」

「どっちもだよ! 三好、おまえちょっと、その陰に隠れてろ。なんなら、半分アルスルズ空間にいてもいいから」

「え？」

「今ので、東京中の警官が集まってくるぞ」

遠くでパトカーのサイレンが鳴っている。

隣のミッドタウン日比谷も裏の宝塚ビルもここよりはずっと高いのだ。状況が状況だから撃たないとは思うが、狙撃班だって配置されているだろう。それにそろそろヘリも飛んできそうだ。

「無難にお帰り願えるはずが、なんだかおかしな方向に進みそうだ」

「先輩がファントム様になるにしても、私の姿が見えちゃまずいってことですね」

「そうだ。だが空間は閉じるなよ。そして合図をしたら躊躇《ちゅうちょ》せずに発信しろ」

もしそんなことになれば、世界から核兵器が消失する。一体どんな問題が起こるのか、俺たちの立場じゃ想像するにも限界がある。だが――

「悪いな、世界。俺たちにとっては、世界の安全保障よりも、身近に生きてる人たちの命の方が大切なんだ」

「Sorry, world.ってのは新しいですね」

「『やっぱ、この言語使うのヤメ』ってときに作るプログラムかな？」

そう言って笑うと、俺はビルの死角で地上のファントムに変身した。

§

その少し前、ＳＡＴの配置は完了していた。

「宝塚ビル、配置につきました」

「Ｕ－１ビル、帝国ホテルタワー、ミッドタウン日比谷、配置完了しています」

「よし」

どの場所からも、日生劇場の屋上までは、およそ百メートルだ。

セミオートマチックのＰＳＧ１でも、その精度は九十メートル先にある二・五センチの円内に収まる。当然ボルトアクションのＬ96Ａ１ならもっと精度は高い。

「風もそれほどありませんし、この距離なら外しようがありません」

四か所から二人ずつ、計八人がターゲットをスコープに捉えていた。

そのとき突然、まるでマシンガンを撃つような音が聞こえてきた。

「なんだ⁉」

「ま、マル対が、帝国ホテルに向かって、フルオートで発砲しています！」

「なんだと⁉」

「状況を報告しろ！」

「こちらミッドタウン。帝国ホテルの十四階に撃ち込まれたようです。窓は完全に壊れて……なんだ？　割れた窓の向こうに人が立っています！」

　人が立っている？

「マル対は、次のマガジンに交換しています。このままでは窓の人物が――」

「発砲の許可をお願いします！」

「許可を！　この距離なら絶対ですよ！」

「待て！　本部の指示を！」

「内調野郎の指示なんか待ってられませんよ！　目の前で人が殺されようとしてるんだ！　許可、許可を！」

　このとき、部隊長は致命的なミスをした。

　一人の命など見捨てて、命令を守り、東京都民数百万人の命をとるべきだったのだ。だが、彼は目の前で撃ち殺されようとしていた一人の人間の命を見捨てられなかった。それは、言ってみれば矮小《わいしょう》なレベルでしか事件を取り扱ったことのない現場指揮官の限界であり、日本人的倫理観の高さでもあった。

「許可する！　撃て!!」

　その瞬間、運命を乗せた弾丸が、八つの狙撃銃から一斉に放たれた。

§

「ばっ！」

かやろう！と続けるまもなく、その弾は音速の二倍を超える速度で飛んできた。発射された銃弾が命中するまで、わずか〇・一一秒。しかも複数だ。

二人とも守ることは不可能だ。

ターゲットが俺たちじゃなかったため、アルスルズの対応が遅れた。それでも俺の影にいたドゥルトウィンが素早く二発を処理、ワンテンポ遅れて、カヴァスが一発を処理したが、U－1ビルから飛んできた最後の一発は、帝国ホテルが邪魔になりアイスレムが対応できなかった。

「くっ！」

その弾は、ラーテルに命中する数メートル手前で、俺の〈水魔法〉にそらされて、彼の頬をかすめると後ろにあった室外機に音を立ててめり込んだ。

彼は、頬をかすめた痕を右手でこすってその指を見ると、ゆっくりとこちらを振り返った。

『……なるほど。どうやらあれは、荒野に呼ばわるものの仕業ってわけか』

向かいの帝国ホテルの割れた窓ガラスに、握ったままの左手を向けて、ラーテルが言った。

『日本って国はどうなってる？　自殺願望にまみれたバカであふれてるのか？』

プロが無防備に姿をさらして、狙撃の手当をしていないはずがない。

彼は、スイッチを握った左手を自分の目の前に掲げながら、数歩こちらに近づいた。

それに気が付いたのかどうかは分からなかったが、次弾は飛んで来なかった。

ラーテルは大型のハンドガンをホルスターからゆっくりと引き抜くと、俺に向かって躊躇なく引き金を引いた。

何かが爆発したような轟音を響かせて、ハンドガンは文字通り火を噴いたが、グリズリーでもなぎ倒せそうなその弾が俺に届くことはなかった。

『どんな気分だ？』

彼は驚きもせず、笑みすら浮かべながらそう尋ねたが、俺はその質問に答えなかった。彼の左手を奪えるかどうかを考えていたからだ。一瞬で左手ごと握りこみ、そのままそれを彼から切り離す。可能かもしれなかったが絶対とは言えそうになかった。

『前の時もそうだったな。あんたはいつも高い場所にいて、下界を見下ろしていやがる』

ラーテルは、汚いものを口に含んだように、つばを屋上に吐き出した。

『人が地べたを這いずっているのを眺めているのはどんな気分だ？』

そう言ってこちらに背を向けると、倒れている男に歩み寄り、その遺体を仰向けにした。

『俺より先に死んじまうとは、間抜けなやつだ』

そう言って、ポケットから一本のシガーを取り出すと、フラットカットして火を付けた。

誰が手配したのか、ヘリの音がビートを刻みながら近づいてくる。

あちこちから集まってきたパトカーのサイレンが下界からうねるように立ち上り、まるで天国へと続く階段を上るためのファンファーレのようだった。

『主の道を整えよ。荒地で、私たちの神のために大路を平らにせよ、か』

ラーテルはファシーラのそばに腰掛けて、そのシガーを彼の口にくわえさせた。

『そいつでおしまいだ。ゆっくり楽しみな』

だが、それ(注35)はすぐにポロリと口からこぼれると、ころころと屋上を転がった。

『最後のエスプレンディドスも、地に落ちたか……』

そう言ってうつむいた彼は、まるで祈るように頭を垂れ、髪の中に手を入れて握りしめながら、小さく喉を鳴らしているようだった。

やがて、ゆっくりと顔を上げると、ＳＡＴが陣取っているだろうビルの一つを睨んだ。

『いいだろう、主の道とやらを整えてやろうじゃないか——大地ごと平らにしてな』

ラーテルが、死んだ男の肩を強く握りしめると、突然、彼からギラつく殺意が噴き出した。

（まずい！）

『何と引き換えようと、こいつらだけは殺す』

（だめだ！　押せ！　三好！）

そう念話を送った瞬間、ドンッと爆縮レンズが起爆した音が響いた。

俺は思わず目を閉じたが——

『……な、んだと？』

数秒経っても世界はそのままそこにあった。

驚きのあまり目を見開いたラーテルの視線の先では、室外機の下に隠されていた金属の球が転がり出てきて、細く煙を上げていた。

『くっ！　くっくっくっく、あはははは！』

ラーテルが大声で笑い出したとき、建屋の横にあるドアがはじけるように開いて、小銃を手にした数人の男たちが屋上へとなだれ込んできた。

『動くな！』

その言葉を無視して、ラーテルはハンドガンを男たちに向けて発砲した。

その弾に当たったものは、まるで車にはねられたかのように後ろへと弾き飛ばされた。

『何が「動くな！」だ』

連続してとどろく発砲音が聞こえ、何かがいくつも体にめり込む感覚に支配されながら、ラーテルは、相手に反撃のチャンスを与えるバカは、すぐにこの世とお別れする羽目になるんだぜと、笑いながら暗い闇の底へと沈んでいった。

§

『はっ、はははははは』

向かいのホテルの窓では、デヴィッドが大口を開けて笑っていた。

『見たか、イザベラ！』

信じていた通り神はいた。

そうして自分の庭を守るために、ついにその使徒をお遣わしになり奇跡をなしたのだ。

（注35）エスプレンディドス
コイーバのシガーの名前だが、「輝かしい」とか「素晴らしい」などの意味がある。

SECTION: 日比谷公園

「やっちまった……」

「やっちまいましたね……」

俺たちは、ＳＡＴがなだれ込んで来たところで、こっそりピットに落ちて逃げ出した。そうして今、日比谷公園の噴水広場のベンチに座って空を仰いでいた。

あの爆弾が不発だったってことは、三好が出したＧＯがダンつくちゃんに届いたってことで、ついでに言うなら、今頃は、世界中のプルトニウムガリウム合金と高濃縮ウランがきれいに消えてなくなっているはずだ。

それが世界に与える影響？　知らんよそんなこと……

目の前では、水がいくつかの表情を浮かべながら踊っていた。

高く噴き上げられたそれは、１／ｆゆらぎと高周波で、少し早いお昼を取ろうと足早に歩いている人たちの脳からアルファ波を引き出そうとはしゃいでいるようだった。

「なあ三好」

「なんです？」

「思ったんだが、お前、隠れてるだけじゃダメだったんじゃないか？」

「へ？」

「だってさ、ダンつくちゃんに連絡をするのは俺たちだってことは知られてるよな」

「そうですね」

「それで現場にファントムが現れて、核が爆発する瞬間に消失が起こったんだとしたら――」

「うちとファントムの間には、何らかの関係がありそうじゃないですか！」

まあ、いまさらなのかもしれないが、臆測を強化することだけは確かだ。

「だよなぁ……」

「先輩、私たち、もしかしたらバカなんですかね？」

「いやだって、そんなこと考えてる余裕なんかなかっただろ？」

あのクソ馬鹿たれな狙撃がなきゃ、こんなことにはなってないんだよ。どこのうんこ野郎があんなことをしやがったんだ。クソっ。うんこ野郎だけに。

「大体、核の起爆ボタンは押されたんだぞ？　もしも俺たちがいなかったら、あれで東京は壊滅だ。日本株は大暴落。何百万人もの人間が死んで、大不況の嵐が吹き荒れるところだぞ？」

「それ以前に政府がなくなってますよ」

政治の中心はすぐそこだ。跡形もなく吹き飛んでいたことだろう。

俺はもう一度空を仰いで目を閉じた。

「今週末、突然地元に帰っていた政治家がいたら、殴ってやりたくなるな」

「先輩」

「しかも、最後、なんでなだれ込んできちゃうわけ？　もしも核のスイッチを維持したままだったら押されちゃうだろうが！」

「先輩」

「しかも『フリーズ』？　あいつら、バカなの⁉」

「そいつは耳が痛いですね」

「え？」

目を開けると、広がる青空の中、後ろに某田中さんの顔が見えた。

ガバッと身を起こすと、三好が、あちゃーと言わんばかりに、掌を額に当てていた。

「どどど、どうしてここに？」

「いや、現場から日比谷公園を見たら、お二人のような方がいらっしゃったのでね」

そう言って某田中さんは、噴水の向こう側に立っている日生劇場を見上げた。

確かにここからなら、日生劇場も帝国ホテルもよく見える。

「ここは、現場からよく見えるんですよ。噴水の反対側なら見えないんですがね」

「あー」

「それに、それはこちらの台詞《せりふ》ですよ」

「いや、だって、俺たちは……なぁ」

「そうですそうです。ほら、ダンつくちゃんに知らせるタイミングのこともありますし」

「どうやって、それを？」

その質問に、俺と三好は顔を見合わせて、偽装トートの中から小型のドローンを取り出した。

「まあ、緊急避難ってことでお願いします」

それを聞いた某田中さんは、彼には珍しく苦い表情を見せた。

「現場じゃ、不発で良かったと胸をなで下ろしていたようですが——」

「そりゃ良かった」

俺は投げやりにそう言った。

「——確かにあれは起爆させられていたようです」

「数百万の命を、そんなありえそうにない奇跡にベットした人はこの仕事に向いてませんね」

だが、考えてみればあの狙撃が、世界から核兵器を廃絶させる原因になったのだ。

あれがなければ俺は姿を現さなかっただろうし、ラーテルはボタンを離さなかっただろうし、ダンつくちゃんに合図を送ることもなかっただろう。

風が吹けば桶屋が儲かる。

あれは、世紀の大英断だったと、誰かが後知恵で話す日が——いや、来るわけないか。

「どうやら日本はあなたたちのおかげで救われたようだ」

「世界がどうなるかは分かりませんがね」

俺は非難するようにそう言った。

「そうそう、ＳＡＴの狙撃班によると、劇場の関係者のようなコスチュームの誰かが突然現れて、何かを話していたなんて証言があるのですが、彼らが突入したとき、そこには誰もおらず、まるで幽霊のように消えていたそうです——何か心当たりは？」

「……さあ。あの馬鹿げた狙撃以降、俺たちはラーテルの左手に集中していたから」

「そうですか。いずれにしてもお疲れさまでした」

彼は小さくお辞儀をすると、そのまま劇場に向かおうとしたが、数歩進んだところで立ち止まると、こちらを振り返った。

「そういえば、芳村さん」

「え?」

「どうしてなだれ込んだ連中が『フリーズ』と言ったのを知っているんです?」

「さ、最近のマイクって性能がいいんですよ」

「それは凄い、うちも利用を検討してみましょう」

そう言って彼は、今度こそ現場へと引き返していった。

終章

エピローグ

It has been three years since the dungeon had been made.
I've decided to quit job and enjoy laid-back lifestyle
since I've ranked at number one in the world all of a sudden.

EPILOGUE

後日譚

SECTION：

ダンつくちゃん質問箱

ＪＤＡのサイトに、「ダンジョンの向こう側に誰かがいるとしたら、どんなことが聞きたい？」という『ダンつくちゃん質問箱』が開かれたのは、斎賀がＧＯを出した少し後のことだった。

別に凝った演出が必要なわけでなし、技術的には平易なものだったため、すぐにそれを組み込んだ桜井だったが、どうして直接運営せずに、訳の分からない場所に転送しなければならないのか、意味が分からず、ただ首を傾《かし》げただけだった。

だが反響は大きかった。

当初、代々ダン掲示板を始めとする、各種ＳＮＳでは、それが何かのジョークサイトだと認識されていた。

354：名もない探索者
まだ書き込みはできないんだけどさ、なんだよあのAMA（w

355：名もない探索者
エイプリルフールに向かった仕込みじゃないの？

356：名もない探索者
来月の一日に、質問への返事が付くんですね、分かります。

357：名もない探索者
まだ一月近くあるんですけど……

358：名もない探索者
ＪＤＡは開設以来、エイプリルフールサイトを作ったことは一度もないぞ。

359：名もない探索者
なんにでも初めてはあるじゃん。

360：名もない探索者
ところで、ダンつくちゃんって何？

361：名もない探索者
ネットの辞典じゃ、旦那を揶揄する言葉だとよ。

362：名もない探索者
あ、うちの実家の方じゃ、一人でやる獅子舞のことを『だんつく』って言ってたよ。

363：名もない探索者
愛知県民発見！＞362

364：362
そうそう。あのへん、『だんつく（旦那が突く）』に『おまん×』なんてちょっと間違えたらエライことになりそうな祭りだらけだから。

365：名もない探索者
伏せるなよ（w＞366
『と』だからな！　『と』。駆け馬のことだから！

367：名もない探索者
とだとしても、聞き間違いそうな音だな、それwww

368：名もない探索者
いまゴグッてみたら、ゴーグルブックスの低年齢向けに書かれたルパンの話がヒットしたんだよ。

369：名もない探索者
三世？

370：名もない探索者
いや、ルブランの方。だけど、小説のどこにもそんな言葉は書かれてないわけ。

371：名もない探索者
単なるバグじゃないの？

372：名もない探索者
それが、実は、『秘密の階段を作っておいた』ってフレーズにヒットしてたみたいだ。

373：名もない探索者
バグじゃん。

374：名もない探索者
いやいや、低年齢向けだから、全部の漢字にルビが付いているわけ。

375：名もない探索者
ひみつかいだんつく（w

376：名もない探索者
ゴーグルブックスの検索って、ルビはルビでまとまって文字列化されてるんだな。しかも検索にヒットするという。

377：名もない探索者
欧文にルビはないからなぁ……

378：名もない探索者
いやいや、脱線も甚だしいでしょ。で、だんつくって結局なんなの。

379：名もない探索者
俺らを躍らせようとしてるっぽいし、獅子舞ちゃんでいいんじゃないの。

380：名もない探索者
ダンジョンの向こう側にいる連中が、獅子舞ちゃん！

381：名もない探索者
描いてみた。『獅子《リオンヌ》舞ちゃん、十二歳』）つhttps：//URL…

　そこには、被り物をして、がおーというポーズをとっているかわいらしい子供の絵がリンクされていた。

382：名もない探索者
天才現る

383：名もない探索者
速えよ

384：名もない探索者
なんでフランス語

385：名もない探索者
じゃあ、俺は、レオネッサを描こう

386：名もない探索者
んじゃ、俺は、リュータスかな

387：名もない探索者
それどこよ？　イタリアは分かるけど＞386

388：名もない探索者 386
リトアニアだよ

389：名もない探索者
わかるか！　そんなの

390：名もない探索者
おいおいみんな。ここはノルウェー一択だろう？　『ルーヴ 舞』

391：名もない探索者
なんでさ？　音はちょっとぱっとしない気がするけど

392：名もない探索者
綴りが、Løveだから

393：名もない探索者
おお！

そうして、しばらく、あちこちで『獅子 舞』の絵がアップされたのだった。獅子の部分の読みは、非常に色々だったが。
そうして、ひとしきり脱線しまくった後、話は元に戻された。

502：名もない探索者
しかし、ダンつくちゃんに質問するとして、ＪＤＡはこの後これをどうするつもりなんだ？

503：名もない探索者
うーん。相手になり切った誰かがそれに答えるとか？

504：名もない探索者
実は、パイオニア探査機の金属板や、ボイジャーのゴールデンレコードと同じ、未知の何かに対するメッセージなんだよ！

505：名もない探索者
だが、ここに書くのは質問なのだ。つまりは、答える何かがいるということなのだ。

506：名もない探索者
ＪＤＡで、ＶＴｕｂｅｒでも始めるのかよwww

507：名もない探索者
私は、ダンジョンの向こうからやってきた、ダンつくちゃんなのだ！

508：名もない探索者
ヤメロwww

509：名もない探索者
でもさ、ＪＤＡって、今まであんまりジョークっぽいことはやらなかったじゃない。

510：名もない探索者
まあな。そもそもダンジョンが相手じゃ、突拍子もないことが書かれていたところで、それがジョークなのかマジなのかさっぱりだから意味は薄い罠。

511：名もない探索者
じゃあ、お前らは、これがマジかもしれないって思ってるわけ？

512：名もない探索者
おいおい、もしもそうだとしたら、ＪＤＡがダンジョンの向こうの誰かと接触した、もしくは接触する可能性ができたってことだぞ？

ここのところ代々木ダンジョン界隈《かいわい》は著しく活性化している。

最近の到達深度の著しい進捗《しんちょく》や、ヒブンリークスによる新たな知見が、その後押しをしているわけだが、その過程で何かがあったのかもしれないという話には夢があった。

「セーフエリアまでリアルに発見されたんだぜ？　ダンジョンの向こう側に関する何かが見つかっていたとしてもおかしいとは言えないだろ？」

その一言で、がぜん真面目に聞きたいことが考えられ始めた。

そうして誰かが翻訳した内容が、redditに投稿されるやいなや、どう見ても適当に作ったとしか思えないローカルなＪＤＡの掲示板に、世界中からアクセスが殺到し始めたのだった。

巻末特集

It has been three years since the dungeon had been made.
I've decided to quit job and enjoy laid-back lifestyle
since I've ranked at number one in the world all of a sudden.

APPENDIX

NAME: 佐《さ》山《やま》 繁《しげる》

DATA: man / age 31 / 170cm

農業・食品産業技術総合研究機構（農研機構）果樹茶業研究部門に所属していた研究者。小さな頃から真面目な性格でこつこつと勉強してキャリアを築いてきたにもかかわらず、一本の枝を採取したばっかりに、人生が全力で明後日の方向へ蹴飛ばされたかわいそうな人。だが、そのせいで彼の人生はバラ色だ！　もっともバラにはいろんな色があるんだけどね……ＪＤＡの未婚女子にロックオンされ翻弄された彼は、彼女が欲しいということと、女性にもてたいということは、よく似ているようで実は違うと気が付いた。いや一度くらいは、作者も気付かされてみたいものだ。……願わくば黒バラでないことを。

NAME: 漆《うるし》原《ばら》清《きよ》麻《ま》呂《ろ》

DATA: man / age 34 / 168cm

防衛装備庁の次世代装備研究所、ダンジョン装備研究部（通称D研）に所属する研究バカ。ザ・シックスと呼ばれているため、外部からは6人目の装備開発官と言われるほどの男かと誤解されているが、実は、細かいことにこだわり過ぎて病気扱いされたのが発端だ。そのうち三好に押し切られて津々庵で活躍してくれるに違いない。ところで、ほとんどリアルに即しているDジェネだが、防衛省だけは例外で、本来、長官官房装備開発官の定員が5人になったのは２０２０年4月だし、三宿に次世代装備研究所ができたのは、２０２１年4月なのだ。この世界ではダンジョン攻略群の新設と共に前倒しで大規模な組織改編が行われ、色々と前倒しされたことになっている。ダンジョンができちゃったから仕方ないのだ。

NAME: **ラーテル**

DATA: Ratel / man / age indeterminate / about 180cm

ただラーテルという呼び名だけで知られている傭兵部隊の隊長は、イラク内戦で活躍し、第一次リビア内戦で反カダフィ派が確保した地域にちなんでキュレナイカのバジリスクと恐れられた、その筋での有名人だ。名前の由来となったラーテルは、世界一怖い物知らずの動物としてギネスブックにも登録されている強者で、エンカイ様のところで登場したキクユ族には、二匹のラーテルが協力すれば養蜂筒を簡単に荒らせるということわざがある。一人では困難なことも協力すればたやすいといった意味だが、ラーテルとファシーラの関係もそれに近いものがありそうだ。腐とか言ったら殺されるよ。

NAME: **ファシーラ**

DATA: **Facile / man / age indeterminate / mid-190cm**

誰もが恐れを抱くラーテルの副官は、その容貌からバスク系だと噂される、飄々とした細マッチョの男だ。

ラーテルの圧力を柳に風とばかりに受け流し、無理難題を平然とこなしていくさまは、まさにファシーラの呼び名にふさわしく（facileはフランス語で「簡単な」という意味だ）隊の面々からも一目置かれているらしい。

女にだらしないのが玉に瑕だが、イザベラに手を出すのをやめたところをみると、危険を察知する能力はさすがと言えるものがある。腐とか言ったら蹴とばされるよ。

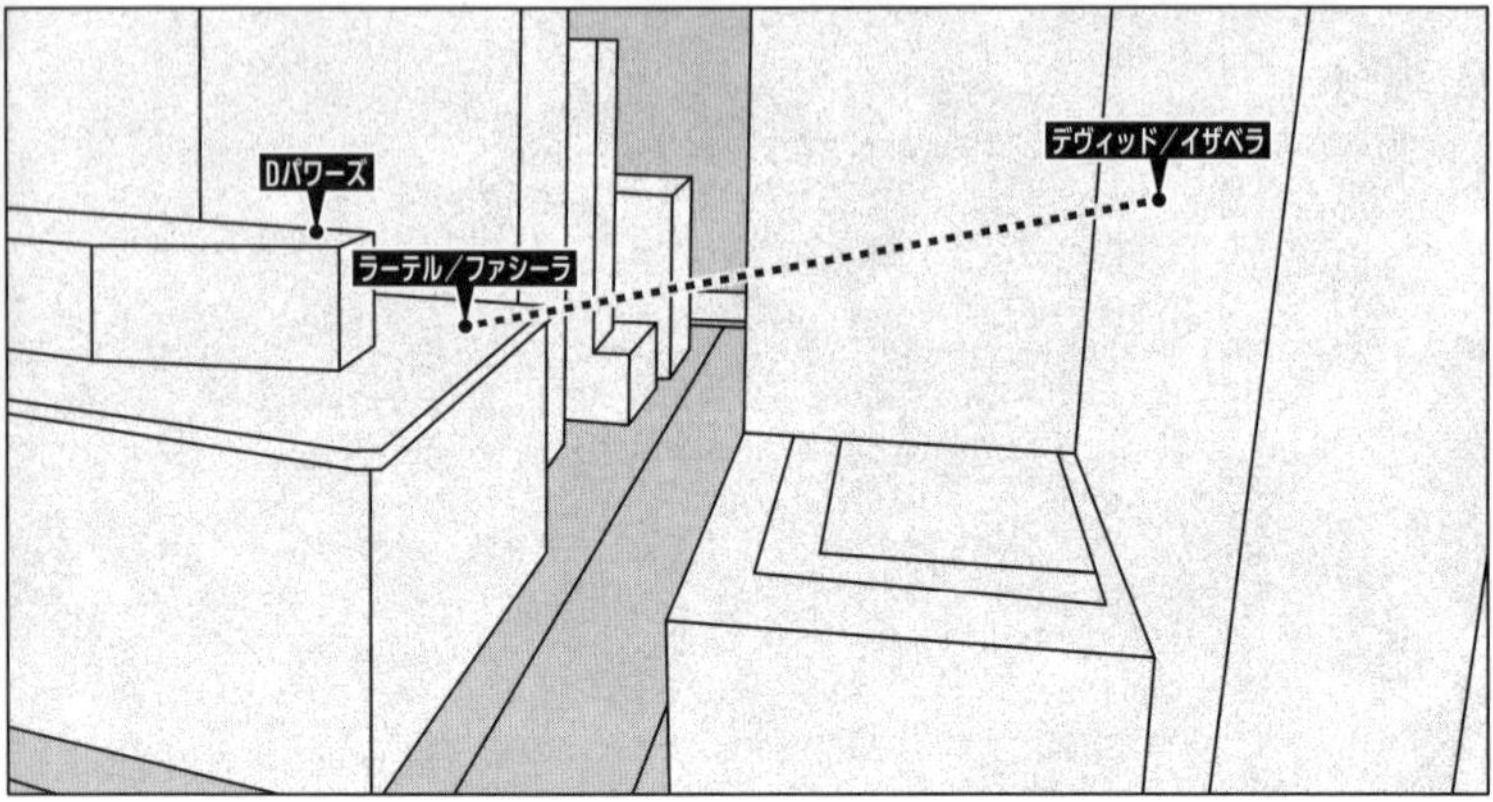
Dパワーズ
デヴィッド／イザベラ
ラーテル／ファシーラ

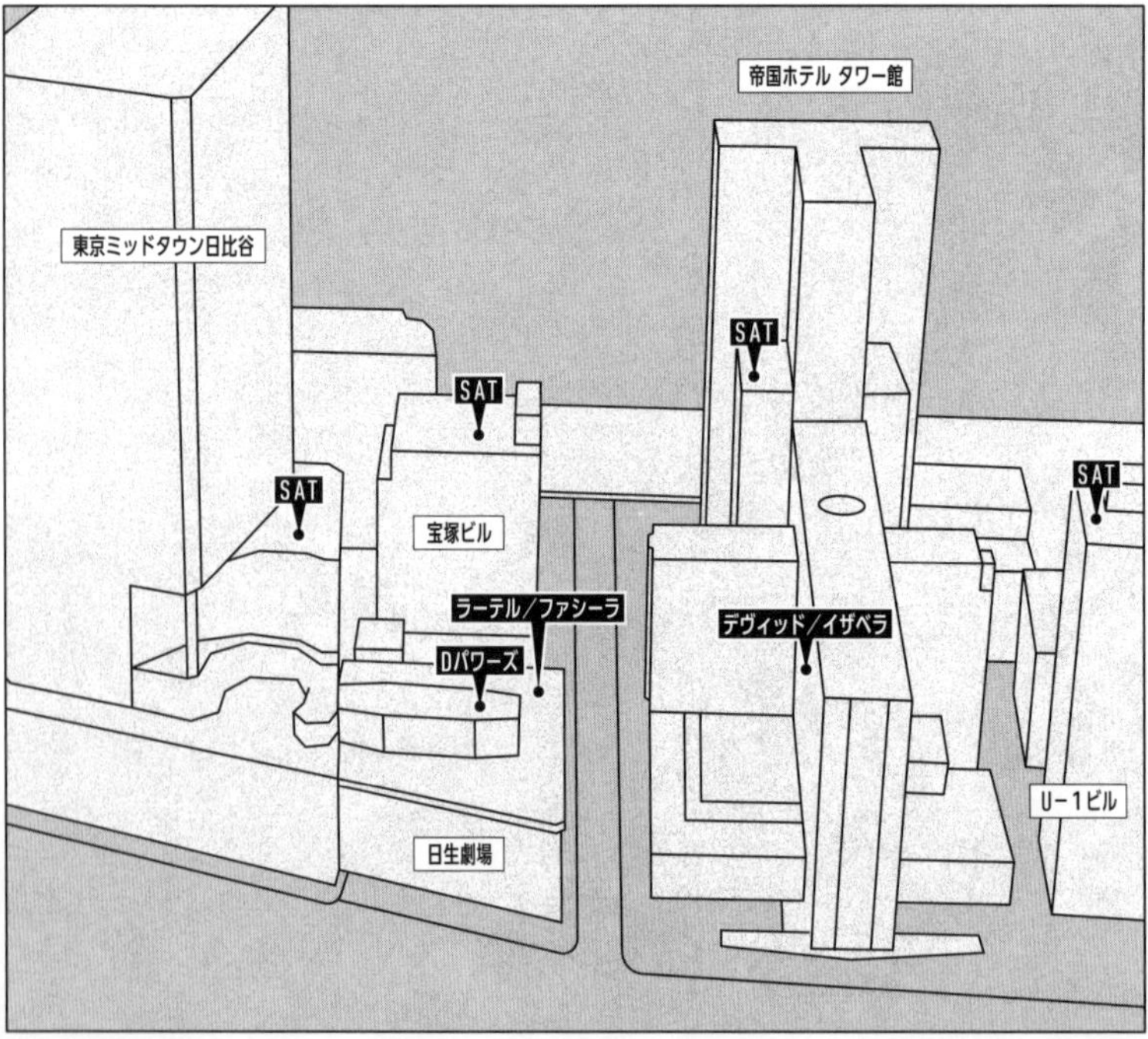
帝国ホテル タワー館
東京ミッドタウン日比谷
SAT
SAT
SAT
SAT
宝塚ビル
ラーテル／ファシーラ
Dパワーズ
デヴィッド／イザベラ
U－1ビル
日生劇場

日生劇場

劇場とビジネスオフィスの二つの要素をうまくまとめた、地上が8階なのに地下が5階もある建物。
第一生命ビルや帝国劇場、東京會舘があるあたりを見れば分かる通り、皇居前にある建物は歴史的事情で道路側の高さが31にそろっている。当然、日生劇場や東京ミッドタウン日比谷もその影響を受けているため、テラスから屋上へ飛び移ることができるほど高さがそろっているわけだ。なお、劇場の席から天井を見上げると、玉虫に呪われそうな厨子の4倍くらい貝に呪れそうな気分になれるぞ。

東京ミッドタウン日比谷

東京海上ビルに始まった美観論争など遠い昔になった時代に建てられたビルだが、隣にある日生劇場と、連綿と続く31mという心の制限に配慮した結果、日比谷通り側から見ればぴったりとそろっているように見える奥ゆかしい建物。日生劇場との間は1mほどなので、探索者じゃなくても簡単に飛び越えられそうだが、世の中にはやっていいことと悪いことがあるので、やめておいた方が無難だ。

帝国ホテル

フランク・ロイド・ライトの設計で名高いが、当然すでに建て替えられていて（エントランス部分は明治村に移築され、そちらで見ることができる）現在の上から見ると十字架の形をしている建物は高橋貞太郎氏の設計だ。
一般人が泊まれない（130周年記念で発売されたプレミアムパスポート130を買うと一般人でも1泊できた）賓客用のスイートには本当に防弾ガラスが使われているそうだが、デヴィッドがいた部屋は普通のガラスのはずだ。

U-1ビル

名にし負う鹿鳴館があった場所に建つ、アルミカーテンウォールが美しい建物だったが、内幸町一丁目の再開発のために解体されて、すでに存在していない幻のビルだ。

宝塚ビル

銀座みゆき通り側から見上げると、ビルのテーマである「ライジング・ステップ」にふさわしい勇姿が見られるが、上から見ると、端っこに小さな塔がちょこんと載っているだけの建物だ。これが視点のマジックか。
途中で三好が言っているように、芳村は本来ここに登場して、ライジング・ステップよろしく、塔を背景にカッコつけるつもりだったのだが、日生劇場と同じ高さの段は狭い上にラーテルたちに近すぎ、その上の段はいくらなんでも遠すぎた。ついでに、どう知恵を絞っても屋上まで上がれそうになかったこともあって挫折したのだ。

あとがき

皆様、いかがお過ごしでしょうか、之です。

ついに世界から核兵器が根絶される日がやってきましたね……って、やらかしも甚だしいわ！

この後どうすりゃいいんだよ！　責任取れよ！　誰か助けて‼　ドラ○もーん！

はぁはぁ……さて、九巻の巻頭のお言葉は、トーマス・カーライル様のご登場です。

当時の世相もあって反ユダヤ的な言動が批判されることも多い人ですが、著作はなんというか、ひねくれ者というか皮肉屋というか、そういう文章が多くて、それを金言とするかどうかは人それぞれでしょうが、個人的には気楽な読み物くらいのスタンスで楽しんでいます。

で、なぜカーライルの話を始めたかというと、ゴーギャンの絵のタイトルが、彼の著作から来ているという話があったからです。

ゴーギャンは、メイエル・デ・ハーン（ゴッホの弟や、ゴーギャンの友人。一応画家）の肖像画（ゴヤ描くところの「我が子を喰らうサトゥルヌス」みたいな顔に描かれてる。酷いw）に、その本を描いていますし、どうやら本の購入履歴も見つかっているようなので、おそらくはここからそのタイトルを付けたのではないかと言われています。

問題は巻頭のお言葉が、私が読んだことのあるカーライルの著作の中には書かれていないということです。一応、プロジェクト・グーテンベルクを始めとする、世界中の青空文庫めいたサイトで手に入る限りは読んでみたのですが出てきません。ちょっと似ているものが、『衣装哲学』の中にあるのですが、どう意訳してもこうはならない言い回しでした。

あまたあるクオートの専門サイトや書の中にも登場していますが出典が記されておらず、内容としてはありふれているだけに本当に彼が言ったのかどうか確信は持てませんでした。読者の中にご存じの方がいらっしゃいましたら、是非ご教示ください。

まあここは先人の知見に寄りかかっておくことにしましょう。

いずれにしても、本作品は、イデアリズムをフレーバーとして利用していることもあって、カーライルに影響された部分もそれなりにあります。

なにしろ、六巻の草稿では、秘密の花園めいた精神世界で（一体ここは、どこなんだ？）と疑問を抱く芳村に、タイラー博士が、「どこだか分からないって場所さ」などと答えていました（『衣装哲学』に登場する、世界に影響を与えたすべての影響の中心である架空のヨーロッパの都市の名前がweiß-nicht-woで、ドイツ語で「どこだか分からない」を意味しています）。

そうそう、作者が世界の行く末に頭を抱えている頃、折に触れて様々な方から「昔のSSは読めませんか」と、ご要望をいただき続けてきた結果、読者の皆様の熱意と、関係者の皆様の尽力のおかげで各巻のSSに色々と付け足した短編集が、今年の秋に出版されることとなりました。

作者としても、八巻の『黒猫』を公開した後、「あ、これ、七巻のSSを読んでないと分かんないじゃん！」と気が付く有様だったため、ちょっとほっとしています。

ボリュームも通常巻と同じくらいありますので、未読の方も既読の方も、お楽しみいただければ幸いです。

それではまた次巻でお会いしましょう。

二〇二四年　春　　之貫紀

SHORT STORIES

Dジェネシス初の

短編集が刊行決定!!

2024年秋 発売予定

COLLECTION O
今まで特典で書かれた
幻の書き下ろし作品を
すべて収録!!
D GENESIS
ジェネシス
ダンジョンが出来て3年

NEXT VOLUME

MIYOSHI

いやー、やらかしちゃいましたね！

YOSHIMURA

いや、やらかしたのは、ＳＡＴだから！　俺たちじゃないから！

MIYOSHI

先輩……（哀れみのまなざし）
でも、一体、世界はどうなっちゃうんですかね？

YOSHIMURA

表面上の大きな変化はないんじゃないか。だって自国の核兵器がなくなっちゃいましたなんて言えないだろ？

MIYOSHI

そりゃそうですけど、戦略原潜がまとめて浮上し、あちこちで空母が漂流してるんですよ。絶対何かあったと思われますって。

YOSHIMURA

当事国はともかく、それ以外の国に何が起こったのかなんて分かりゃしないって。

MIYOSHI

まあ、想像もできないでしょうけど……それより高濃度ウランって軍事以外にも使われてるらしいですよ。

YOSHIMURA

ええ！？

MIYOSHI

次巻のプロローグではそれが明らかに！

YOSHIMURA

ろくな事にならない気がする……

MIYOSHI

まあまあ先輩。いいこともあったじゃないですか。

YOSHIMURA

どんな？

MIYOSHI

ほら、ファンタジー金属が見つかった件ですよ！
あと、短編集も出ますし（詳しくは後書きを読んで！）

YOSHIMURA

どさくさに紛れて宣伝しやがった……核兵器騒動ですっかり忘れてたけど、そんなものもあったっけ。しかし、ファンタジー金属が、まさかステータス付きの金属だとは……

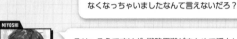

MIYOSHI

想像もしませんでしたね！
いくら何でも単体はあり得ないでしょうから、まったく新しい物質となると複雑な化合物しかないと思ってましたよ。

YOSHIMURA

そうだったら、ダンジョンの外でも合成できる可能性があったんだがなぁ……

MIYOSHI

でもステータスがあったおかげで、ダンジョン外で作られた素材が、ダンジョン内アイテムだとみなされる可能性が残されたんですよ。

YOSHIMURA

合金か。

MIYOSHI

銅と亜鉛とオリハルコンなんて「王道」ですね！

YOSHIMURA

銀とミスリルは「正義」んだってか？

MIYOSHI

それは苦しくありませんか？

YOSHIMURA

黄銅だって似たようなもんだろ！

MIYOSHI

先輩と違って、字、余ってませーん。

YOSHIMURA

くっ、とにかく次回Dジェネシス10巻は！

MIYOSHI

いろいろ盛りだくさんでお送りします！

YOSHIMURA

相変わらず予告になってないんだが……
とにかく次巻を――

MIYOSHI

お楽しみに！

Dジェネシス第10巻

2025年春 刊行予定!!

著：之貫紀 / この つらのり

PROFILE:

局部銀河群天の川銀河オリオン渦状腕太陽系第３惑星生まれ。
東京付近在住。
椅子とベッドと台所に強いこだわりを見せる生き物。
趣味に人生をオールインした結果、いまから老後がちょっと心配な永遠の 21 歳。

DUNGEON POWERS 紹介サイト
https://d-powers.com

イラスト：ttl / とたる

PROFILE:

九つ目の惑星で
喉の奥のコーラを燃やして
絵を描いています。

Dジェネシス ダンジョンが出来て3年 09

2024年7月30日 初版発行

著 之 貫紀
イラスト ttl

発行者 山下直久
編　集 ホビー書籍編集部
編集長 藤田明子
担　当 野浪由美恵
装　丁 騎馬啓人(BALCOLONY.)

発　行 株式会社KADOKAWA
〒102-8177 東京都千代田区富士見2-13-3
電話 0570-002-301(ナビダイヤル)

印刷・製本 TOPPANクロレ株式会社

●お問い合わせ
https://www.kadokawa.co.jp/(「お問い合わせ」へお進みください)
※内容によっては、お答えできない場合があります。
※サポートは日本国内のみとさせていただきます。
※Japanese text only

定価はカバーに表示してあります。

ISBN 978-4-04-737993-0 C0093

GENESIS
ジェネシス
ダンジョンが出来て3年
漫画:平未夜　原作:之貫紀　キャラクター原案:ttl
毎月26日発売!!
メディアミックスコミックマガジン
コンプ・エース
にて
コミカライズ版
大好評発売中!!
コミックス好評発売中!!
KADOKAWA
B6判／定価本体704円(税10%込)
Kadokawa Comics A